Inge Lütt

Eine Bratsche geht flöten

Kriminalroman

Querverlag

Handlung und Personen sind frei erfunden. Jede Ähnlichkeit mit tatsächlichen Ereignissen, Personen oder Institutionen wäre rein zufällig.

Erste Auflage September 2013

Lektorat: Regina Nössler

Umschlag und grafische Realisierung von Sergio Vitale
unter Verwendung eines Fotos von Fotolia
(© Bred&Co – Fotolia.com)
Gesamtherstellung: FINIDR
ISBN 978-3-89656-212-8
Printed in the Czech Republic

Bitte fordern Sie unser Gesamtverzeichnis an:
Querverlag GmbH
Akazienstraße 25, 10823 Berlin
www.querverlag.de

Für die echte Rara

1

Normalerweise gehe ich gerne ins Büro. Aber gleich nach dem Urlaub als Erstes eine Leiche auf dem Schreibtisch vorzufinden, das stellte doch eine der unangenehmeren Arten dar, die Arbeit wieder aufzunehmen. Selbst wenn es sich, streng genommen, nicht um Urlaub gehandelt hatte, sondern lediglich um das Abfeiern von Überstunden.

„Du bist bei der Kripo, Karin. Da musst du eben mit allem rechnen."

Die Meinige hat gut reden. Auch sie ist beruflich meist mit Mord und Totschlag beschäftigt. Oder wenigstens mit Verbrechen aus Leidenschaft. Von Zeit zu Zeit kommt auch ein bisschen Inzest vor. Aber sie ist Opernsängerin, da ist so etwas eher normal. Beruflich gesehen. Einen Vorteil hat sie jedenfalls. Bei ihr ist, egal um welchen Tatbestand es geht, die Angelegenheit in der Regel nach rund drei Stunden beendet. Der Fall geklärt, die Schurken tot und das Kostüm hängt auch schon wieder auf dem Bügel oder dreht eine Runde in der theatereigenen Waschmaschine. Richtig, Wagner braucht länger. Aber bei dem lässt sich zwischendurch in die Partitur gucken oder wenigstens ins Textheft, falls sich der Handlungsfaden ein bisschen verheddert haben sollte. Dergleichen pflegt in der Oper fast so häufig einzutreten wie im richtigen Leben.

Angesichts der Leiche auf meinem Schreibtisch hätte ich gerne eine Partitur gehabt. Oder wenigstens einen Klavierauszug. Aber nichts da. Zwischen Locher und Telefon lag weder ein Notenheft noch ein echter Toter. Letzterer hätte bei den Mitarbeiterinnen der Gebäudereinigung auch für einige Empörung gesorgt. Was ich vor mir hatte, war ein ebenso schlichter wie dünner Ordner. Darin befanden sich sorgfältig abgeheftete Details zu einem ungeklärten Todesfall. Der hatte mich aus meinem Büro in der Kriminalinspektion Eisenach in das beschauliche Arnstadt gebracht. Das bescherte mir für die Dauer der Ermittlungen einen erheblich kürzeren Weg zur Arbeit: Ich bin hier aufgewachsen und wohne fast um die Ecke der Polizeistation.

Hier in Arnstadt, zwischen Erfurt und dem Thüringer Wald, gehört ein Mord nicht zur Tagesordnung. Der Aktenordner, in dem ich lustlos blätterte, schon eher. Sein Inhalt ließ sich bei bestem Willen nicht als Opernlibretto bezeichnen. Kollege Eckhert war ursprünglich für den Fall zuständig gewesen. Seine fleißig produzierten Aktenvermerke zeichnen sich durch eine gewisse Trockenheit aus. So ist er eben, unser Hauptkommissar Manfred Eckhert. Nur nach Feierabend und am Wochenende blüht er auf, wenn er sich mit dem Kleingarten rund um seine Datsche beschäftigen kann. Dieser Garten war der Grund, weshalb ich den Ordner überhaupt auf meinem Tisch hatte. Die Begegnung des Eckhert'schen Fußes mit der Bodenhacke wäre vermutlich erheblich weniger folgenreich auch für meinen Arbeitsalltag verlaufen, wenn der Kollege wegen der Sommerhitze die Gartenarbeit nicht ausgerechnet in Badeschlappen vorgenommen hätte. Nun war er krankgeschrieben und der Fall mir übertragen. Da saß ich also an diesem sonnigen, ersten Augustmorgen hinter einem Schreibtisch in der Polizeistation Arnstadt und blätterte. Montag bleibt Montag, Leiche hin oder Leiche her.

Der bisherige Ermittlungsstand? In den frühen Morgenstunden des 28. Juli hatten zwei Kollegen von der Streife bei einer Kontrollfahrt durch die Arnstädter Fußgängerzone eine Leiche entdeckt. Das Ergebnis der Obduktion bestätigte ihre erste, indiziengestützte Vermutung. Zugegeben, Kaliber .22 erzielt nicht die gleichen optisch eindrucksvollen Resultate wie beispielsweise eine .45-er Magnum, aber selbst hier in der Provinz haben wir gewisse Erfahrungen sammeln können.

Der Fall war für Arnstadt natürlich das Ereignis schlechthin. Dass hier, abgesehen von Kleinkriminalität, nicht gerade viel passiert, sah Egino von Wasten, der Leiter einer mit viel Aufwand betriebenen Konzertreihe, wohl etwas anders. Aber das gehörte zu seinem Amt. Gerade hatte er angerufen und nach dem Stand der Ermittlungen gefragt. Was sollte ich ihm sagen? Wieso hatte ich ihm überhaupt etwas zu berichten?

Gewiss, *Thuringia sonat*, Thüringen klingt. Aber doch nicht nach der Weitergabe von Zwischenergebnissen einer laufenden

Ermittlung! Ich gebe zu, dieses *Thuringia sonat*, wie der wohltönende Name der Konzertreihe lautet, ist für unsere Region von großer Bedeutung. Fast so sehr wie ihr künstlerischer Leiter selbst. Für die Region. Aber für die Ermittlungen? Das musste sich erst herausstellen. Wie so vieles andere, das ich für wichtiger hielt. Selbst wenn das Herrn von Wasten nicht angenehm in den Ohren sein konnte.

Der Festivalmann hatte sich nach der Wende, als erkennbar wurde, dass die Angelegenheit überraschenderweise doch von Dauer sein würde, aus Richtung Altbundesländer in Thüringen eingefunden. Natürlich ist er mit allen Entscheidungsträgern seit einigen Wahlperioden bestens vernetzt und so wunderte ich mich, dass er sich nicht gleich an den entsprechenden Minister oder wenigstens den zuständigen Polizeidirektor gewandt hatte.

Kaum war der Telefonhörer wieder aufgelegt, stand der Leiter der Station Arnstadt in der Tür. Er kennt den Festivalmann und bewundert ihn sehr. Die Art, wie Egino von Wasten mit Menschen umgeht, die ihm weder für sich selbst noch für seine Anliegen als wichtig erscheinen? „Er ist eben eine Künstlernatur." Nun wohl.

„Die Akte Sansheimer haben Sie?" Mit einer fahrigen Bewegung strich sich Manfred Schulte den quer gekämmten Scheitel glatt. „Fein, fein. Hauptkommissar Eckhert fällt ja nun eine Weile aus. Also, dann machen Sie mal, Frau Rogener. Sie kennen sich da ja aus, in dem Milieu."

Milieu? So konnte man es auch nennen. Der Tote, Ulhart Sansheimer, war Orchestermusiker in Suhl gewesen, Bratsche, sechstes Pult. Da sein Ensemble das Abschlusskonzert beim Festival spielen sollte, war die Aufregung des Veranstalters vielleicht sogar berechtigt. Ich gebe zu, im Stillen gönnte ich ihm ein paar Probleme. Die Künstlernatur und mich verbindet eine ebenso herzliche wie gegenseitige Abneigung. Ich war als Zeugin bei einer Gerichtsverhandlung aufgetreten, als es um eine gehörige oder eher ungehörige innerörtliche Geschwindigkeitsüberschreitung gegangen war. Alte Geschichten. Aber Thüringen pflegt nun einmal seine Traditionen.

Egino von Wastens Sorgen um das Festivalfinale konnte ich immerhin verstehen. Der Orchestervorstand hatte sogar erwogen, das Konzert abzusagen. Das wusste ich aus der Zeitung. Wer wollte es ihnen verdenken? Auch wenn ein Bratscher normalerweise keine besonders herausragende Position in der Hackordnung eines Ensembles einnimmt, schon gar nicht, wenn es sich um einen aus der letzten Reihe handelt – nach dem gewaltsamen Ableben eines Mitglieds wurde nicht einfach so zur Tagesordnung übergegangen. Jedenfalls nicht in Thüringen.

Zurück zur Aktenlage. Kollege Eckhert hatte akribisch vermerkt, dass Ulhart Sansheimer laut verschiedenen Äußerungen zu seiner Person ein eher unangenehmer Zeitgenosse gewesen sein musste, der noch nicht einmal mit seinem Partner am letzten Pult ohne Reibereien ausgekommen war. Das mochte für die offiziell gemimte Pietät eine untergeordnete Rolle spielen, für mich jedoch hatte es unerfreuliche Konsequenzen. Der Bratscher war laut Aktenlage dermaßen unbeliebt gewesen, dass seine Kollegen nichts oder nur äußerst wenig über sein Privatleben wissen wollten. Wenn schon sie ihm nach Kräften aus dem Weg gegangen waren, wen konnte ich dann noch fragen, was er eine knappe Woche vor dem Konzert mitten in der Nacht auf dem Arnstädter Marktplatz gewollt hatte?

Die Theorie der Spurensicherung brachte mich nicht weiter. Sansheimer war vor dem Bachdenkmal aufgefunden worden, zwar nicht mit den sprichwörtlichen heruntergelassenen Hosen, aber immerhin mit offenem Reißverschluss. Dem Anschein nach hatte der Bratscher unserem großen Komponisten auf außermusikalische Weise gehuldigt. Zum Glück war das der Presse nicht bekannt. Die Marketingabteilung hatte auch so schon genug Probleme. Beim Festival wie beim Orchester.

Außer diesem Detail gab die Akte nicht viel her über den Toten. 59, geschieden, Exfrau wieder verheiratet. Kein Kontakt, seit sie kurz vor der Wende über Ungarn in den Westen ausgereist war. Zwei Kinder. Die Tochter, 37, arbeitete für ein Hotel in Suhl, der Sohn, 28, war Pfleger in einem Erfurter Hospiz. Trauer über den Verlust des Vaters sei beiden nicht anzumerken gewesen, stand in der Aktennotiz. Kollege Eckhert hatte die

Alibis notiert und selbstverständlich bereits überprüft. Es wäre auch zu schön gewesen.

Vom Orchester kam ebenfalls niemand in Frage, war das Ergebnis seiner nächsten Recherche. Nach einem Gastspiel im Fränkischen war der Bus just zur vermuteten Tatzeit in eine Radarkontrolle geraten. Die Orchestermitglieder hatten bereits zusammengelegt, um dem Fahrer die fällige Buße zu bezahlen. Das durfte ihnen das amtlich bestätigte Alibi schon wert sein, fand ich.

„Warum ist der Sansheimer eigentlich nicht mitgefahren?" Kollege Hansen, der mit mir an diesem Fall arbeiten sollte, war trotz der dürren Aktenlage noch nicht mit den Fakten vertraut.

„Inoffiziell war es wohl akutes Faulfieber. So etwas Ähnliches hat der Orchestervorstand jedenfalls angedeutet, steht hier. Aber immerhin hatte der Arzt einen schweren Hexenschuss festgestellt und Reiseunfähigkeit bescheinigt."

„Aua. Hexenschuss ist übel." Jochen Hansen verzog das Gesicht. Mit einer Körperlänge von etwas über zwei Metern ist er anfällig für Rückenprobleme.

„Wenn er denn mal wirklich einen hatte. So, wie der hier aus den Akten rüberkommt, habe ich da meine Zweifel."

„Na, ist auch egal. Obwohl, mit einem Hexenschuss, da fährt doch keiner eben mal so aus Jux von Suhl nach Arnstadt. Wie ist er überhaupt hergekommen?"

„Ich weiß doch auch nicht mehr, als in der Akte steht, Jochen. Mit dem eigenen Auto jedenfalls nicht."

Kollege Eckhert und seine Gründlichkeit. Eine seiner Aktennotizen hielt die Episode von vor ein paar Monaten fest. Es war das Übliche gewesen, die Kombination von Hochprozentigem und Höchstgeschwindigkeit hatte auch bei Ulhart Sansheimer nicht funktioniert. Der Wagen war Schrott und der Führerschein erst einmal fort.

„Es gibt ja Leute, denen ein Fahrverbot nicht viel bedeutet."

„Anscheinend hat sich der Sansheimer aber dran gehalten, Jochen."

Das hatte der Kollege ebenfalls recherchiert. Eine der wenigen positiven Äußerungen, die er aus dem Orchesterbüro erfahren hatte. Leider war er nicht weitergekommen bei der Frage, wie Sansheimer nach Arnstadt gelangt war. Vom Warum ganz zu schweigen. Eine Fahrkarte war in seinen Taschen nicht entdeckt worden. Dafür ein alter DDR-Pass, sogar mit diversen Stempeln, die mehrfache Reisen in den Westen beurkundeten. Ein bundesrepublikanischer Ausweis? Fehlanzeige.

Kollege Eckhert hatte sich beim zuständigen Bürgeramt erkundigt, ob der Bratscher überhaupt einen gehabt hatte. Doch trotz der amtlichen Beteuerungen, dem sei so gewesen, war das gute Stück bisher nicht aufgetaucht. Der Ausweis mochte sonst wo stecken. Bei dem wenigen, das die Orchesterkollegen über Sansheimer und seine bevorzugten Aufenthaltsorte außerhalb des Konzertpodiums sagen konnten, war es mehr als fraglich, ob wir das Dokument jemals zu Gesicht bekommen würden. Eine Nichtspur weniger.

Es war dem Kollegen Eckhert immerhin nicht schwergefallen, jemanden zu finden, der Ulhart Sansheimer in Arnstadt gesehen hatte. In einer Kellerkneipe nahe beim Bachdenkmal erinnerte sich die Bedienung recht gut an ihn. Dass er dort gewesen war, konnte ich allerdings auch aus dem Obduktionsbericht schließen. Außer um den Schusskanal – Projektil etwa im Fünfundvierzig-Grad-Winkel an der Schädelbasis eingedrungen, die Waffe aufgesetzt, die Folgen für Haut, Knochen und Gehirnmasse im Rahmen der üblichen Befunde – hatte sich der Leichenbeschauer auch um alles andere Relevante gekümmert. Sein Befund erwähnte eine größere Menge von Knoblauchbaguettes in unterschiedlichen Verdauungsstadien. Die Kneipe, in der man sich an Sansheimer erinnerte, hat diese Aufbackbrötchen als besondere Spezialität auf der Karte. Der Bratscher musste etliche Stunden in dem Kellerlokal zugebracht haben, wenn wir seinem Verdauungstrakt Glauben schenken wollten. Und welcher Darm lügt schon?

Kollege Eckherts Fleiß hatte erst durch die Hacke eine Zwangspause zugeteilt bekommen, weshalb ich die Ermittlungsergebnisse aus dem Lokal ebenfalls sauber abgeheftet vorfand. Viele Seiten waren es nicht. Wie auch? Der Arnstädter an sich ist sich im Grunde selbst genug. Fremde, die am Nebentisch in der Kneipe sitzen, werden kaum beachtet. Tatsächlich erinnerte sich die Servicekraft nur deshalb noch an Sansheimer, weil der sich bei den ersten Knoblauchbaguettes über deren Verbrennungen dritten Grades mokiert hatte.

„Dabei machen wir die immer so. Und die werden sehr gerne gegessen."

In Arnstadt ist es nicht üblich, sich in Gaststätten über das Essen zu beschweren. Ortsfremde, besonders aus dem Westen angereiste, lassen diese Möglichkeit der Tarnung allerdings gerne außer Acht und werden folgerichtig unschwer erkannt. Ob es nun an Sansheimers feiner Zunge gelegen hatte oder an deren Schärfe, für das Resultat war beides unerheblich. Die Kellnerin hatte sogar noch gewusst, wer mit am Bratschertisch gesessen hatte. Frau Schmidt.

Der Name ist nicht gerade selten, weder in Arnstadt noch überhaupt. Dass diese spezielle Frau Schmidt ausgerechnet die Kritikerin von der Lokalpresse sein musste, entzückte mich nicht gerade. Aber solche Dinge werden uns gesandt, um uns zu prüfen. Sagt meine Freundin, wenn sie ihre Kritiken liest.

2

Kollege Hansen begleitete mich zur Geschäftsstelle der Zeitung, wo wir Dorothea Schmidt antrafen. Da eine Redaktion in der Regel mehr Ohren als Schreibtische hat, gingen wir in ein nahe gelegenes Café, wo uns die wenigen Gäste ignorierten.

Die Kritikerin erinnerte sich gut an den Bratscher. Sie stammt nicht aus Arnstadt, was ihre Aufmerksamkeit in Bezug auf andere Kneipengäste erklären mochte. Allerdings war Sansheimers Verhalten auch nicht gänzlich unauffällig gewesen.

„Er hat ziemlich viel telefoniert. Mit seinem Handy. So eines von diesen ganz neuen war das, knatschgrün. Schweineteuer, aber öko. Sie wissen schon."

Ja, ich wusste. Der neue Telefonanbieter hatte die Werbung für sein voll recyclebares Handypaket mit den Flatrate-Tarifen bis in die letzte Köhlerhütte verteilt. Das Gerät war deutlich auffälliger als die vertrackten Details im Kleingedruckten.

Wieso hatte das Ding in dem Gewölbekeller funktioniert? Vielleicht hatte Sansheimer einfach protzen wollen und nur so getan? Das vermutete auch Dorothea Schmidt.

„Der Keller ist doch ein einziges Funkloch. Vielleicht war das ja einfach nur eine Attrappe? Da gibt es doch durchaus ansprechende Fakes, mit denen man cool aussehen kann und die recht überzeugend klingeln. Das Ding hat allerdings reichlich echt gewirkt, jedenfalls auf mich. Und der Mann hat ständig auf dem Display rumgefummelt und gemacht und getan."

Natürlich gehört es sich nicht, bei fremden Gesprächen zuzuhören. Aber rein dienstlich hoffte ich auf eine Spur. Konnte Frau Schmidt uns etwas berichten über die Telefonate?

„Ich hätte mich ja gerne woanders hingesetzt. Aber nach dem Konzert war hier Hochbetrieb."

Den Festivalprospekt kannte ich nicht auswendig, aber wenigstens wusste ich, dass am 28. Juli eine Schülerin der Meiningen in der Bachkirche aufgetreten war. Und da ich schon die Kritikerin vor mir hatte, konnte ich ja auch fragen.

„Und, wie war es?"

„Och ja. Vielleicht besser für Rossini geeignet als für Bach, aber sonst eine sehr schöne Stimme. Hat mir gut gefallen, ja. Dem Publikum auch. Ich glaube, dieser Bratscher war auch da. Zumindest lag ein Programm neben seinem Bier." Dorothea Schmidt sah meinen Kollegen an. „Sie habe ich auch gesehen", sagte sie.

Eine neue Seite an Jochen? Kaum. Die Sängerin ist seine Verlobte. Da hatte er für die Schwiegereltern in spe Fahrdienst machen dürfen.

„Haben Sie sich über das Konzert unterhalten?"

„Hätte ich. Wer mag schon stumm an einem Tisch sitzen. Aber er hantierte dauernd mit diesem blöden Handy herum."

„Wissen Sie zufällig, mit wem er gesprochen hat?"

„Bei den ersten Telefonaten habe ich nicht darauf geachtet. Dann kam Schatzilein dran. Mäuselchen war die Nächste." Frau Schmidt genoss die Situation sichtlich. „Namen hat er überhaupt keine genannt. Und es hatte sich immer schnell ausgeschatzit, so viel weiß ich noch. Dann hat er gleich die nächste Nummer angerufen. Wenn das Gespräch länger als drei Sätze dauerte, wurde aus dem Mäuselchen in Nullkommajosef ein geiles kleines Luder."

Die Kritikerin schüttelte den Kopf.

„Seine Worte. Nicht meine. Auf dem Niveau ging es dann weiter."

Niveau? Nun ja. Immerhin konnten die Anreden als Indiz dafür gelten, dass der Bratscher mit Frauen gesprochen hatte, vorausgesetzt, Schatzilein und Mäuselchen wohnten nicht auf der bunten Seite des Regenbogens. Aber ganz gleich, wer nun am anderen Ende der Verbindung gewesen war, so etwas gehört sich nun wirklich nicht vor Publikum, das nicht dafür bezahlt hat. Nicht hier in Arnstadt. Vielleicht hatte der Bratscher seine Worte mit Absicht gewählt? Die Kritikerin ist in der Region nicht unbekannt und einige wünschen sich, einmal so richtig gehässig zu ihr sein zu können.

„Es war schon unangenehm, alles mithören zu müssen. Irgendwann habe ich auf Durchzug geschaltet und einfach nicht mehr darauf geachtet. Das lernt sich in einer Redaktion."

„Wie lange saßen Sie denn an dem Tisch?"

„Da muss ich überlegen. Das Konzert war um neun Uhr vorbei. Dann habe ich noch ein paar Worte mit dem Organisten gewechselt. Wissen Sie, der Platz auf der Kulturseite reicht einfach nicht, das ganze Festival mit großen Berichten zu begleiten. Das wollte ich ihm aber lieber persönlich sagen, Sie verstehen? Danach habe ich mich mit ein paar Freunden getroffen, in unserer Stammkneipe am Kohlenmarkt. Da sind wir bis kurz nach zwölf geblieben. Auf dem Heimweg bin ich dann noch in den Keller. Ich hatte Hunger und um die Zeit hat nur da noch die Küche auf. Der Laden war voll. Ja, und dann war an dem kleinen Tisch ganz hinten noch ein Stuhl frei. Dieser Bratscher saß bereits da. Er hatte gerade Knoblauchbaguettes serviert bekommen."

„Und wer ging zuerst?"

„Ich. Das war so kurz nach eins. Ich hatte die Nase voll von der Telefoniererei. Aber da ich ja an seinen Tisch gekommen war, wollte ich nichts sagen. Dafür schien es ihm auch zu sehr zu gefallen, einiges zu flüstern, das man außer in einschlägigen Filmen nicht öffentlich von sich gibt. Wenn ich mich beschwert hätte, die Genugtuung, die wollte ich ihm nicht gönnen."

Es war schon merkwürdig, wie sie über den Toten sprach. Gut, eine hysterische Szene hatte ich nicht erwartet, aber zumindest Frauen machen in solchen Fällen normalerweise Bemerkungen in Richtung „… und wenn ich bedenke, dass er kurz darauf …" Aber nichts dergleichen. Vielleicht sind Kritiker abgebrühter und verlangen selbst bei Mord noch nach Haltungsnoten nebst künstlerischem Gesamteindruck. Oder hatte Dorothea Schmidt etwas zu verbergen?

Kurz nach eins? Der letzte Saldo für den kleinen Tisch war um ein Uhr siebzehn erstellt worden. Auch das war in der Akte vermerkt. Wenig später hatte sich Sansheimer aufgemacht, mit unbekanntem Ziel. Weit war er nicht gekommen. Frau Schmidt würde sich noch einige Fragen gefallen lassen müssen.

Vorsichtshalber ging ich davon aus, dass die Kritikerin aus dem Polizeibericht wusste, wann der Bratscher gefunden worden war. Viertel drei. Also eine Stunde, nachdem er das Kellerlokal verlassen hatte. Wie groß war die Chance, dass Frau Schmidt nicht zumindest ahnte, dass sie eine der Letzten gewesen war, die Sansheimer lebend gesehen hatten? Auf jeden Fall blieb sie merkwürdig gelassen. So ruhig ist normalerweise kein Unschuldiger. Gerade die werden kribbelig, wenn die Polizei sie befragt. Besonders bei ungeklärten Todesfällen. Es gibt einfach zu viele Krimis, in denen Unschuldige wie die Täter aussehen und sich heillos abstrampeln müssen, bis der Mörder sich durch einen Zufall selbst enttarnt.

Aber wenn sie es gewesen war? Hätte die kaum 1,60 Meter große Frau es schaffen können, dem deutlich längeren Sansheimer die Waffe an die Schädelbasis zu drücken? War das möglich, ohne dass das Opfer auf irgendeine Weise reagierte? Der Alkoholpegel im Bratscherblut war zwar leicht erhöht gewesen, aber Sansheimer hätte sogar noch fahren dürfen. Wenn die Fahrerlaubnis noch gültig gewesen wäre, versteht sich.

Die Autopsie hatte ergeben, dass die Leiche neben der Schussverletzung weitere Blessuren aufwies, aber diese ließen sich alle mit dem Zusammenbrechen des tödlich Getroffenen auf dem Kopfsteinpflaster des Platzes erklären. Also, Frau Schmidt. Die Anatomie sprach nicht dagegen. Mit dem Alibi war es nicht weit her. Aber wo war das Motiv? Und wo die Waffe?

„Wenn Sie sonst keine Fragen mehr haben, können wir das Ganze dann jetzt beenden? Ich muss nach Gossel und habe nur abgewartet, bis der Feierabendverkehr durch ist. Stau das ganze Jonastal entlang, da habe ich nun wirklich keine Lust drauf."

Gossel? Ach ja, das Festival.

„Wie ist es, Frau Rogener, möchten Sie mitkommen?"

Mein Gaydar piepte, wenn auch fast unhörbar. Es konnte sich um einen reinen Automatismus handeln. Auf jeden Fall wurde mir Dorothea Schmidt allmählich unheimlich. Ahnte sie wirklich nicht, dass sie ziemlich weit oben auf der Verdächtigenliste stand? Aber was hieß da „Liste"? Die Kritikerin war die einzige an Sansheimers Tisch, an die sich die Zeugin erinnern mochte. Das schien Dorothea Schmidt allerdings nicht weiter zu belasten. Viel unruhiger wurde sie bei der Vorstellung, nicht pünktlich zum Konzert zu erscheinen.

Kollege Hansen und ich verständigten uns mit einem kurzen Blick. Die üblichen Ermittlungen zu Bürozeiten hatten außer Aktenvermerken nichts erbracht. Dann mussten wir eben unüblich tätig werden. Er würde sich in der Kellerkneipe umsehen, während ich ein Häppchen Kultur zu mir nahm. Wer wusste schon vorher, ob eine Spur auf den Holzweg führte oder nicht? Vielleicht kam nichts für den Fall Verwertbares dabei heraus, aber wenn ich wenigstens ein schönes Konzert erlebte, wollte ich mich nicht beklagen.

Dorothea Schmidt öffnete die Tür ihres Kleinwagens und räumte geschäftig Tüten vom Beifahrersitz auf die Rückbank. Auch im Fußraum raffte sie einiges zusammen. Mein Blick blieb an einem Aufkleber am Handschuhfach hängen. „Na und?" stand darauf. Aha.

Wir kamen ins Gespräch. Dorothea Schmidt verdiente sich als freie Mitarbeiterin bei der Zeitung ein mehr oder weniger deftig belegtes Zubrot. An den Job war sie eher durch Zufall geraten. Sie stammte aus den Altbundesländern, hatte eine befristete Stelle in Arnstadt angenommen und war nach deren Auslaufen in Thüringen hängen geblieben. Etliche Werkverträge und Zwischenjobs später war sie mittlerweile noch dreieinhalb Monate von Hartz IV entfernt. Gab es denn in den Industriegebieten vor der Stadt keinen Bedarf für Texterinnen? Nicht mein Problem, beschloss ich. Dem Klischee „Kritiker gleich frustrierter Musiker oder Musikwissenschaftlerin ohne Zukunftsperspektive" entsprach sie nicht. Warum war Dorothea Schmidt dann meist so streng in ihren Kritiken?

„Ach, ich bin ja selbst am glücklichsten, wenn es ein schönes Konzert wird. Aber ich lasse mich ungern verschaukeln. Und ich hasse es, wenn mir ein lustlos heruntergefiedeltes Programm gefallen soll, nur weil irgendein bekannter Name auf dem Plakat steht. In Arnstadt gehen so wenige Leute ins Konzert. Vielleicht dreißig sehe ich regelmäßig, noch einmal dreißig hin und wieder. Der Rest, das sind Touristen. Die paar Einheimischen, die wirklich gern gehen, denen die Musik am Herzen liegt, die haben es nicht verdient, dass man sie mit einer mittelmäßigen Leistung abspeist und behauptet, sie hätten auch noch dankbar dafür zu sein."

Dass meine Freundin das ähnlich sieht, behielt ich lieber für mich. Jetzt war kaum der richtige Moment, sie unverbindlich ins Gespräch zu bringen.

Der Presseausweis, den Dorothea Schmidt vor der Marienkirche präsentierte, machte Eindruck.

„Hoffentlich schreiben Sie auch was Gutes. Sonst bin ich böse mit Ihnen." Das dauergewellte Großmütterchen an der Kasse schien es als handfeste Drohung zu meinen. Die Kritikerin lächelte gezwungen und ging zu einer Bank in der Mitte des Kirchenschiffs. Ein paar Euros leichter folgte ich ihr in gebührendem Abstand. Mich beachtete niemand, was mir nur recht sein konnte. Schließlich hatte ich einen Mord aufzuklären. War da ein Konzertbesuch wirklich angemessen? Ratlos sah ich mich um und betrachtete den schmucken Orgelprospekt. Das Instrument selbst war seit Jahren unspielbar, stand im Programmzettel. So tot wie mein Bratscher, dachte ich. Auch wenn hier nur der Zahn der Zeit geknuspert hatte, tot blieb tot. Aber warum war Sansheimer das? Bei einem Schuss in den Nacken ließ sich an Notwehr eher nicht glauben. Totschlag vielleicht? Ach was. Die Beurteilung des Tatbestandes war ohnehin Sache des Gerichts oder der Staatsanwaltschaft und nicht meine.

Zwei junge Finnen vertrieben mir das Grübeln schnell. Das Konzert dauerte gerade einmal eine gute Stunde, zwei Zugaben noch und schon drückten wir uns am Kollekteteller vorbei nach draußen.

„Blockflöte und Dudelsack", sagte Dorothea Schmidt. „Nicht gerade mein Dream-Team. Aber wenigstens spielen die beiden recht ordentlich. Schade, dass die Orgel hinüber ist. Noch vor ein paar Jahren habe ich hier ein sehr schönes Konzert erlebt. Aber die Restaurierung würde sehr viel mehr Geld verschlingen, als im Ort aufgebracht werden kann. Kein Wunder, bei gut fünfhundert Einwohnern. Und das bisschen Geschichte, die Sagen um ein verschollenes Kloster, die nicht verbriefte Lage auf einem halb vergessenen Seitenarm des Jakobswegs, das alles reicht einfach nicht, um die Touristen zu holen."

Außer uns beiden hatte das finnische Duo noch knapp vierzig weitere Zuhörer angelockt und wie mir die Kritikerin erzählte, war das im Vergleich zu anderen Konzerten nicht einmal schlecht.

Auf dem Rückweg zählte ich die Kreuze am Fahrbahnrand. Diskoraser sind auch im Jonastal ein nachwachsender Rohstoff. Dorothea Schmidt schwieg lange.

„Ich muss immer wieder an diesen Bratscher denken", sagte sie endlich. „Wenn er mich mit seiner Telefoniererei nicht so genervt hätte, würde er dann noch leben?"

Diese Frau war wirklich selten naiv. Oder überaus gerissen. Ich war geneigt, sie vorläufig für nicht verdächtiger als andere Arnstädter zu halten. Schließlich hatte sie die Meinige bei deren seltenen Auftritten im Thüringischen bisher einigermaßen freundlich mit ihren Kritiken behandelt. Also wollte ich auch nicht so sein und fragte nach, wie sie das meinte.

„Hoppla. Das konnte man jetzt prächtig missverstehen, Frau Rogener. Ich denke, wenn wir ins Gespräch gekommen wären, vielleicht hätten wir dann noch etwas herumgesessen. Dann wäre eben nichts passiert." Sie seufzte. „Und wenn doch, dann hätte ich wenigstens eine Art Exklusivinterview."

Ach, Frau Schmidt. Gerade hatte ich beinahe angefangen, sie zu mögen.

„So etwas Ähnliches haben Sie doch. Oder lässt sich aus der Telefoniererei nichts machen?" Zugegeben, das war nicht fein. Manchmal kann ich mich nicht bremsen. Die Kritikerin sah irritiert aus. Aber sie schien die Frage ernst zu nehmen.

„Nein. Der Mann hatte doch Kinder. Gut, erwachsene, aber trotzdem. Wer möchte denn über seinen Vater in der Zeitung lesen, er habe den Sexprotz gemimt, kurz bevor er erschossen wurde? Sie etwa?"

Auch wenn ich Dorothea Schmidt nicht so bald in meinen Freundeskreis aufnehmen würde, ihr Mitgefühl für die Hinterbliebenen hatte zumindest den Effekt, dass es mir kaum recht sein würde, wenn sich meine Verdächtige tatsächlich als die Verantwortliche herausstellte. Vielleicht ließ sich doch etwas mit Sansheimers Telefoniererei anfangen. Wo war das Handy eigentlich abgeblieben?

Zurück in Arnstadt ging ich noch einmal ins Büro. Mein Gedächtnis hatte mich nicht getäuscht: Die Liste der Gegenstände, die bei dem Toten gefunden worden waren, war zwar lang, aber ein Handy stand nicht darauf, weder ein grünes noch sonst irgendeines.

Am nächsten Morgen hielten Kollege Hansen und ich Lagebesprechung. Sein Ausflug in die Kellerkneipe hatte keine neuen Erkenntnisse gebracht, dafür immerhin eine leichte Knoblauchfahne. Natürlich wusste Jochen Bescheid auf dem aktuellen Handymarkt. Die spezielle Farbe, die Dorothea Schmidt erwähnt hatte, ließ auch ihn auf eine bestimmte Marke schließen.

„Reichlich teuer. Kann sich ein einfacher Bratscher so etwas leisten? Ach so, ja, die gibt es zum Tarif dazu. Aber trotzdem. Auch mit Flatrate …"

Bevor Jochen mich tiefer in das Tarifgefüge der Funknetzbetreiber einführen konnte, klingelte das Telefon. Der Festivalleiter. Egino von Wasten wollte den neuesten Stand der Ermittlungen erfahren. Wie war er eigentlich an die Durchwahl gekommen? Und wenn ich mich schon mit dummen Fragen aufhielt: Wer hatte ihm gesagt, dass ich für Kollege Eckhert eingesprungen war? Ich kam nicht dazu, dem Festivalmann diese Fragen zu stellen. Abrupt beendete er das Gespräch. Jochen, der über den Lautsprecher mitgehört hatte, wusste den Grund für die technischen Störungen.

„Er hat aus dem Auto angerufen. Mit dem Handy. Aber seins taugt nicht viel. Und so, wie das geraschelt hat, hat er keine Freisprecheinrichtung. Freundchen, Freundchen. Lass dich nicht erwischen, das wird teuer."

Da sich der Kollege so gut mit der modernen Telekommunikation auskannte, warf ich ihm einen weiteren Brocken zum Durchkauen hin.

„Was ist wohl mit Sansheimers Handy passiert?"

Der Täter hatte nicht einmal den Versuch unternommen, das Ganze wie einen Raubüberfall aussehen zu lassen. Als der Bratscher entdeckt wurde, trug er eine fast echte Rolex am Handgelenk. Im Portemonnaie steckten eine EC-Karte, zwei weitere Exemplare Plastegeld sowie knapp vierhundert Euro in Scheinen nebst etwas Kleingeld. Und das nach der nicht gerade kleinen Zeche in der Kellerkneipe. Ein paar Visitenkarten fanden sich auch in den Taschen. Aber kein Telefon. Der gesamte Marktplatz war abgesucht worden, obwohl Sansheimer mit seiner Schusswunde vermutlich keinen einzigen Schritt mehr hatte machen können. Wo also war dieses vertrackte Handy? Kollege Hansen hatte einen Verdacht.

„Diese Kritikerin, die hat doch gesagt, dass er selbst angerufen hat. Vielleicht hat er ja doch nicht nur so getan, als ob. Nehmen wir an, es war keine Attrappe. Dann wird eine ganze Latte von Gesprächsverbindungen gespeichert, rein und raus. Kann sein, dass da jemand auf Nummer sicher gehen wollte. Oder einfach nicht die Zeit hatte, alles mal eben zu löschen, bevor er verduftete." Jochen schüttelte den Kopf. „Blödsinn. Die Verbindungen werden doch nicht nur im Gerät gespeichert. Vielleicht konnte er dieses schicke Gerät einfach nicht liegenlassen."

Mein bewundernder Gesichtsausdruck half dabei, ihn zu überreden, bei den einzelnen Netzanbietern nach Ulhart Sansheimer zu recherchieren.

Während der Kollege telefonierte, sah ich mir die Visitenkarten genauer an. Zwei waren von Gaststätten, „Night-Club Schattoh" und „Eden – die Bar für den anspruchsvollen Genießer" priesen sich an. Die dritte kam von einer Konzertagentur mit Sitz in London. Eine weitere aus hochwertigem Karton hatte lediglich das passende Format, aber keinen Adressaufdruck. Auf ihr stand eine Folge von acht Ziffern, mit Kugelschreiber notiert und teilweise verwischt. Natürlich hatte die Spurensicherung die Sachen längst freigegeben, sonst hätte ich sie mir kaum aus der Asservatenkammer holen dürfen. Auch auf der Rückseite der Karte standen einige Ziffern. Es konnte sich um zwei Telefonnummern handeln, aber ohne Vorwahl half uns das nicht weiter. In den wenigsten deutschen Städten waren normale Telefonnummern achtstellig. Nur eine ordentliche Zahl von Nebenstellen konnte die Ziffernfolge so aufblähen. In Frage kamen Großbetriebe oder Behörden. Ich legte die Karte zurück und griff nach der letzten des kleinen Stapels. Wieder eine Visitenkarte. *Thuringia sonat*. Egino von Wasten. Auf dessen nächsten Anruf freute ich mich nachgerade. Aber hatte er nicht mehr ermittelnden Eifer verlangt? Also, auf zu seinem Büro.

3

Am Gebäude der Festivalverwaltung hing ein Schaukasten mit frisch geputzten Scheiben. Nur schemenhaft sah ich unser Spiegelbild näher kommen. Aber ich weiß ohnehin, dass Kollege Hansen und ich ein ungleiches Gespann sind. Neben dem baumlangen Jochen wirke ich trotz meiner 1,70 Meter klein. Schlank und kurzhaarig sind wir beide, aber ich habe dunkle Locken, während er semmelblond ist. Hin und wieder bekommen wir beide durchaus ernst gemeinte Komplimente von Männern. Die allerdings sind ihm so gleichgültig wie mir.

Die Geschäftsstelle sah aus wie die meisten solcher Büros: vollgestopft mit Prospekten, Kalendern und Landkarten an den Wänden, Schreibtisch, Computer, Kopierer, Drucker, Telefon, Faxgerät, Aktenvernichter, staubige Topfpflanzen. In der Ecke stand ein kleiner Tisch mit drei Klappstühlen, die ebenfalls als Ablagefläche für Papierstapel genutzt wurden. Außer der Sekretärin waren noch zwei Frauen anwesend. Alle drei schienen den gleichen Friseur zu haben. „Praktisch" war das einzige positive Adjektiv, das mir zu den einfallslosen Kurzhaarschnitten in den Sinn kam. Während die Sekretärin uns erwartungsvoll ansah, zählten die beiden anderen auf der Abdeckung des Kopierers Wechselgeld.

„Guten Tag, mein Name ist Rogener. Ich hätte gerne Herrn von Wasten gesprochen."

„In welcher Angelegenheit, bitte?"

Vermutlich bekamen selbst die Blätter der Topfpflanzen gerade spitze Ohren. Das Geräusch des Geldzählens war jedenfalls schlagartig leiser geworden. So etwas liebe ich. Wenn ich mein Anliegen hier im Vorzimmer nannte, dann wusste es vermutlich ganz Arnstadt noch vor der Mittagspause.

„Das würde ich ihm gerne selbst sagen. Bitte schauen Sie doch, ob er da ist."

Unser Dienstwagen stand direkt neben der Oberklassekutsche des Festivalleiters. Die war leicht zu identifizieren; der Aufkleber des Hauptsponsors leuchtete unübersehbar. Nachdenklich strich sich die Sekretärin über ihr angegrautes Haar. Schließlich wuchtete sie sich hinter ihrem Schreibtisch hoch und verschwand hinter einer angelehnten Tür.

„Rogener? Kenne ich nicht. Fragen Sie sie, was sie will. Ich hab jedenfalls keine Zeit. Ich hab genug damit zu tun, mal wieder Klarschiff zu machen in diesem Laden. Ja ja, ich weiß, Sie haben das Chaos natürlich nicht angerichtet. Tun Sie ja nie. Aber Sie bringen es auch nicht in Ordnung, oder? Außerdem muss ich sowieso gleich weg. Wissen Sie doch."

„Kriminalpolizei! Herrn von Wasten, bitte."

Das konnte er vermutlich auch durch die Tür hören, die nach der Rückkehr der Sekretärin nur angelehnt geblieben war. Der Festivalleiter kam aus seinem Büro hervor und maß den Kollegen Hansen mit einem Blick, der vermutlich Souveränität ausstrahlen sollte, bedauerlicherweise jedoch irgendwo zwischen Herablassung und Verunsicherung hängenblieb. Dann konzentrierte sich Egino von Wasten auf mich. Ich sah ihm förmlich an, dass er lieber mit dem Kollegen verhandelt hätte. Aber wozu war ich schließlich Hauptkommissarin?

„Ach, Frau Rogener. Guten Tag. Kommen Sie doch bitte herein."

Nachdem ich Jochen Hansen vorgestellt hatte, begann das Geplänkel.

„Was führt Sie zu mir?"

Ich beschloss, die Sache behutsam anzugehen. „Im Rahmen unserer Ermittlungen hätten wir gerne gewusst, in welcher Beziehung Sie zu Ulhart Sansheimer gestanden haben."

Nicht wirklich elegant, aber hier ging es um Mord und nicht um Noten für den künstlerischen Gesamteindruck.

„Wie meinen Sie das?"

Der Festivalleiter wusste vermutlich, wie ich das meinte.

„Kommen Sie, Herr von Wasten. Sie haben mehrfach angerufen, um sich nach dem Stand der Ermittlungen zu erkundigen. Sie haben Auskünfte verlangt, von denen Sie genau wissen, dass ich sie Ihnen nicht geben darf, solange die Ermittlungen laufen, selbst wenn Sie ein Verwandter des Toten wären. Täten Sie so etwas für einen Ihnen völlig Unbekannten?"

Pause.

Das Spiel des Anschweigens kann auch von zwei Seiten gespielt werden. Aber der Festivalleiter hatte doch sehr darauf gedrungen, dass der Fall unbedingt umgehend aufgeklärt werden musste. Ganz abgesehen davon wurden die Chancen dafür natürlich umso geringer, je länger es dauerte.

„Ich nehme an, Herr von Wasten, dass die Leitung des Festivals Ihre Zeit stark in Anspruch nimmt. Lassen Sie uns also zur Sache kommen. In welcher Beziehung standen Sie zu Ulhart Sansheimer?"

Pause.

„Gut, Herr von Wasten. Da auch unsere Zeit knapp bemessen ist, darf ich Sie bitten, morgen zu uns in die Polizeistation zu kommen. Sagen wir, gleich um viertel neun."

Das war nicht fein. Ich wusste, dass Egino von Wastens Vortrag über die Orgel als Repräsentationsinstrument heute Abend einer der Höhepunkte im Festivalprogramm sein sollte. Der Termin fand in Völkershausen statt, über hundert Kilometer entfernt. Die Aussicht, am nächsten Morgen bereits um kurz nach acht bei der Polizei in Arnstadt auf der Matte stehen zu dürfen, löste erwartungsgemäß die Zunge des Festivalleiters.

„Ich kannte den eigentlich überhaupt nicht. Er ist … war Mitglied des Orchesters, das bei unserem Abschlusskonzert spielt. Außer der Orchestervorstand sagt noch in letzter Minute ab. Dann fällt das Konzert ins Wasser. Und dabei sollte es aufgezeichnet werden, für eine CD."

Davon hörte ich zum ersten Mal. Im Vertrag, den meine Swantje unterschrieben hatte, stand zwar etwas von einem Mitschnitt „zu internen Dokumentationszwecken", aber nichts davon, dass mehr aus der Sache werden sollte. Auch das Honorar sah nicht danach aus, als ob es die Weiterverwertung der Aufzeichnung einschließen würde.

Es konnte gut sein, dass Herrn von Wasten Neuverhandlungen ins Haus standen. Aber wir waren ja in einer ganz anderen Angelegenheit hier. Auch Jochen hatte bei Erwähnung der CD für einen kleinen Moment erstaunt ausgesehen. Die Verlobte war bei dem Finale ebenfalls gebucht. Aber zurück zum Thema.

„Sonst kannten Sie Herrn Sansheimer nicht näher?"

„Nein. Ein sechstes Pult, egal bei welchem Instrument, lernt man als Veranstalter normalerweise nicht kennen."

„Ja, das verstehe ich. Aber wie erklären Sie sich dann, dass wir Ihre Visitenkarte bei Herrn Sansheimer gefunden haben?"

Pause.

Schließlich kam doch noch eine Antwort. Wenn sie als solche durchging.

„Was weiß denn ich? Er wird sie von irgendjemand erhalten haben. Die Adresse des Festivals steht mit drauf, vielleicht wollte er hier vorbeischauen."

„Und? Hat er?"

„Nicht, dass ich wüsste."

Wer bereits eine Weile im Polizeidienst tätig ist, neigt dazu, etwas Schlechtes in jedem Menschen zu vermuten. Ich unterdrückte den Gedanken, dass der Festivalleiter aus dem Schneider zu sein glaubte. Selbst wenn Ulhart Sansheimer beim Betreten der Geschäftsstelle gesehen worden war, konnte Egino von Wasten immer noch behaupten, die Sekretärin habe ihn nicht informiert. Ihrerseits brauchte sie nur zu sagen, den Bratscher nicht vorgelassen zu haben, und ihr Arbeitsplatz wäre auf Dauer gesichert. Aber natürlich bestand immerhin auch die Möglichkeit, dass Herr von Wasten die Wahrheit sagte.

„Also von Ihnen hatte er sie nicht?"

„Nein, das habe ich Ihnen doch gerade gesagt."

Hatte er zwar nicht, aber der Stationsleiter würde es vermutlich auf die Künstlernatur schieben.

Kollege Hansen mischte sich ein. „Dann können wir also davon ausgehen, dass Ulhart Sansheimer die Visitenkarte von jemand anderem bekommen hat. Vielleicht finden wir ja mit Hilfe der Fingerabdrücke etwas heraus."

Der Gedanke schien Egino von Wasten nicht zu gefallen. Entsprechend reagierte er. „Haben Sie weitere Fragen? Ich muss bald los."

Wir hatten nur noch eine. Die stellte Jochen.

„Wenn wir schon einmal da sind. Wo waren Sie in der Nacht auf den 28.?"

Ohne Egino von Wasten eine genaue Angabe zu machen, für welche kurze Zeitspanne er ein Alibi benötigte, ließ sich vielleicht etwas Brauchbares herausfinden. Kollege Hansen zeigte einiges Geschick. Zumindest gelang es ihm, den Festivalleiter aus der Reserve zu locken.

„Verdächtigen Sie etwa mich?"

Ich konnte beobachten, wie die Wut in Egino von Wasten hochstieg. Sein eben noch blasser Teint färbte sich rasch rötlich. Ein interessanter Kontrast zu den elegant ergrauten Schläfen.

Wir verdächtigten ihn natürlich nicht. Wie auch, ohne Anhaltspunkte jeglicher Art. Er und der Papst, das waren die Einzigen, die für die Tat vermutlich niemals in Betracht gezogen werden würden.

„Dass wir Sie verdächtigen, davon kann keine Rede sein, Herr von Wasten." Vorläufig jedenfalls, dachte ich mir. „Es geht uns lediglich darum herauszufinden, wie lange, wo und warum Ulhart Sansheimer überhaupt in Arnstadt war."

Meine besänftigenden Worte halfen nicht viel, Egino von Wasten zu beruhigen.

„Und wieso fragen Sie da ausgerechnet mich? Ich habe Ihnen doch schon gesagt, dass ich den Mann nicht näher kenne. Kannte."

„Ja, das haben Sie uns gesagt." Zeit, die aufgestellten Kammfedern seines Egos wieder etwas zu glätten. „Aber es könnte doch immerhin möglich sein, dass Sansheimer zu Ihnen wollte, vielleicht auch, ohne dass Sie einen Termin vereinbart hatten."

„Viele wollen zu mir. Aber jetzt muss ich erst einmal selbst zu einem Termin. Ins Ministerium. Nach Erfurt. Wenn Sie mich entschuldigen wollen?"

Sprach's und verließ das Büro, der erstaunten Sekretärin ein „Bin übers Handy erreichbar" zurufend.

Hansen sah mich an, ich sah Hansen an, die Sekretärin, die wieder in der Tür stand, blickte auf uns beide. Achselzuckend erhoben wir uns und verließen die Geschäftsstelle.

„Ich glaube nicht, dass ihm unser Besuch besonders gut gefallen hat."

Jochens detektivische Fähigkeiten waren zuweilen erstaunlich.

Er grinste. „Ich würde mich kaum wundern, wenn er nicht so bald wieder anruft."

Ich mich auch nicht. Es ist schließlich die eine Sache, wahllos Visitenkarten zu verteilen, und eine ganz andere, zuzugeben, dass man kein Alibi hat. Das würde sich allerdings rasch besorgen lassen. In der Stadt wurde gemunkelt, dass Egino von Wasten sehr gut vernetzt war in den an Kunst und Kultur interessierten Adressen im Kreisgebiet. Von intensiven, natürlich schöngeistigen „Plauderstündchen" wurde gemunkelt, Begegnungen, die ihn bis weit in die frühen Morgenstunden von der heimischen Kücheneinrichtung fernzuhalten pflegten.

Vermutlich hatte er seinen Verbleib einfach nur nicht kundtun wollen, solange er nur durch ein dünnes Türblatt vom Personal getrennt war. Ich nahm es ihm nicht übermäßig krumm. So ein Festival produziert schon für sich allein genügend Stress, selbst wenn nicht plötzlich die Kripo vor der Tür steht oder sonst wer genauer nach dem Aufenthaltsort bohrt. Mit unserer Fragerei hatten wir immerhin eines erreicht: Egino von Wasten rief zumindest an diesem Tag nicht mehr bei uns an.

Ein weiteres Gespräch mit ihm stand uns jedoch garantiert noch bevor. Mittlerweile war die Recherche in Sachen Fingerabdrücke abgeschlossen. Auf dem Karton befanden sich außer Sansheimers nur die des Festivalleiters. Die führte unsere Kartei wegen eines Einbruchs in die Geschäftsstelle. Bis zur Verhandlung blieben auch von Wastens Abdrücke gespeichert. Und nun fanden sie sich auf der Visitenkarte? Warum auch nicht, wenn es doch seine war. Aber da außer Egino von Wasten nur der Bratscher noch Spuren auf der Karte hinterlassen hatte, würde er sich doch einige Fragen gefallen lassen müssen.

„Das ist natürlich kein Beweis, Jochen. Nicht einmal ein richtiges Indiz, fürchte ich. Jeder Anwalt lacht uns vom Hof, wenn wir damit kommen."

„Stimmt wohl. Aber an der Sache ist irgendein Haken. Das glaube ich einfach nicht, dass die beiden sich nicht gekannt haben. Da muss irgendwas sein, wenn der eine die Visitenkarte hat und der andere abstreitet, ihm jemals begegnet zu sein. Ich finde, da hat der Herr von Wasten uns noch etwas zu erklären."

Der Meinung war ich auch. Jochen rief im Festivalbüro an und bat die Sekretärin, ihrem Chef auszurichten, dass es bei dem Termin morgen früh bliebe.

„Und sonst? Haben wir irgendetwas?"

„Nein, Karin. Fehlanzeige bei den Handys. Keiner von den Telefonanbietern wusste etwas über den Sansheimer."

Ich seufzte.

„Okay, manche waren etwas schwierig. Denen musste ich erst erklären, dass ich nur eine Rufnummernauskunft wollte und es dazu keinen richterlichen Beschluss braucht. Herrschaftszeiten. Das weiß ich doch, dass wir nicht einfach so alles kriegen. Die Leute schauen eindeutig zu viel Fernsehen."

„Aber wenigstens wissen wir jetzt, dass er kein eigenes Handy hatte."

„Das wissen wir eben nicht. Vielleicht hat er sich das Ding ja ausgeliehen. Oder jemand hat für ihn den Vertrag abgeschlossen. Bei einem Prepaid-Angebot kommt doch nichts nach an Post oder so. Und wenn ihm das Geld für das Roaming nicht zu schade ist, kann es natürlich auch ein ausländisches Handy sein. Auf jeden Fall glaube ich nicht, dass der Richter das so lustig findet, wenn wir einen Beschluss erwirken wollen, aber keine Telefonnummer dazu angeben können. Und noch nicht einmal das Netz wissen. So wird das jedenfalls nichts. Leider."

Wenn das so war, konnten wir für heute auch Feierabend machen.

4

Mit einer Sängerin liiert zu sein, ist nicht immer leicht. Wenigstens gibt es häufig Blumen. Hinter drei großen Sträußen schlummerte Swantje auf der Couch. Zu meiner Freude erwachte sie recht bald.

Nach der Wiedersehenszeremonie erzählte sie mir von der Tournee, die für sie unter anderem vierzehn Auftritte als Händels Perserkönig Cyrus bedeutet hatten.

„Eigentlich war es wie immer. Der Bass konnte es nicht fassen, dass er bei mir nicht landen durfte. Der war der Typ Selbsternannter-Frauenbeglücker. Bei den Proben, ich sag dir, ein Ausziehblick, das hast du noch nicht erlebt. Wenigstens hat er sich bei den Konzerten zusammengerissen und nur ins Publikum gestiert."

„Der hätte mir in die Finger geraten sollen. Da wäre es bald aus gewesen mit dem Stier."

Swantje lachte. „Er hat schon genug gelitten, dass er nur der Stichwortgeber war und ich den Helden mimte."

„Geschieht ihm recht. Hat er denn ordentlich gesungen?"

„Den Leuten hat es gefallen. Aber der Dirigent hat ständig Grobias gesagt. Dabei heißt die Rolle Gobrias."

„Na ja. Das war deutlich."

„Vielleicht. Wenn der genügend Deutsch gekonnt hätte. Genug von fremden Männern. Erzähl du mal."

„Mich hat niemand mit Blicken ausgezogen."

Das war ihr zwar unverständlich, aber durchaus recht. „Das ist sowieso meine Sache. Und nicht nur mit Blicken."

Gut, dass wir die extrabreite Couch haben.

„Das ist überhaupt die beste Methode, den Jetlag zu überwinden, finde ich."

Da mir Swantjes Wohlbefinden am Herzen liegt, trage ich dergleichen therapeutische Maßnahmen gerne mit. In den nächsten Tagen würden wir wenig Zeit dafür haben. Mein lieber Schwan musste zwar nicht exzessiv für das Abschlusskonzert des Festivals üben, schließlich stand mit Händels *Belshazzar* für sie der fünfzehnte Cyrus auf dem Programm, aber in der nächsten Spielzeit würde es einige Rollendebüts geben. Mir drohten in der Sache Sansheimer voraussichtlich etliche Überstunden.

„Mord ist Mord. Kann man ja nicht gut unter die Kategorie Bratscherwitze sortieren, oder?" Swantje grinste.

„Das fehlte gerade noch. Wir haben so wenig, das ist gar nicht lustig. Also, nicht Witze. Indizien. Die Zeit drängt. Nicht nur der Chef vom Festival."

Das Abschlusskonzert sollte in fünf Tagen stattfinden. Bis dahin musste der Fall aufgeklärt sein, wenn ich nicht in Befangenheit versinken wollte. Es machte sich nicht gut, wenn die Lebensabschnittserheiterin der ermittelnden Beamtin von einem der Verdächtigen bezahlt wurde für ein Konzert, das der ehemalige Brötchengeber des Ermordeten gestaltete und über das ausgerechnet die Journalistin berichten sollte, deren Alibi wackelte wie eine schwarz-grüne Koalition beim Planen einer Flughafenerweiterung. Schon den Ausflug zu Flöte und Dudelsack nach Gossel konnte ich kaum als seriöse Ermittlungsarbeit verkaufen. Aber den Versuch, etwas aus Frau Schmidt herauszubekommen, war es doch wert gewesen, rechtfertigte ich mich vor mir selbst.

„Richtig begeistert scheinst du mir nicht von dem Fall. Soll ich dir eine Entschuldigung schreiben fürs Büro?"

„Hat was. Aber das geht nicht. Die Sache ist ernst."

„Die Sache schon. Aber ich nicht. Also Feierabend."

Am nächsten Morgen saß ich nur mäßig ausgeruht dem Kollegen Hansen gegenüber. Wir waren uns einig, dass wir heute zum Orchester nach Suhl fahren mussten. Doch zunächst wollten wir sehen, ob von Wasten seinen Termin bei uns wahrnehmen würde.

Das Bürofenster zeigte auf die Haupteinfallstraße von der Autobahn in die Stadt. So konnte Jochen die Beobachtung machen, dass der Wagen mit dem Festivalaufkleber nicht aus Richtung Arnstadt auf den Parkplatz einbog.

Dafür, dass Egino von Wasten etwas kurz angebunden war, machte ich die frühe Morgenstunde verantwortlich. Da weder

Jochen noch ich taufrisch waren, wollten wir unserem Gast sein Privatleben gönnen.

„Wenn ich mich recht entsinne, Herr von Wasten, ist die Frage offen, wo Sie in der Nacht zum 28. Juli waren."

„Ich war beim Konzert. In Ponitz, bei Meerane. Eine Silbermannorgel, falls Ihnen das etwas sagen sollte."

„Gewiss. Ein sehr schönes Instrument. Nur dass die Straße direkt vor der Kirche entlangführt, ist mitunter etwas lästig bei Tonaufnahmen."

Swantje hat dort einmal gesungen, aber das erwähnte ich nicht. Egino von Wasten sah für einen Moment irritiert aus. Sollte das Bollwerk seines selbstgerechten Zorns bereits erschüttert sein?

„Ich meinte allerdings eher die späteren Nachtstunden. Die Konzerte Ihres Festivals dauern doch selten länger als siebzig Minuten, höchstens anderthalb Stunden. Sind Sie vielleicht anschließend irgendwo eingekehrt?"

Ich war durchaus bereit, ihm ein paar wenigstens golden angestrichene Brücken zu bauen. Aber der Festivalleiter zeigte wenig Neigung, auch darauf zu spazieren.

„Herr von Wasten, wir sind hier ungestört", begann ich zu drängeln. „Es befinden sich drei erwachsene Menschen im Raum. Haben Sie nun ein Alibi? Oder wollen Sie, dass ich mit Ihren Fingerabdrücken auf der Visitenkarte und Ihrer Aussageverweigerung zum Staatsanwalt gehe?"

Erstaunlicherweise zeigte das Wirkung. Egino von Wasten hatte nach dem Konzert noch die Kasse abgerechnet, eine Kleinigkeit mit den Musikern gegessen und war dann mitten in der Nacht wieder in Arnstadt eingetroffen. Wider Erwarten hatte es keine schöngeistigen Gespräche gegeben. Im Büro war er gewesen, um etwas aufzuarbeiten, das ohne ihn sonst liegengeblieben wäre.

„Zeugen habe ich keine. Außer dem Computer. Ich habe in sehr vielen Dateien gearbeitet. Das Abspeichern, also die Uhrzeit, die wird doch immer mit registriert."

Kaum etwas lässt sich so leicht manipulieren wie die Uhr eines Computers. Auch Kollege Hansen wirkte nicht überzeugt von diesem Alibi. Das Festivalbüro liegt in der Nähe des Marktplatzes.

„Warum konnten Sie uns das nicht gestern sagen?"

Egino von Wasten druckste herum. „Nun ja. Ganz so direkt bin ich dann doch nicht ins Büro. Ich hatte noch einen Termin. Ein alter Schulfreund war auf dem Weg nach Dresden, wir wollten uns im Rasthof beim Hermsdorfer Kreuz treffen."

Ein alter Schulfreund. Sehr plötzlich aus dem Nebel aufgetaucht, fand ich.

„Und? Haben Sie?"

„Eben nicht. Er steckte im Stau. Da hat er mich angerufen und abgesagt. Das war so gegen halb eins, als er sagte, er würde in Jena übernachten. Ich hatte schon eine ganze Weile gewartet."

Natürlich würden wir nachfragen, aber es war nicht anzunehmen, dass sich im Rasthof jemand an ihn erinnern konnte, auch wenn er eine durchaus ansprechende Erscheinung war mit seinem dunklen italienischen Anzug. Das telefonische Alibi nützte nicht viel, durch den Hörer hätte er ja alles Mögliche über seinen Aufenthaltsort erzählen können.

Kollege Hansen blickte skeptisch. Ich wollte fast darauf verzichten, Namen und Telefonnummer dieses Schulfreunds zu erfragen, aber dann hätte Egino von Wasten behauptet, ich nähme ihn nicht ernst. Also machte ich ihm die Freude. Der Zettel würde sich sicher gut in den Akten ausnehmen.

„Ist Ihnen denn irgendjemand unterwegs begegnet, der sich an Sie erinnern könnte?"

„Mir begegnen viele Leute. Die meisten erinnern sich."

„Also, Herr von Wasten, sehr überzeugend ist das alles nicht. Das sehen Sie doch wohl selbst. Könnte es sein, dass Sie uns immer noch etwas vorenthalten?"

„Nein. Kann es nicht. Wieso fragen Sie mich das alles? Ich bin sicher, eine ganze Menge Arnstädter haben in der Nacht auf den 28. Juli auch nicht Buch geführt. Wollen Sie die etwa alle verdächtigen?"

Nein. Nicht alle. Nur die, deren Karte der Bratscher bei sich gehabt hatte.

„Wie wäre es, wenn Sie uns erzählen würden, wie Ulhart Sansheimer an Ihre Visitenkarte gekommen ist?"

„Das habe ich Ihnen doch schon gesagt, dass ich das nicht weiß!"

„Ja, richtig. Aber haben Sie eine Idee?"

„Nein. Habe ich nicht. Ich gebe im Laufe eines Jahres vielen Leuten meine Karte. Mir passt Ihre ganze Fragerei nicht. Anstatt dass Sie den Täter finden, vertrödeln Sie hier Zeit mit Nebensächlichkeiten."

So sah er ein Gespräch mit sich? Die Künstlernatur war wirklich nicht in Form.

„Also gut, Herr von Wasten. Halten wir fest. Ulhart Sansheimer hatte eine Visitenkarte von Ihnen mit seinen Fingerabdrücken. Und Ihren. Sie bleiben dabei, dass Sie sie ihn nicht kannten?"

„Herrgott noch mal."

„Darf ich das als Ja werten?"

„Nein. Ich sage jetzt gar nichts mehr. Ich betrachte die Art, wie Sie mich in aller Herrgottsfrühe hierher bestellen und grundlos verdächtigen, als Belästigung. Sie hören von meinem Anwalt."

Sprach's, stand auf und verließ das Büro.

„Wenigstens hat er nicht die Tür geknallt", sagte ich zu Jochen, der mit erstauntem Gesicht durch den Türspalt auf den Gang schaute.

Seufzend stand ich auf und schloss die Tür. Auf dem Rückweg fiel mein Blick aus dem Fenster. Der Wagen mit den Festivalaufklebern schoss gerade auf die Straße, ohne sich um irgendwelche Vorfahrtsregeln zu kümmern.

Ich seufzte. „Was haben wir denn nun wirklich?"

Hansen schob nachdenklich die Unterlippe vor.

„Hm", brummte er. „Eigentlich nichts. Der Wasten mit seiner blöden Visitenkarte. Die schnipst uns ein nur halbwegs kompetenter Anwalt locker vom Tisch. Die Schmidt? Die war da und leugnet es nicht. Die könnte geschossen haben. Aber warum? Solange wir das nicht wissen, kommen wir bei ihr genauso wenig weiter wie bei Wasten. Ob wir in Suhl fündig werden? Ich glaube kaum. Welche Suhler zieht es schon nach Arnstadt? Da haben wir eher beim Festivalfritzen Chancen."

Nur wie? Die Visitenkarte und das schwache Alibi taugten nicht, um Staatsanwalt und Presse einen Täter zu präsentieren. Arnstadt ist im Grunde ein Dorf. Wir konnten es uns einfach nicht leisten, Egino von Wasten an eine brüchige Beweiskette zu legen. Nicht vor dem Abschlusskonzert. Der einheimische Chor probte seit einem Dreivierteljahr Händel. Dass die Aufführung ins Wasser fiel, war schlicht undenkbar.

Bei dem Thema fiel mir ein, dass ich vor lauter Wiedersehensfreude Swantje gegenüber die Sache mit der CD nicht erwähnt hatte. Ich nahm mir vor, das gleich nach Feierabend zu erledigen.

Der allerdings würde auf sich warten lassen. Kollege Hansen und ich begaben uns erst einmal nach Suhl. Eigentlich hätte Hauptkommissar Eckhert das längst unternommen haben sollen, aber er fuhr nicht gerne auf der Autobahn und so hatte er die Fahrt hinausgeschoben. Dann war die Hacke dazwischengekommen. Wir hätten die Vernehmungen dort auch den Suhler Kollegen überlassen können, aber da deren Personaldecke noch dünner war als unsere ... Auf nach Suhl.

Der Orchestervorstand hatte schon mit unserem Besuch gerechnet. Nein, sie konnten sich nicht vorstellen, was Ulhart Sansheimer in Arnstadt gewollt haben mochte. Im Grunde wusste niemand viel über ihn. Auch der Pultpartner, Michael Düst, war nicht besser informiert.

„Wir haben nie viel miteinander geredet. Ich will ja nicht schlecht über Tote sprechen, aber der Ulhart und ich, wir hatten nicht viel gemein. Er spielte auch nicht besonders gut, es war zuweilen eine Qual, mit ihm am selben Pult zu sitzen. Und seine ewigen Weibergeschichten, oh, Verzeihung. Also, der Kollege hatte Damenbekanntschaften, die er ständig anrief."

Hatte er in der Kellerkneipe also doch ein Netz gehabt?

„Kennen Sie die Nummer seines Handys?"

„Der? Wusste ich gar nicht, dass er eins hatte. Nein, er hat den Apparat in der Kantine benutzt und den ganzen Raum mithören lassen, was er zu sagen hatte und vor allen Dingen, wie. Das tat er besonders gern, wenn Kolleginnen anwesend waren. Er hat sogar mal eine Abmahnung deswegen bekommen. Wer will schon alles so genau wissen? Wir sind schließlich ein Orchester und kein Anatomieseminar."

Der untersetzte Mann mit der altmodischen Brille schüttelte den Kopf, noch im Nachhinein empört.

„Kennen Sie denn vielleicht jemand, wissen Sie, mit wem er telefoniert hat?"

„Nein. Ich glaube, die meiste Zeit hat er auch nur so getan, als ob. Er war ja schon kein guter Bratscher. Aber als Schauspieler war er so richtig mies."

„Wie war er denn so, wenn Sie auf Konzertreise waren?"

„Das war noch schlimmer. Er wusste, dass mich die Telefoniererei nervte. Und irgendwie ist es immer so gelaufen, dass wir ein Zimmer zusammen hatten, vielleicht, weil ich der Einzige war, der sich über seine Schweinigeleien noch nicht beim Orchestervorstand beschwert hatte. Aber es war nicht so, dass es mich nicht gestört hätte. Es war mir nur einfach zu peinlich, wegen so etwas zum Vorstand zu gehen."

Michael Düst wurde tatsächlich ein wenig rot.

„Am schlimmsten war es, wenn wir an der Rezeption die Telefonrechnung bezahlen sollten. Er hat immer versucht, halbe-halbe zu machen. Gut, dass das nun vorbei ist. Tut mir leid, das ist nicht schön von mir. Aber mir hat es einfach gereicht."

Der Bratscher machte nicht den Eindruck, als ob er sich rabiat zur Wehr zu setzen pflegte. Er wirkte eher wie einer der ewig zu kurz Gekommenen. Ob sich ein Leidensdruck so lange aufgebaut hatte, bis er ausgerechnet vor dem Bachdenkmal explodierte? Aber war das Orchester nicht unterwegs gewesen?

„Wenn das so war, Herr Düst, dann waren Sie wohl froh, dass er krankgeschrieben war, als es ins Fränkische ging? Da mussten Sie dann nicht neben ihm sitzen."

„Musste ich sowieso nicht. Wir waren mit kleiner Besetzung gebucht. Wir hatten also beide frei. Aber ich habe eine alte Tante da unten, da bin ich mitgefahren und habe sie besucht."

Es erstaunte mich kaum, dass Kollege Eckhert die Sache mit der Orchestergröße nicht aufgefallen war. Musik interessiert ihn nur, soweit sie dem Wachstum seiner Pflanzen zuträglich ist. Vielleicht hätte er sich sonst, anstatt zu seiner Datsche zu eilen, doch nach Suhl begeben und der Fall wäre überhaupt nicht auf meinem Tisch gelandet? Ach was. Dass eine Mahler-Symphonie ein größeres Aufgebot an Musikern bedeutet als ein Konzert mit Haydn und Vivaldi, das wäre ihm nie im Leben eingefallen. Für ihn war das Orchester im Fränkischen gewesen und hatte ein Alibi.

Der Vorstand wunderte sich, als wir wieder im Büro standen, aber bereitwillig überreichte er uns ein Programm des Konzerts. Zweimal Haydn, zweimal Vivaldi, ein Klavierkonzert und eine frühe Sinfonie von Mozart. Kein Anlass für ein komplettes Symphonieorchester inklusive Kontrafagott und Harfe.

„Ja, da haben Sie natürlich recht. Damit sich das alles einigermaßen rechnet, fährt man zu so etwas mit kleiner Mannschaft. Und heutzutage ist es ja auch Mode, solche Sachen gar nicht mehr mit großer Besetzung zu spielen."

Dass das keine Mode ist, sondern musikwissenschaftliche Gründe hat, damit wollte ich ihn lieber nicht unterbrechen. Nervös fuhr sich der Orchestervorstand durch den schon etwas lichten Haarkranz.

„Es war so, dass wir für einen kleinen Bus zu viele waren und es in dem großen noch viele freie Plätze gab. Da sind dann ein paar mitgefahren, die gar nicht gespielt haben. Irgendwo habe ich die Liste."

Sehr schön. Jetzt mussten wir die nur noch mit der der Orchestermitglieder vergleichen und schon hatten wir ... nichts, vermutete ich. Jedenfalls nicht mehr als beim Festivalleiter oder der Kritikerin. Aber wir konnten es ja immerhin versuchen.

Die Liste war handgeschrieben, eindeutig ein Aushang, in den sich alle hatten eintragen sollen, die mitfahren wollten. Wir brauchten gar nicht erst anzunehmen, dass wir uns auf das Blatt verlassen konnten. Das bestätigte auch der Orchestervorstand, mit dem wir die Liste durchgingen.

„Walter Kiesel, ach, das bin ich ja selbst. Meine Schwester Sabine wollte auch mit. Hier steht sie, sehen Sie? Sie ist unsere Harfenistin, bei diesem Konzert natürlich ohne Aufgabe. Aber sie reist ganz gern. Nur haben wir vorher noch Kaffee in der Kantine getrunken. Im Kuchen waren wohl Nüsse und dagegen ist sie allergisch. Mit dem Asthma-Anfall wollte sie lieber nicht stundenlang im Bus sitzen. Kann man ja auch verstehen. Dann Michael Düst. Der Pultpartner von Sansheimer. Der war mit. Sonst stand er ja auf Reisen immer ein bisschen im Schatten von Ulhart, aber diesmal war er wie ausgewechselt. Richtig lustig war er. Besonders auf der Rückfahrt."

Gemeinsam hatten wir die Liste schnell durch. Vierunddreißig Musiker sollten das Konzert spielen, weitere vierzehn waren mitgefahren. Hatten die alle niemanden in ihrem Leben, mit dem sie lieber Zeit verbrachten, als in einen Bus gepfercht über Land zu fahren? Doch, die meisten hatten, beruhigte mich Walter Kiesel.

„Manche wollten Besuche machen, wie Michael Düst. Und zwei haben da irgendein Projekt laufen, bei dem die anderen in München sitzen. Da wollten sie sich eben in der Mitte treffen, wenn ich das richtig verstanden habe. Und noch ein paar sind halt gerne unterwegs."

Ich rechnete rasch durch. Achtundvierzig im Bus. Wie viele Mitglieder hatte das Orchester insgesamt? Siebenundneunzig. Minus Sansheimer. Mit der Harfenistin waren es insgesamt neunundvierzig Ensemblemitglieder, die kein Radar-Alibi hatten. Plus zwei Kapellmeister und die Sekretärin. Gab es Orchesterwarte? Ein fest angestellter Musiker räumt doch keine Notenpulte fort oder stellt gar noch Stühle auf. Ja, Orchesterwarte erhöhten die Zählung auf hundertunddrei. Angesichts der Mittel der Stadt Suhl, die so begrenzt sind wie in anderen Orten, stellte sich die Frage, wie ein so großes Orchester überhaupt finanziert wurde.

„Das ist zurzeit eine unserer größten Sorgen. Ende des Jahres fallen wieder Subventionen weg. Deshalb werden wir das Abschlusskonzert beim Festival spielen, obwohl wir nach dem Hinscheiden des Kollegen eigentlich nicht wollten. Selbst wenn er für Spannungen gesorgt hat, etwas Pietät ist ja wohl angebracht. Nur, wir müssen eben präsent sein, sonst fällt es noch leichter, uns die Unterstützung zu entziehen."

„Wie erreichen wir denn nun die, die nicht mitgereist sind? Spielen alle mit beim Abschlusskonzert?"

„Die meisten. Der Veranstalter hat auf große Besetzung bestanden, historisch informierte Aufführungspraxis hin oder her. Aber da kann Ihnen Frau Schüssel weiterhelfen. Wenn Sie mich bitte entschuldigen wollen, wir haben gleich eine Probe und ich muss mich noch einspielen."

5

Schon vor der Wende war Hanna-Christin Schüssel die Sekretärin des Orchesters gewesen. Jetzt fehlten ihr noch drei Jahre bis zur Rente, wie sie uns erzählte.

„Ich hoffe sehr, dass ich so lange bleiben kann." Sie seufzte. „Ich glaube kaum, dass sich eine Neue bei uns schnell zurechtfindet. Hier sind die meisten schon lange dabei, da hat sich so manches eingespielt, für das anderswo erst die Bürokratie anlaufen müsste. Und jeder hat seine Eigenheiten."

Wenn die Sekretärin nur ein wenig gemeinsam hatte mit ihren Berufskolleginnen bei der Polizei, kannte sie vermutlich jede dieser Eigenarten sehr genau und verstand sie zu nutzen, um für reibungslose Abläufe zu sorgen. Hinter ihrer Gleitsichtbrille machte sie nicht den Eindruck, als ob sie sich von Sansheimer viel hätte gefallen lassen.

„Der? Um den weint hier keiner eine Träne, da können Sie sicher sein. Wieso es der Michel, also der Herr Düst, neben ihm ausgehalten hat, weiß ich auch nicht. Nun ja, dem seine Mutter, die war schon recht eigen. Vielleicht hat er frühzeitig das Weghören gelernt." Die Sekretärin lachte. „Das war auch nötig beim Sansheimer. Einmal, ein einziges Mal, bin ich in der Kantine gewesen, als er wieder loslegte am Telefon. Er wurde immer lauter. Und richtig schweinisch. Dabei wussten wir alle, dass er meistens nur so getan hat, als ob. Irgendwann ist mir dann der Kragen geplatzt."

Frau Schüssel strahlte mich an. „Quer durch die Kantine hab ich es ihm zugerufen. Kannst getrost den Rest der Saison weiter große Reden schwingen, habe ich gesagt. Du wirst doch nie so hart wie der Hörer in deiner Hand."

Ich unterdrückte mein Grinsen fast so gut wie Kollege Hansen.

„Zugegeben", fuhr die Sekretärin fort, „das war nicht gerade fein, aber wenigstens haben wir alle gelacht. Und er hat gemacht, dass er davonkam. Den Rest des Monats war sogar Ruhe, stellen Sie sich das mal vor! Das hatte sonst nie wer geschafft."

Hanna-Christin Schüssel schien einigermaßen stolz auf sich zu sein. Wer hätte dieser kleinen, rundlichen Person mit den sorgfältig vom Friseur abgetönten Schläfen eine solche Zote zugetraut? Ich nicht. Mein Kollege versuchte weiterhin angestrengt, sein Grinsen nicht allzu breit werden zu lassen.

Wir zeigten ihr die Liste. Gemeinsam hatten wir sie schnell abgehakt. Etliche Musiker würden wir nach der Probe befragen können. Die anderen? Ein Schlagwerker hatte sich in der letzten Woche beim Training seiner Feierabendfußballmannschaft zu athletisch aufgeführt und lag mit gebrochenem Oberschenkel im Krankenhaus. Ein Streich-Quintett reiste auf Eigentournee durch Mecklenburg-Vorpommern und wurde erst morgen wieder erwartet. Das letzte Pult der ersten Geigen war seit dem 24. Juli auf Hochzeitsreise, gemeinsam, „das wurde aber auch Zeit", wie die Orchestersekretärin kommentierte. Eine Klarinettistin befand sich in Mutterschutz. Acht Blechbläser waren nach St. Peter Ording gefahren, wo sie bei einer Aufführung des Verdi-Requiems mitwirkten. Zwei Flötisten hatten ebenfalls Urlaub. Niemand wusste, wo sie steckten, zuletzt waren sie bei einem Getränkemarkt gesehen worden.

„Aber das machen die so. Übermorgen ist ihr Urlaub vorbei, dann stehen sie da und erzählen allen, sie wären gerade erst wieder aufgestanden."

Tenöre sind dumm, sagen die alten Anekdoten, Streicher spielen Quartett, Blechbläser Skat, heißt es. Und Flötisten saufen wie, nun ja, wie eben nur Flötisten. Sollte ich also eine Fahrt zum Getränkemarkt als Alibi-stiftendes Verhalten werten?

„Hatten die beiden überhaupt Kontakt zu Sansheimer?"

„Nein. Eigentlich nicht. Sie wohnen ganz am anderen Ende der Stadt und wer sich sowieso nicht viel zu sagen hat, dem sind selbst kürzere Wege noch zu weit."

Da hatte sie wohl recht. Wer fehlte noch? Ein Bratscher. Auf Meisterkurs, wie wir erfuhren.

„Der ist verhältnismäßig neu bei uns. Aber sehr talentiert."

Drei Geiger, ein Klarinettist, ein anderer Schlagwerker und ein Bassist hatten sich mit einem Akkordeonspieler, der nicht zum Orchesterstamm gehörte, zusammengetan und ein

Schrammel-Ensemble gegründet. Das saß seit letzter Woche in einem Tonstudio bei Weimar und produzierte bereits die zweite CD. Ein Oboist war krankgeschrieben. Er hatte das Rauchverbot in einer Gaststätte nicht akzeptieren wollen und musste nun wegen einer dicken Lippe pausieren. Auch zwei Cellisten fehlten, einer wegen Problemen mit dem Meniskus, der andere laborierte an einer Adduktorenzerrung. Ebenfalls in orthopädischer Behandlung befanden sich zwei Geiger.

„Ein ziemlich hoher Krankenstand, finden Sie nicht?"

„Schon. Aber auch verständlich. Wir müssen uns ja gesundschrumpfen. Das schlägt dem einen oder anderen eben nicht nur aufs Gemüt, sondern auch auf die Konstitution."

Auch wieder wahr. Wo steckte eigentlich die Harfenistin?

„Sie ist beim Abschlusskonzert nicht dabei, oder?"

„Stimmt, Frau Rogener, da ist nichts mit Harfe. Aber ich glaube, ich habe sie eben noch gesehen. Sie wird wohl im Notenarchiv sein."

Ein kurzer Anruf über das Haustelefon bestätigte die Vermutung. Sabine Kiesel würde im Archiv auf uns warten.

„Dann fehlt noch unser Erster Kapellmeister. Herr Kauffmann. Der ist verreist und kommt erst übermorgen zurück."

„Wissen Sie vielleicht, wo wir ihn in der Zwischenzeit erreichen können?"

„Nun ja. Theoretisch schon."

Kollege Hansen schaute auch nicht klüger drein als ich. Ihm entschlüpfte allerdings ein „Hä?".

„Er hat gesagt, er sei übers Handy erreichbar. Aber das habe ich schon ein paar Mal versucht. Nie ging einer ran. Und mittlerweile bekomme ich noch nicht einmal eine Verbindung zum Gerät. Immer heißt es, derzeit nicht erreichbar. Und von selbst meldet sich Herr Kauffmann nicht. Aber übermorgen ist er wieder da. Ganz bestimmt. Er muss ja schließlich das Abschlusskonzert dirigieren. Herr von Wasten hat ausdrücklich auf ihn bestanden. Schließlich ist der auch ein bekannter Name und bei den Solisten, das sind doch alles Stars, nicht wahr, also die Hauptrollen jedenfalls. Da wollte er vermutlich nicht das Risiko eingehen, dass sie wegen eines unbekannten Dirigenten schwierig werden."

Die Meinige hat mir einmal anvertraut, dass es ihr ziemlich gleichgültig sei, ob ein Dirigent bekannt ist oder nicht. Entweder er könne etwas oder eben nicht. Und das sei ziemlich unabhängig vom Namen. Swantje konnte in diesem Zusammenhang mit einigen Anekdoten aufwarten, aber für mich wurde es Zeit, mich wieder auf Frau Schüssel zu konzentrieren und darauf, was sie über den Dirigenten zu erzählen wusste.

„Jetzt ist Herr Kauffmann verreist, sagen Sie. Wann ist er denn los? Hat er das Konzert noch dirigiert, das am 27.?"

„Nein, er ist nicht mit ins Fränkische. Am Morgen war er noch mal im Büro. Aber dann ist er ziemlich schnell fort. Dirigiert hat unser Zweiter Kapellmeister. Herr Rothans. Der ist im Haus, der macht ja die Proben."

„Und wo steckt Herr Kauffmann?"

Hanna-Christin Schüssel blickte zu Jochen, der die Orchesterliste noch einmal durchzählte.

„Sie werden es vermutlich nicht herumerzählen. Hier im Haus soll es nämlich keiner erfahren. Also, Herr Kauffmann, der will sich verändern. Und bevor er weggefahren ist, hat er mir gesagt, es gebe Aussichten für ihn, im Westen, also zurück. Wenn das mit unserer Finanzsituation so weitergeht, kann man es ihm wohl kaum verdenken, dass er versucht, rechtzeitig Vorsorge zu treffen. Nur würde das die Kollegen und die Kolleginnen doch wohl etwas beunruhigen, meinen Sie nicht? Chef ist immerhin Chef, Sie verstehen?"

Jochen machte eine Bewegung, als zöge er einen Reißverschluss über seine Lippen. Er würde nichts sagen. Auch ich verstand, dass Anton Kauffmann zwar gerne am Ruder des Orchesterschiffs lehnte oder wenigstens dem Steuermann den Kurs angab und er wohl keine Ratte war. Aber dass der Kapitän als Letzter von Bord geht, ist bei untergehenden Orchestern eine eher seltene Erscheinung, moralische Vorschriften hin oder her.

„Und solange er nicht da ist, leitet Ihr zweiter Chef die Proben? Also auch die für Arnstadt? Selbst wenn er das Konzert nicht dirigiert?" Kollege Hansen klang ein wenig ungläubig.

„Ja, so ist es." Hanna-Christin Schüssel deutete seinen Gesichtsausdruck richtig und versuchte prompt, ihm die Situation zu erläutern. „Ein Zweiter Kapellmeister, der ist sozusagen wie ein Wasserträger beim Radrennen. Wenn Sie so wollen. Jedenfalls wollte es Herr Kauffmann so. Das ist eigentlich nichts Besonderes. Kennt man doch, die Geschichten, dass jemand einspringt wegen Krankheit oder so und dann groß rauskommt. So ist das eben, der Zweite wartet auf seine Chance. Was sollte Herr Rothans auch machen? Dabei ist er bei den Musikern sehr viel beliebter als …" Die Orchestersekretärin biss sich auf die Lippen. Dann gab sie sich einen Ruck. „Jedenfalls ist Herr Rothans schon viel länger bei uns. Als der alte Chef nach der Wende gehen musste, Sie verstehen …"

Aber sicher.

„Also der neue Chef damals, Herr Gödenhau, der brachte Herrn Rothans aus Eisenach mit. Und es war ziemlich klar, dass der einmal übernehmen würde. Als Herr Gödenhau vor ein paar Jahren aufhörte, zu seinem Fünfundsiebzigsten, da waren wir alle sicher, dass Manfred, also Herr Rothans, übernehmen würde. Aber dann kam dieser Finanzier, der uns unbedingt unterstützen wollte. Ein Bauunternehmer. Und der wollte partout Herrn Kauffmann. Einen Star eben."

„Und wieso geht der jetzt?" Jochen war trotz seiner musikalischen Verlobten ein Novize in der Welt der Kunstmusik. Dass es der Karriere förderlich sein kann, nicht zu lange an einem Ort zu bleiben, schien ihm unbekannt. „Ich meine, da ist doch sicher noch nicht alles gesagt. Und dann einfach so?"

„Ganz einfach so, das ist es nun auch nicht." Hanna-Christin Schüssel klang wenig enthusiastisch. „Herr Kauffmann hat immer mal wieder durchblicken lassen, dass er sich zu Höherem berufen fühlt. Auch wenn der Anruf aus New York eben doch nie kam. Überraschenderweise." Wieder huschte ein Lächeln über das Gesicht der Orchestersekretärin. Freundlich sah es allerdings nicht aus. „Immerhin ist er manchmal in München und sonst wo eingesprungen. Auf Dauer mochte er jedenfalls nicht hier in Suhl bleiben. Und warum er jetzt wirklich gehen will? Das sind Liquiditätsprobleme. Der Sponsor hat sich erst mit Büropalästen in Leipzig und Erfurt verspekuliert. Und dann kam die Bankenkrise, das war's dann. Derzeit ruhen alle Arbeiten. Zum Glück hatte er die Zuschüsse für dieses Jahr bereits komplett bezahlt."

Die Hausanlage, aus der bisher nur vereinzelte Melodiefetzen getropft waren, machte nun unüberhörbar deutlich, dass die Probe bald beginnen würde. Nach den üblichen Einspielgeräuschen und dem Einigen auf den Kammerton war ein Klopfen zu hören. Es wurde ruhig. Dann hörten wir eine Stimme.

„Also, Herrschaften. Fangen wir an. Das Konzert ist in vier Tagen. Zeit für den Feinschliff. Ich habe mir ein paar Chorproben angehört, die Leute singen ganz ordentlich. Sogar die englische Aussprache kriegen sie mittlerweile gut hin. Es gibt ein paar Stellen, wo wir sie unterstützen müssen, aber es wird wohl ganz gut gehen. Herr Kauffmann lässt sich für heute entschuldigen. Aber er hat die Tempi durchgegeben. Also, fangen wir an. Nummer Eins."

Es war schon erstaunlich, wie klar von der Bühne übertragen wurde. Und wie laut. Ich machte eine entsprechende Bemerkung zu Hanna-Christin Schüssel.

„Auch so eine Spende von unserem Sponsor. Wirklich eine tolle Anlage. Nur etwas kompliziert auszuschalten. Aber ich habe mich mittlerweile daran gewöhnt."

„Na ja", meinte der technisch interessierte Kollege Hansen, „aber die Lautstärke?"

„Gut, die kann ich regeln. Moment."

Die Orchestersekretärin ging zur Tür und drehte an einem Knopf. Prompt sank der Geräuschpegel auf ein Säuseln, das unser weiteres Gespräch über den 27. Juli begleitete.

Hanna-Christin Schüssel hatte gar nicht erst daran gedacht, mit ins Fränkische zu fahren. „Meine Mutter ist an dem Tag 85 geworden. Ich bin von früh morgens an auf den Beinen gewesen." Der halbe Ort hatte gratulieren wollen. Die Ersten waren der Gesangsverein und die Freiwillige Feuerwehr gewesen, dicht gefolgt vom Faschingsklub. Sekt einschenken, Flaschen öffnen und für Nachschub ohne lange Warterei sorgen, Gläser spülen, Mittagessen servieren, wieder spülen, Kaffee kochen und Kuchen arrangieren, servieren, spülen, Brote schmieren und servieren, wieder spülen, Schnaps ausschenken, noch einmal spülen …

„Ich war so was von fertig! Und dann hat meine Mutter die ganze Aufregung auch nicht vertragen und wir haben sie am Abend vorsichtshalber zur Beobachtung ins Krankenhaus gebracht. Die ganze Bürokratie in der Aufnahme blieb natürlich an mir hängen. Ich bin erst nach Mitternacht daheim gewesen."

Natürlich bestand die theoretische Chance, dass Hanna-Christin Schüssel sich anschließend nach Arnstadt aufgemacht hatte. Aber um am Bachdenkmal noch vor der Kugel auf Ulhart Sansheimer treffen zu können, hätte sie in einem sehr PS-starken Auto sitzen müssen. Und selbst dann hätte die Zeit kaum gereicht.

„Na gut, Frau Schüssel. Dann sind wir hier erst einmal fertig. Lassen Sie uns doch bitte wissen, wenn wir Herrn Kauffmann wieder erreichen können, ja?"

„Aber natürlich. Er ist ja sowieso bald in Arnstadt. Vielleicht können Sie dort mit ihm reden? Obwohl ich nicht glaube, dass er etwas über den Sansheimer weiß. Die saßen jedenfalls nicht regelmäßig beim Bier in der Kantine zusammen."

„Ja, gab es denn überhaupt jemanden? Ich meine, der näher mit ihm zu tun hatte?" Kollege Hansen wollte genauso wenig aufgeben wie ich.

Die Orchestersekretärin stutzte. „Wen meinen Sie jetzt? Herrn Kauffmann? Oder den Ulhart?"

Es stellte sich heraus, dass mit beiden anscheinend niemand gern zusammensaß. Dass ihnen das Anlass gewesen wäre, sich gegenseitig zu trösten, davon konnte keine Rede sein.

„Ich habe die nie zusammen gesehen. Gut, im Konzert, aber das kann man ja wohl kaum zusammen nennen. Aber dass sie mal beisammengestanden hätten, während einer Probenpause, oder gar ein Wort getauscht? Nee. Da wüsste ich nichts. Keine Ahnung. Vielleicht weiß ja unsere Harfenistin mehr."

Die Sekretärin brachte uns zum Notenarchiv, wo Sabine Kiesel auf uns wartete.

„Ich lasse Sie dann mal allein. Mittagspause. Und ich soll möglichst keine weiteren Überstunden machen. Ich muss sogar abbauen, dringend, hat es geheißen."

Mit einem freundlichen Winken verschwand die Orchestersekretärin um die Ecke.

Sabine Kiesel sah ihr lächelnd nach. „Die und ihre Überstunden. Dabei schreibt sie die längst überhaupt nicht mehr auf. Sonst gehört ihr nächste Woche das Haus, wenn die alle bezahlt werden müssten. Sie lebt halt für das Orchester. Und natürlich für ihre Mutter. Auch wenn die auf ihrer Selbstständigkeit besteht. Im Gegensatz zum Orchester. Das könnte ohne sie nicht lange existieren." Sie lächelte.

6

Ich hatte sie mir anders vorgestellt, obwohl ich weiß, dass die wenigsten Harfenistinnen den Karikaturen entsprechen. Aber bei Sabine Kiesel schien das Castingbüro besonders darauf geachtet zu haben, möglichst kein einziges Klischee zu erwischen. Wallegewänder aus Leinen? Fehlanzeige. Kein leicht abwesender Gesichtsausdruck, keine verhuschte Gestalt, noch nicht einmal lange blonde Locken. Einigermaßen schlank, das war sie immerhin, aber mit einem feuerroten Haarschopf, der unter einem schwarzen Tuch mit Totenkopfmuster hervorlugte und dem Hennatopf eindeutig mehr verdankte als irgendwelchen Genen.

Ich stellte uns vor. Sabine Kiesels Händedruck ließ vermuten, dass sie es gewohnt war zuzupacken. Aus dem Augenwinkel sah ich, wie Jochen verstohlen seine Finger lockerte. Der Verlobungsring war noch neu und drückte wohl entsprechend, wenn der Kollege sich beim Händeschütteln nicht vorsah.

Sabine Kiesel hatte nicht nur einen festen Händedruck, sondern wusste auch genau, wo sie mit uns sprechen wollte.

„Hier unten ist es ziemlich staubig. Sollen wir nicht doch lieber in die Kantine gehen?"

Wenn mich jemand nicht dort haben will, wo wir uns gerade befinden, werde ich unruhig. Berufskrankheit. Auch Jochen versicherte ihr, dass es in Ordnung wäre, hier zu bleiben.

„Hier sind wir doch vermutlich auch ungestört, nicht wahr?"

„Da haben Sie recht, Herr ... Hansen, stimmt's?" Jochen nickte und Frau Kiesel lächelte stolz. „Seit unser Notenwart im Frühjahr in Rente gegangen ist, bin ich die Einzige, die hier für Ordnung sorgt. Nun ja, ein wenig. Einen neuen Archivar können wir uns derzeit nicht leisten. Und da in dieser Saison nicht gerade viel mit Harfe besetzt ist, habe ich das übernommen. Das einzige Problem ist der Staub. Wir bräuchten richtige Schränke, aber das Geld fehlt überall."

Der große Keller sah nicht danach aus, als ob er stark frequentiert würde. In langen Regalen lagen Papierstapel und Pappkartons wild durcheinander. Nur in den ersten beiden

Reihen herrschte Ordnung. Aber auch hier tanzte der Staub im Licht der Leuchtstoffröhren.

„Ihr Bruder hat uns erzählt, dass Sie wegen eines Asthma-Anfalls nicht mit ins Fränkische sind. Der Staub hier unten, macht der Ihnen denn nichts aus?"

„Doch. Schon. Aber wenn ich so richtig herumwühle, trage ich eine Maske wie die Bauarbeiter. Ich dachte nur, wenn die Polizei kommt, dann empfange ich sie doch wohl besser nicht in der Aufmachung."

Der Grund, warum wir hier waren, schien ihr nicht allzu sehr ins Herz zu schneiden. Immerhin wusste sie unsere Erkenntnisse über Ulhart Sansheimer mit ein paar Details anzureichern.

„Er war kein feiner Mann. Das haben Ihnen die Kollegen sicher schon erzählt. Und immer hat er versucht, Kolleginnen in Verlegenheit zu bringen. Natürlich besonders die, die ihn haben abblitzen lassen."

Sie lächelte versonnen. Ob es an dem Piratenkopftuch lag? Trotz der Kittelschürze, aus deren Tasche rosafarbene Gummihandschuhe lugten, sah die Harfenistin nicht so aus, als ob einzig der Bratscher sich um ihre Gunst bemüht hatte. Gut, ihre Aura war eindeutig heterosexuell, meldete mein Gaydar. Aber erstens war ich nicht deshalb hier, zweitens hatte ich meinen lieben Schwan. Drittens wurde es wohl Zeit, wieder dienstlich zu werden.

„Hatten Sie denn häufiger mit ihm zu tun, Frau Kiesel?"

„Eigentlich nicht. Ich bin ihm aus dem Weg gegangen. Wie die meisten. Aber für mich war das auch nicht weiter schwer. Schließlich sitzen die Bratschen mitten im Orchester, vor den Bläsern. Und weil die Harfe relativ selten im Programm ist, werde ich meist an der Seite platziert. Das ist einfach praktischer für die Bühnencrew. Da müssen sie nicht so viel umbauen."

„Wissen Sie vielleicht trotzdem, was Herr Sansheimer in Arnstadt wollte?"

„Herr Sansheimer. Das klingt irgendwie komisch. So, hm, ich weiß auch nicht, irgendwie respektvoll." Sabine Kiesel verzog den Mund. „Aber Sie kannten ihn ja auch nicht." Sie lachte kurz und wurde dann wieder ernst. „Nein. Keine Ahnung, was er da gewollt hat. Er hat zwar irgendwann einmal in der Kantine getönt, auf Arnstadt freue er sich, er hätte da sowieso etwas zu erledigen, aber was das war, das weiß ich wirklich nicht. Bei dem fragte man besser nicht nach."

Angesichts dessen, was die anderen Kollegen erzählt hatten, konnte ich mir das sehr gut vorstellen.

„Da Sie nicht mitgefahren sind ins Fränkische, was haben Sie denn eigentlich an dem Tag gemacht? Das Asthma hatte sich ja schon gelegt oder habe ich etwas falsch verstanden?"

„Nein, nein, das stimmt schon. Ich habe für solche Fälle immer ein Spray in meinem Spind. Es ging mir ziemlich schnell wieder prima. Aber da ich schon einmal im Haus war, wollte ich die freie Zeit nutzen und hier ein wenig räumen."

„Haben Sie denn irgendjemand gesehen, nachdem der Bus fort war? Herrn Sansheimer beispielsweise?"

„Jetzt, wo Sie fragen, fällt es mir wieder ein. Als ich die Brandschutztür zwischen Treppe und Gang öffnete, kam er mir entgegen. Hat mir fast die Klinke in den Leib gerammt. Aber das kann man ja auch durch eine Tür nicht sehen, ob dahinter jemand steht."

„Und dann?"

„Nichts weiter. Wir haben uns verlegen angegrinst, wie man das eben so macht, wenn man fast aneinandergestoßen ist. Dann ist er weiter, nach oben, und ich bin ins Archiv."

„Hatte er denn irgendetwas bei sich?"

„Darauf habe ich gar nicht geachtet. Ich war auch noch ein bisschen erschrocken, weil ich nicht damit gerechnet hatte, dass hier unten jemand sein könnte. Und als ich ins Archiv kam, war alles in Ordnung." Sabine Kiesel verstand meinen Blick richtig. „Was sich hier so Ordnung nennt. Ich wollte sagen, es war nicht anders als sonst. Ich bin gerade dabei, eine genaue Kartei anzulegen. Unser alter Notenwart hat die Sache doch etwas schleifen lassen und sich darauf verlassen, dass er schon alles wiederfinden würde. Das hat auch erstaunlich gut funktioniert. Aber irgendwann wollen wir auf Computer umstellen, wenn es uns dann noch gibt. Jedenfalls bin ich dabei, erst einmal alles zu sichten und zu ordnen."

Da würde sie noch viel Arbeit vor sich haben. Der Raum war mindestens sechzig Quadratmeter groß und die hohen Regale standen dicht an dicht. Kollege Hansen, dessen musikalische Kenntnisse erst in letzter Zeit eine Entwicklung nach oben erfahren hatten, konnte die Menge kaum fassen.

„Und das sind alles Stücke, die Ihr Orchester spielt?"

„Ganz so schlimm ist es nicht. Oder es ist doch schlimmer, ganz wie man es nimmt. Vieles von den Noten ist praktisch Papiermüll, nur noch zusammengehalten von einer halben Rolle Klebefilm. Pro Stimme. Und wir haben hier auch eine Menge alte Akten herumstehen, die man damals nicht einfach so in den Container kippen wollte. Datenschutz und so weiter."

Nach der Wende war in zahlreichen Büros viel Papier in die Container gewandert. Aber selbst ein Vierteljahrhundert später gab es noch Aufzeichnungen, die besser nicht einfach so weggeworfen wurden, zumindest nicht, ohne vorher einiges unlesbar gemacht zu haben.

„Und da hat sich Ihr Notenwart durchgefunden?"

„Na ja, so schwer war das nun auch wieder nicht. Er war nicht besonders groß und er hatte es auch mit dem Rücken. Da wurden eben die Büroakten und alles, was wir garantiert nicht mehr brauchen würden, einfach auf die oberen Regalböden geräumt."

Kollege Hansen ist zwar recht hoch gewachsen, aber seine Wissbegier reicht noch deutlich weiter. Mit einem treuherzigen „Darf ich mal schauen, ich habe noch nie ein Notenarchiv gesehen" holte er sich die Erlaubnis, durch die Reihen zu streifen. Allerdings kam er nicht weit. Wir hörten etwas poltern, einen erschreckten Ausruf und das unverkennbare Geräusch von fallendem Papier. Die Harfenistin und ich sahen uns an. Sie zuckte mit den Schultern. Da kam Jochen auch schon zurück. Reichlich angestaubt, aber ohne erkennbare Blessuren.

„Tut mir leid, ich hätte Sie warnen sollen. Einige der Regale sind ziemlich wacklig. Aber ich …"

„Schon gut, Frau Kiesel, ist ja nichts passiert. Jedenfalls mir nicht. Wie schaffen Sie das eigentlich, ohne Unfall bis nach hinten durchzukommen?"

„Ich gehe da am liebsten überhaupt nicht hin. Das war Absicht, dass ich hier vorne angefangen habe und mich Brett für Brett vorarbeite. Es wäre einfach zu deprimierend, immer wieder an dem noch nicht Erledigten vorbeizumüssen."

„Wie lange werden Sie denn noch brauchen, was meinen Sie?" Mir schien das Ganze eine Sisyphusarbeit.

„Keine Ahnung, Frau Rogener. Angeblich wird man in einem Archiv ja nie fertig. Aber ein Großteil ist sowieso nicht mehr zu retten. Ein Rohrbruch in den Sechzigern, in den Siebzigern wollte man Platz schaffen für den Jugendklub und hat großzügig verbrannt, allerdings ohne sich vorher die Mühe zu machen zu sortieren. Jetzt sitzen wir da, mit halben Ausgaben, denen etliche Blätter fehlen. Mitte der Achtziger war wieder ein Rohrbruch. Und in den ganzen Jahren haben sich die Mäuse auch gewisse Freiheiten erlaubt."

Sogar im Notenarchiv war ein Lautsprecher angebracht. So konnten wir hören, dass sich das Orchester gerade anschickte, in die Pause zu gehen.

„Für heute habe ich genug Staub geschluckt. Wie ist es, können wir nicht doch in der Kantine weiterreden? Sind eigentlich noch Fragen offen?"

„Ja", meldete sich Jochen. „Ich sollte wohl aufräumen, was ich da eben umgerissen habe. Gibt es ein System, auf das ich achten muss?"

Sabine Kiesel lachte. „Da hinten? Nein, so weit bin ich ja noch nicht. Wird schon nicht so schlimm sein. Schauen wir mal."

Tatsächlich hatte sie mit wenigen Handgriffen alles wieder im Regal. Sie rieb sich die Hände und knöpfte ihren Kittel auf.

„So, nun ist aber wirklich Schluss für heute. Ich brauche erst einmal einen Kaffee."

Brav zottelten wir in ihrem Schlepptau nach oben zur Kantine. Was zog Sabine Kiesel nur in diesen nicht gerade einladenden Raum? Trotz der zahlreichen Nichtraucherschilder hing abgestandener Zigarettenmief im Geruch aufgewärmten Essens.

„Wissen Sie, die Kantine, die ist auch so ein Kostenfaktor, der eingespart werden soll. Jedenfalls hat der Unternehmensberater, der uns eine Analyse aufgeschwatzt hat, für teures Geld, wohlgemerkt, das gesagt. Deshalb komme ich möglichst oft hierher."

So sah das anscheinend eine ganze Reihe Orchestermitglieder. Wir trafen etliche an, die nicht im Bus gesessen hatten. Sie halfen uns bereitwillig mit Informationen weiter. Drei hatten gemeinsam gekegelt und irgendwann beschlossen, dass es mit der Fahrtüchtigkeit nicht mehr zum Besten stand. Also hatten sie bei dem Kollegen übernachtet, der am nächsten wohnte. Zwei andere waren zum Fischen gewesen und hatten im Anglerheim bis weit nach Mitternacht ihren Fang gefeiert. Ein Pasolini-Festival mit Spätvorstellungen des örtlichen Kinoklubs verschaffte zwei weitere Alibis, fünf hatten beim Grillen so viel Spaß gehabt, dass es auch für sie mächtig spät geworden war. Drei mussten zu Hause malern und hatten es sich anschließend vor dem Fernseher gemütlich gemacht. Klar, mit der Familie. Das wäre sonst vielleicht zu einfach geworden. Einer war nach Arnstadt gefahren.

„Da war in der Bachkirche ein Konzert. Mit einer Altistin, die man mir empfohlen hatte. Und da ich Zeit hatte, bin ich hingefahren. Hat sich auch gelohnt."

Der Kontrabassist hegte keinerlei Befürchtungen, dass er nun in Verdacht geraten sein mochte. Er konnte sich sogar noch daran erinnern, Ulhart Sansheimer gesehen zu haben, oben auf der Empore. Er selbst hatte unten gesessen.

„Ich war in Begleitung. Und der Kollege war wenig kollegial, was dieses Thema betrifft. Ich habe gemacht, dass ich zum Auto kam, bevor er von der Empore herunter war. Anschließend sind meine Freundin und ich noch auf ein Fest, bei Studienkollegen in Erfurt. Da haben wir dann auch übernachtet."

7

Aus Suhl zurückgekehrt, liefen wir Manfred Schulte in die Arme. Der Stationschef schien nicht glücklich zu sein. Selbst sein quer gekämmter Scheitel ließ den gewohnten optimistischen Schwung vermissen. Der Grund? Egino von Wasten.

„Er sagt, Sie gäben ihm keine Auskünfte, sondern würden ihn mit ungeheuren Vorwürfen belegen."

„Stimmt. Ich würde sogar so weit gehen zu sagen, dass er einer unserer Hauptverdächtigen ist."

Jochen zeigte sich gewohnt furchtlos. Das imponierte wohl auch dem Stationsleiter. Jedenfalls klang er gleich milder.

„Sind Sie sicher? Sie wissen, was Sie in dieser Stadt anrichten, wenn Sie so einen Mann ... und der ist dann auch noch unschuldig ... Sie wissen, was dann los ist!"

Wir wussten es nicht. Einen solchen Fauxpas hatten wir uns noch nicht geleistet. Bisher. Allerdings konnte ich mir vorstellen, dass es nicht gerade gemütlich werden würde, wenn wir uns zu weit vorwagten.

„Frau Rogener, wo stehen Sie denn nun wirklich mit den Ermittlungen?"

Wie weit waren wir? Nicht sehr weit. Wir hatten drei Personen ohne nennenswertes Motiv und mit wackligem Alibi. Egino von Wasten, Dorothea Schmidt, Sabine Kiesel. Blieb noch die Variante, dass ein Halbstarker ausgerechnet vor dem Bachdenkmal Händel gesucht hatte. Das war so unwahrscheinlich wie die Idee, die drei Alibilosen wären im Auftrag der Exfrau und der Kinder gemeinsam ans Werk gegangen. Mit dem bisschen, was wir hatten, konnten wir uns die Besprechung mit dem Staatsanwalt sparen.

„Sie tun Ihr Bestes, ich weiß ja. Aber während Sie irgendwann wieder in Eisenach Dienst tun, muss ich hier auf Dauer arbeiten. Wir brauchen Resultate! Die Zeitungen halten sich freundlicherweise einigermaßen zurück, aber das kann sich rasch ändern. Lassen Sie nicht locker, ich bitte Sie! Und wenn es irgendwie geht, Frau Rogener, Herr Hansen, verärgern Sie mir Herrn von Wasten nicht weiter."

Sehr witzig. Aber der durfte? Bevor ich mir den Mund verbrannte, sprang Jochen in die Bresche.

„Das wird schwierig werden. Sehr schwierig. Herr von Wasten will ständig über den Stand informiert werden. Und zwar möglichst genau. Seit wann geben wir Auskünfte, während die Ermittlungen noch laufen, und dann auch noch an jemanden, den wir nicht mit Sicherheit aus dem Kreis der Verdächtigen ausschließen können?"

Auf die Furchtlosigkeit des Kollegen Hansen ließ sich selbst in Anwesenheit eines Stationsleiters bauen. Und tatsächlich, eines mussten wir dem Arnstädter Chef lassen: Er wusste, wann er zu weit gegangen war. Er entschuldigte sich sogar. Wir verabredeten flugs eine Nachrichtensperre, die uns Fragen zwar vermutlich nicht lange vom Hals halten, aber zumindest eine gewisse Zeit Eindruck machen würde. Manfred Schulte wünschte noch einen schönen Feierabend und eilte mit wehender Krawatte davon.

Jochen und ich hätten gerne ebenfalls den Weg zu unserem jeweiligen Heim angetreten, aber pflichtbewusst setzten wir uns erst an unsere Computer. Die Suhler Ergebnisse waren schnell in die Akten eingearbeitet. Beim Zusammenpacken fiel mein Blick auf die bunten Handy-Prospekte.

Ob meine Idee gut war, würde sich noch zeigen. Ich testete sie bei Hansen.

„Wir haben doch eine Liste mit allen Orchestermitgliedern, nicht wahr?"

„Haben wir. Frau Schüssel hat mir einen Jahresspielplan gegeben, da stehen sie alle drin. Und eine Adressenliste hat sie vorsichtshalber auch gleich dazugepackt. Samt den Aushilfen, die nur hin und wieder mitspielen."

Ich liebe Sekretärinnen, die mitdenken. „Wie wäre es, wenn wir nachprüfen, ob vielleicht einer vom Orchester dem Sansheimer das Handy gegeben hat?"

Jochen sah mich nachdenklich an. „Ob wir den Täter so erwischen?"

„Vermutlich nicht. Wäre auch zu schön, um wahr zu sein. Aber was für Möglichkeiten bleiben uns sonst noch, wenn wir nicht endgültig in die Röhre schauen wollen?"

„Ich schau bestimmt nicht in die Röhre. Ich hab einen Flachbildschirm."

„Du nun wieder. Du weißt doch genau, was ich meine."

„Sicher. Aber es ist uns beiden klar, dass das ein Grapschen nach Strohhalmen ist."

„Genau. Und das können wir morgen auch noch tun."

Kollege Hansen machte sich auf zu seiner Verlobten, die einen konzertfreien Tag hatte.

Auf mich wartete der Haushalt. Also war ich trotz heimgekehrtem Schwan lieber doch noch ein wenig pflichtbewusst und diensteifrig. War Egino von Wasten nicht einer unserer Hauptverdächtigen? Da konnte er mit Fug und Recht verlangen, dass ich sein Alibi oder das, was er dafür hielt, auch überprüfte, zumindest telefonisch.

Der alte Schulfreund entpuppte sich als ein ganz reizender Gesprächspartner. Ja, er hatte mit Egino von Wasten in der fraglichen Nacht telefoniert.

„Wann war das denn, wissen Sie das vielleicht noch?"

Hartmut Guth erinnerte sich sehr gut. „Wissen Sie, wenn man im Stau steckt, wandert der Blick unwillkürlich auf die Uhr. Und sei es auch nur, um sich selbst in seinem Unmut zu bestätigen." Wie gut ich das kannte! „Es war gegen halb eins, als ich mich entschlossen habe, nicht mehr weiterzufahren. Da habe ich gleich angerufen. Schließlich hatten wir eine Verabredung, der Egino, also Herr von Wasten, und ich. Er war nicht besonders glücklich über die Nachricht, dass ich nicht mehr käme, aber was sollte ich machen? Vielleicht hätte ich mich früher entscheiden sollen, aber bei einem Stau hofft man ja immer, dass es bald wieder weitergeht."

Halb eins. Wenn Egino von Wasten tatsächlich in der Raststätte gewesen war, als die beiden telefoniert hatten, war er damit womöglich aus dem Rennen. Vom Hermsdorfer Kreuz bis nach Arnstadt, dafür brauchte es auch in der Nacht seine Zeit.

„Herr von Wasten sagte mir, Sie hätten in Jena Station gemacht?"

„Ja, das stimmt. Ich musste ziemlich suchen, bis ich ein freies Zimmer fand. Aber ich hatte einfach keine Lust mehr, darauf zu warten, dass ich endlich weiterkam. Der Stau ging ja noch bis weit über Jena hinaus. Am Morgen war die Strecke dann auch endlich wieder frei."

Um alles richtig zu machen, ganz so, wie sie es uns auf der Polizeischule beigebracht hatten, würde ich im Hotel nachfragen müssen. Auch das sollte geschehen. Aber zunächst plauderte ich noch etwas mit Hartmut Guth. Das mochte an seiner angenehmen Stimme liegen. Bassbariton. Wenn nicht gar ein lupenreiner Bass. Wirklich sehr angenehm anzuhören.

„Herr von Wasten hat angedeutet, dass Sie auf dem Weg zu einem Konzert waren. Verzeihen Sie die plumpe Frage, aber müsste ich Sie kennen?"

Aus dem Hörer klang Lachen. „Das kommt ganz darauf an, Frau Rogener. Sind Sie Musikerin?"

Ich nicht, aber meine Frau. Das allerdings wollte ich so nicht sagen. Natürlich ist Homosexualität auch im Polizeidienst längst kein Kündigungsgrund mehr, aber eine gewisse Zurückhaltung bei der Nennung von Lebenstatsachen pflege ich doch einzuhalten. Besonders bei Telefongesprächen mit mir Unbekannten.

„Nicht direkt, Herr Guth. Ich habe beruflich zwar viel mit dem Singen zu tun, aber ich versuche nur, die Leute dazu zu bewegen."

„Dann sind wir ungefähr in der gleichen Branche. Meine Aufgabe ist es, die Leute zum Zuhören zu bewegen. Ich bin Agent. Für Künstler, nicht für den BND. Bevor Sie noch dienstlich mit mir werden müssen."

Wirklich ein netter Mann. Und ein so anmutig rollendes Timbre in der Stimme. Bei mir nicht so wirkungsvoll wie Swantjes Stimme, aber ich war durchaus bereit, ihm weiter zuzuhören.

„Sie wollten nach Dresden, richtig? Was gab es dort, hat einer Ihrer Schützlinge beim Gala-Abend in der Semperoper gastiert?"

„Wollt Gott, Frau Rogener, wollt Gott. Das ist bedauerlicherweise nicht ganz meine Preisklasse. Und es sind ja sowieso Theaterferien. Derzeit fahre ich die diversen Festivals ab und schaue nach dem Nachwuchs. Nicht immer eine reine Freude, das kann ich Ihnen versichern."

Ich konnte es nachfühlen. Swantje hat meine Standards doch deutlich höher geschraubt. „Und in Dresden? Nichts für Sie dabei?"

„Doch, schon. Ein junger Countertenor aus Leipzig. Aber die Sache ist noch nicht ganz spruchreif. Da möchte ich nicht vorher etwas herumposaunen, was sich nachher als heiße Luft herausstellt."

Das konnte ich gut verstehen.

„Am Wochenende bin ich schon wieder unterwegs, sogar in Ihrer Gegend. Vielleicht können wir uns dann persönlich kennenlernen? So von Singzwingerin zu Zwanghörer?"

Hartmut Guth mühte sich sehr freundlich. Ob für mich oder um mich, wusste ich nicht zu deuten. Dieses wirklich beeindruckende Timbre machte es mir schwer, gedanklich bei der Sache zu bleiben. Dabei bin ich, wenn schon nicht abgehärtet, so doch einiges gewöhnt.

„Wollen Sie zum Festivalfinale, Herr Guth?"

Erraten. Hoffentlich hatte er sich rechtzeitig um Karten gekümmert. Seit Tagen hing im Schaufenster der Arnstadt-Information der Hinweis, das Abschlusskonzert sei ausverkauft. Er hatte. Die Absicht, mit dem Festival Touristen zum Zwischenstopp in der Region zu verlocken, war zumindest im Fall Hartmut Guths erfolgreich gewesen. Bis auf die staubedingte Übernachtung in Jena hatte er bisher den Freistaat immer nur von der Autobahn aus wahrgenommen, wie er mir gestand.

„Jetzt freue ich mich richtig darauf, endlich Thüringens älteste Stadt kennenzulernen."

„Ort, Herr Guth, Ort."

„Bitte?"

„Arnstadt wird urkundlich zum ersten Mal im Jahr 704 erwähnt. Damit ist es Thüringens ältester Ort. Die Stadtrechte kamen erst gut fünfhundert Jahre später."

Ein echter Arnschter nimmt es mit der Stadtgeschichte eben einigermaßen genau. Und die Arnschterin an sich erst recht.

„Wie haben Sie denn eigentlich von dem Festival gehört, Herr Guth? Steht so etwas in den Fachzeitschriften für Künstlervertreter? Gibt es die überhaupt?"

Eine reichlich blöde Frage. Aber ich wollte diese Stimme noch eine Weile hören.

„Ach, wissen Sie, Egino von Wasten und ich, wir sind in dieselbe Schule gegangen. Wir waren in derselben Klasse. Jedenfalls eine Zeit lang."

Wer von den beiden mochte denn da sitzen geblieben sein? Das fragte ich wohl besser nicht.

„Hin und wieder telefonieren wir miteinander. Und so weiß ich auch über *Thuringia sonat* Bescheid. Der Dirigent des Abschlusskonzerts war übrigens in der Klasse unter uns."

Kleine Welt. Und seit der Wiedervereinigung schien sie beständig weiter zu schrumpfen.

„Kommen Sie eigentlich auch, Frau Rogener?"

Es schien ihm tatsächlich wichtig zu sein, ob ich die Veranstaltung mit meiner Anwesenheit zu zieren gedachte. Ich wollte ihn natürlich nicht enttäuschen.

„So ein Ereignis lässt man sich doch nicht entgehen. Schließlich ist es eine sehr ansehnliche Besetzung, die Herr von Wasten für sein Finale verpflichtet hat."

„Ja, das hat mich auch gewundert, wie er es geschafft hat, gleich drei Solisten von dem Kaliber in seine Kleinstadt zu bekommen. Der Lockruf des Goldes kann es jedenfalls nicht gewesen sein, ich kenne ja die Gagen, die Egino zahlt."

Das nicht gerade üppige Honorar war für Swantje jedenfalls kein Hauptargument gewesen. Aber auch ein Egino von Wasten vermochte zuweilen ein sehr überzeugendes Timbre in seine Stimme zu legen.

„Wenn ich schon mal Gelegenheit habe, Rara Schilck und Derek Mustafa in einem Konzert zu hören, und dann ist da auch noch Swantje Mittersand mit dabei? Fabelhaft, sage ich nur. Ich wäre schön blöd, wenn ich mir das entgehen ließe. Und die anderen Solisten sollen auch nicht ohne sein, hat mir Egino gesagt. Na ja, vielleicht hat er ja eine Bank überfallen."

„Meinen Sie wirklich, Herr Guth? Dann fällt das Konzert aber aus, wenn ich doch dienstlich werden muss."

„Autsch. Entschuldigen Sie, daran habe ich jetzt gar nicht gedacht."

„Wollen wir lieber hoffen, dass es bei der Finanzierung mit rechten Dingen zugegangen ist. Schon allein wegen der Besetzung."

„Ja, genau. Wann singt Swantje Mittersand schon einmal in der Provinz? Und dann auch noch den Cyrus. *Belshazzar*, also Händels *Belsazar*, den hört man ja wirklich nicht alle Tage. Dann sehen wir uns also beim Konzert. Ich freue mich darauf, Sie kennenzulernen, Frau Rogener."

Auch wenn diese Stimme für mich kein Grund war, spontan bisexuell zu werden, auf den zu ihr gehörenden Mann war ich zugegebenermaßen gespannt. Es würde sich schon ein Weg finden, ihm auf wenig verletzende Weise beizubringen, dass ich die Meinige gegen niemanden tauschen möchte. Balzen ist das eine, aber so weit, dass ich jemanden von der Bettkante hätte schubsen müssen, ist es schon lange nicht mehr gekommen. Schon gar nicht mit einem Bassbariton. Seit kurz nach dem Abitur bin ich in dieser Hinsicht nicht mehr vom Pfad der Tugend abgewichen. Und der verläuft nun einmal gut befestigt am anderen Ufer.

Nachdem Hartmut Guth und ich noch den Sarkophag hinter der Eingangstür zur Liebfrauenkirche als Treffpunkt verabredet hatten, beendete ich schließlich das Gespräch auf Kosten der Steuerzahlenden. Um auch diesen Punkt abhaken zu können, rief ich noch bei dem Hotel in Jena an, das dem Agenten ein Zimmer vermietet hatte. Ja, der hatte am 28. Juli eingecheckt, wurde mir bestätigt, bei der Nachtschicht. „Er ist am gleichen Tag auch weiter."

Also gut. Feierabend. Mich erwartete Swantje, erheblich ausgeschlafen. So hoffte ich zumindest. Und ich hatte mich nicht getäuscht.

8

Manchmal frage ich mich, warum ich eigentlich überhaupt noch bei der Kripo bin. Gut, die Arbeit geht uns so bald wohl nicht aus und es ist durchaus befriedigend, Verbrecher dingfest zu machen, aber die Begleitumstände sind zunehmend unerfreulich. Swantje ist recht gut im Geschäft und sie wäre bereit, mich durchzufüttern über das Erreichen des Rentenalters hinaus. Aber ich musste lange arbeiten, bis ich dort angekommen war, wo ich jetzt bin. Verbrochen wird immer, ein krisenfester Job im Haus ist das Schlechteste nicht.

Wenn ich nicht bei der Kripo wäre, hätten wir uns auch kaum kennengelernt. Sie könnte sogar die Kolleginnen und Kollegen der himmlischen Chöre unterstützen, wäre ich damals nicht rein dienstlich zur Stelle gewesen. Aber das ist eine andere Geschichte.

Ich wunderte mich selbst über meine Stimmung. Vielleicht hatte es am Feierabendverkehr gelegen? Oder waren es die Sackgassen, die die Lösung im Sansheimerfall immer wieder abbremsten? Ich beschloss, mich einfach zusammenzureißen und auf den Feierabend zu freuen.

Unser Heim ist sehr gut isoliert. Ich hörte Swantje also erst, nachdem ich die Haustür geöffnet hatte. Sie sprach sich im Musikzimmer gerade mit großer Vehemenz gegen den Krieg als solchen aus. Als Perserkönig Cyrus hatte sie Belsazar das unseriöse Handwerk zu legen. *„Destructive war, thy limits know"*, verkündete die Meinige gerade – wenn es doch immer so einfach wäre. Obwohl, so leicht ist es auch bei Händel nicht. Die in dieser Arie fälligen Koloraturen haben es in sich. Auch für musikalische Kriegshelden ist der Sieg eben nicht ohne Mühen oder Risiko zu erringen. Ich ließ sie höchst melodisch dem tyrannischen Tod das Ende seines Terrors ankündigen, ganz wie der Arientext es vorgab, und begab mich in die Küche.

Auf dem Herd stand ein Topf, aus dem es verführerisch duftete. Und die Arbeitsflächen sahen ordentlicher aus, als ich sie am

Morgen zurückgelassen hatte. Nicht nur Kriegsheld, sondern auch Küchengöttin! Ich habe es wirklich gut getroffen.

Ich musste unbedingt die Sache mit der CD ansprechen. Aber erst nach dem Essen, nahm ich mir vor. Wir hatten uns gerade entschieden, auf den Nachtisch zu verzichten, als das Telefon läutete. Wegen unserer so unterschiedlichen Klientel haben wir zwei Anschlüsse. Diesmal galt das Klingeln Swantje. Egino von Wasten. Die Meinige kennt den atmosphärischen Druck zwischen dem Festivalleiter und mir nur zu gut. Prompt stellte sie den Apparat auf Lautsprecher.

„Guten Abend, Frau Mittersand! Ich hoffe, ich störe nicht?"

Bei mir verfügte er nicht über solche holden Töne.

„Nein, nein, das ist schon in Ordnung. Was kann ich denn für Sie tun? Wie läuft Ihr Festival?"

„Danke der Nachfrage. Es macht sich. Ich rufe wegen des Abschlusskonzerts an. Klappt es mit den Proben wie vorgesehen?"

„Ja, danke. Ich sehe da keine Probleme. Es sind ja sowieso recht wenige angesetzt."

„Ich weiß ja, dass es knapp ist, Frau Mittersand, aber das Orchester konnte nicht mehr Proben im Dienstplan unterbringen."

Das hatte in Suhl eigentlich niemand so formuliert, aber damit wollte ich mich nicht zu Wort melden.

„Es gibt also außer der Sitzung mit dem Orchester und der Generalprobe keinen weiteren Termin, richtig, Herr von Wasten?"

„Ja, brauchen Sie denn mehr?"

Frechheit. Mein lieber Schwan sah das genau wie ich. Zumindest ließ der plötzlich sehr viel kühlere Tonfall ihrer Stimme das vermuten.

„Herr von Wasten, es geht mir eigentlich nicht so sehr darum, was ich brauche, sondern darum, was zu einem seriös vorbereiteten Konzert gehört." Das saß. Dachte ich zumindest. „Es wäre doch zum Beispiel erfreulich, wenn die Tempi nicht erst in der Hauptprobe geklärt werden müssten."

„Frau Mittersand, ich verstehe Sie ja, aber sehen Sie doch bitte auch meine Situation. Ich leite schließlich das Festival. Tempodetails in einem Konzert fallen wohl eher in das Ressort von

Herrn Kauffmann. Der hat mir nichts von notwendigen Extra-
proben für die Solisten angedeutet."

„Nun gut, Herr von Wasten. Es wird schon gehen. Ich bin
schließlich Profi."

Und die anderen kriegen auch Geld dafür, setzte ich in Gedanken einen ihrer Lieblingssprüche fort.

„Es ist ja auch nicht so, als wäre es eine Sache für die Ewig-
keit. Ein einfaches, schönes Festkonzert, so war die Abmachung,
wenn ich mich recht entsinne."

Ich hatte doch noch gar nichts zum Thema CD erwähnt?

„Ach, gut, das erinnert mich, Frau Mittersand. Es gibt eventuell einen Sender, der mitschneiden möchte …"

„Eventuell, Herr von Wasten? Was darf ich mir denn da vorstellen?"

Ich konnte förmlich hören, wie sich der Festivalleiter wand.

„Ja, also, Sie wissen doch, was für einen schweren Stand die
Kulturarbeit in unserer Region hat. Und da hat nun also der
MDR … also, der will uns ein bisschen unter die Arme …"

„Der Mitteldeutsche Rundfunk? Das ist ja nicht irgendein
kleiner Sender. Und das kommt so plötzlich? In meinem Vertrag
steht nichts davon. Auch nicht im Kleingedruckten. Sehr seriös
erscheint mir Ihr Vorgehen nicht gerade, Herr von Wasten."

Swantje begann, ihre Rs zu rollen. Das macht meist erheblichen Eindruck. Auch beim Festivalleiter blieb der Effekt nicht
aus.

„Aber verstehen Sie doch meine Situation …"

„Die verstehe ich nur zu gut. Sind Sie sicher, dass Sie bei so
viel Verschwiegenheit Ihrerseits noch auf mein Wohlwollen
rechnen können? Schließlich habe ich aus lauter Freundlichkeit
in Kanada eine Fernsehproduktion abgelehnt, um rechtzeitig
wieder in Arnstadt zu sein. Und jetzt kommen Sie mit dem
MDR und nur zwei Proben."

Von Wasten stammelte. „Das hat sich wirklich kurzfristig ergeben. Ganz kurzfristig. Der MDR …"

„Kurzfristig. So so. Darf ich Sie darüber in Kenntnis setzen,
dass ich vor gut sechs Wochen auf dem Flug nach Kanada neben
der Aufnahmeleiterin Klassik des MDR gesessen habe? Die fin-

det es sehr bedauerlich, dass sie beim Konzert nicht dabeisein kann. Aber sie schickt ihr bestes Team, hat sie mir versichert. Wo sie sich doch so sehr auf die CD freut." Swantje zwinkerte mir zu und rollte mit den Augen. Ob sie bluffte? „Sie war ziemlich überrascht, dass ich nichts von der Koproduktion wusste, wo die Verträge doch seit Januar unterschrieben seien."

Holla. In solchen Dingen verstand sie überhaupt keinen Spaß. Das konnte heiter werden.

„Ich schlage vor, Herr von Wasten, Sie faxen mir morgen einen neuen Vertrag, der Ihrer Art der Informationsvermittlung im gleichen Maße Rechnung trägt wie meiner Ungehaltenheit. Oder schicken Sie ein PDF. Meine E-Mail-Adresse haben Sie ja. Guten Abend."

Sanft landete der Telefonhörer wieder an seinem Platz.

„Ich glaube, ich war ein bisschen hart zu ihm. Aber das kommt davon, wenn es sechs Wochen lang nur Kriegshelden und andere Schurken zu singen gibt. Und jetzt zu uns beiden."

Am nächsten Morgen bekam ich sogar Frühstück serviert. Für eine Musikerin ist Swantje eine unglaubliche Frühaufsteherin. Aber ich hatte die Vermutung, dass ihr Vormittag erheblich angenehmer verlaufen würde als meiner. Und so war es auch.

Mein Chef in Eisenach wollte Ergebnisse. Ich wollte Ergebnisse. Kollege Hansen wollte Ergebnisse. Der Stationsleiter, die Presse, der Festivalleiter, einfach alle wollten Ergebnisse. Und was hatten wir? Nichts. Jedenfalls so gut wie nichts.

Die Recherche bei den Handyanbietern hatte keinerlei positive Rückmeldung ergeben. Niemand hatte Sansheimer in der Kundenkartei. Hatte mir Swantje nicht von Anbietern im Ausland erzählt, die spezielle Roamingtarife anboten? Was wäre, wenn Sansheimer sich dort mit einer SIM-Karte ausgestattet hätte? Keine realistische Chance, ihm anders als mit Hilfe des Kollegen Zufall auf die Schliche zu kommen.

Es war unser Glückstag. Nicht nur, dass wir mit einiger Mühe Resultate erzielten, wenn auch nur die, dass wir wieder einen Anbieter abhaken konnten, obendrein kam auch noch der Stationsleiter in unser Büro, just als wir beide ungeheuer emsig wirkten. Dabei wollte er nur nachschauen, ob wir die Hörer eventuell nicht richtig aufgelegt hatten. Schließlich arbeiteten wir seit viertel neun praktisch ununterbrochen mit Hilfe der Segnungen der Telekommunikation.

„Herr von Wasten hat bei mir angerufen. Eigentlich wollte er mit Ihnen sprechen, Frau Rogener. Aber er kam nicht durch, es sei immer besetzt gewesen."

Geschieht ihm recht, dachte ich.

„Er möchte wissen, ob Sie weitergekommen sind."

„Und, hält die Nachrichtensperre?"

„Nun, Sie müssen sein Problem verstehen. Wenn er das Konzert absagen muss …"

„Aber warum sollte er denn müssen? Soweit ich weiß, will das Orchester doch spielen, der Chor probt schon so lange, der wird bestimmt nicht verzichten wollen. Machen etwa die Solisten Schwierigkeiten?"

Als ob ich davon nichts wüsste. Aber die Unschuld vom Lande lässt sich eben auch in der Provinz spielen.

„Anscheinend gibt es Probleme mit einer der Sängerinnen."

Das interessierte mich natürlich.

„Diese, wie hieß sie noch, ach ja, Mittelsund, nicht wahr, die will sich anscheinend auf einmal nicht mehr an ihren Vertrag halten. Stimmt also wohl, was man so hört von Weltstars und ihrem Gehabe. Aber da habe ich an Sie gedacht, Frau Rogener, und Herrn von Wasten gesagt, dass Sie eventuell helfen könnten. Sie sind doch mit einer Sängerin liiert."

Liiert. Hörte sich gut an. Jedenfalls besser als „in Sünde leben und dann auch noch mit einer Frau".

„Also, Sängerin und Sängerin, das lässt sich nicht so einfach vergleichen. Sie buchen ja auch nicht einen Torwart als Ersatz-Stürmer." Der Stationsleiter trainiert in seiner Freizeit eine Hobbymannschaft, die sogar hin und wieder Tore schießt.

„Ach so, Frau Rogener, daran habe ich jetzt nicht gedacht. Ich habe ihm gesagt, dass Sie auch eine klassische Sängerin kennen. Er hat gefragt, welche Stimmlage. Da habe ich mich daran erinnert, wie wir uns letzten Herbst in Dresden getroffen haben. Wissen Sie noch, im Foyer? Meine Frau wollte doch unbedingt zur Silberhochzeit in die Semperoper. Und Ihre Frau, das habe ich Herrn von Wasten natürlich nicht gesagt. Ist ja Ihre Privatsache, nicht wahr? Ihre Bekannte, genau, das habe ich gesagt, Ihre Bekannte ist als Rosenkavalier aufgetreten. Das hatte ich mir gemerkt, weil, das, nun gut, das tut nichts zur Sache. Es schien Herrn von Wasten zu interessieren. Jedenfalls hat er gesagt, dass das passen könnte, und nach dem Namen gefragt. Aber den weiß ich ja gar nicht. Auch Rogener? Ich habe gesagt, den hätte ich gerade nicht präsent."

Leider? Oder zum Glück? Das würde sich vermutlich noch herausstellen.

„Ich habe ihm empfohlen, Sie einfach zu kontaktieren", sagte er und strahlte, als wäre er sicher, mir damit einen Riesengefallen getan zu haben.

„Netter Einfall, wirklich", brachte ich hervor. „Wie käme ich eigentlich dazu, Herrn von Wasten zu unterstützen, so wie er sich uns gegenüber aufgeführt hat? Und was bringt Sie dazu, einem eventuell Verdächtigen Auskunft über mein Privatleben zu geben?"

Der Stationsleiter stutzte. Vermutlich hatte er sich diese Unterhaltung anders vorgestellt. Dabei habe ich es doch nur gut gemeint, schien sein Blick zu flehen.

„Ich dachte", sagte er zögernd, „vielleicht können Sie so die Unstimmigkeiten zwischen Ihnen beiden ausräumen. Schließlich ist Arnstadt ja nicht gerade groß, da läuft man sich doch irgendwann immer wieder über den Weg."

„Vor allem dienstlich habe ich mit Herrn Wasten zu tun." Aus dem Augenwinkel sah ich, wie Jochen sich am Schreibtisch gegenüber mühsam das Lachen verkniff. Na warte, dachte ich, ganz ungeschoren kommst du mir nicht davon, mein Lieber.

„Sie hätten ja auch Hansens Verlobte erwähnen können, Chef. Die singt auch. Sogar das gleiche Fach."

„Ach, daran habe ich im Moment gar nicht gedacht. Tut mir leid, Herr Hansen."

„Macht nichts, Herr Schulte", sagte Jochen großmütig. „Es hätte Herrn von Wasten auch nicht geholfen. Sie ist sowieso mit dabei, beim Abschlusskonzert."

„Wie viele sind das überhaupt? Scheint ja ein Riesending zu werden. Kein Wunder, dass Herr von Wasten nervös ist. Aber was machen wir jetzt?"

„Ich würde sagen, Kollege Hansen und ich recherchieren erst einmal weiter."

Der Stationsleiter befand, das sei eine gute Idee. Aber bevor ich den guten Vorsatz in die Tat umsetzen konnte, läutete das Telefon.

9

„Guten Tag, Herr von Wasten. Was kann ich für Sie tun?"

Auf seiner Seite unseres Doppelschreibtischs hielt sich Jochen die Hand ans Ohr. Gerne hätte ich ihm den Gefallen getan und den Lautsprecherknopf am Telefon gedrückt, aber nicht in Anwesenheit des Stationsleiters.

„Also, äh, Frau Rogener, ich weiß nicht so recht, wie formulieren. In wenigen Tagen ist ja nun das Abschlusskonzert mit dem Belsazar. Und ich habe ein Problem, bei dessen Lösung Sie mir vielleicht behilflich sein können. Unser Mezzo-Star ... also, wie soll ich sagen ..."

„Was ist denn mit ihr? Soll ich sie verhaften?"

„Frau Rogener, wirklich sehr witzig. Damit könnten Sie mir vielleicht tatsächlich helfen. Aber Spaß beiseite. Es kann sein, dass Frau Mittersand uns doch nicht zur Verfügung steht. Und nun habe ich ein Problem. Wo finde ich eine Mezzosopranistin, die frei ist?"

Und die die Partie draufhat, dachte ich. Kriegsheld wird man ja auch bei Händel nicht über Nacht und selten ohne Kampf.

„Ja, Herr von Wasten, das ist wirklich ein Problem. Was ist denn los? Ist Ihre Sängerin krank geworden?"

„Ich will ganz ehrlich mit Ihnen sein. Frau Mittersand ist doch nicht bereit, bei uns den Cyrus zu singen. Gut, ich habe wohl einen Fehler gemacht und ihr zu spät mitgeteilt, dass es eine CD geben wird. Aber sie war ja sowieso unterwegs. In Kanada. Gibt es da überhaupt Opernhäuser?"

Die Antwort darauf lautet „ja", aber ich wollte nicht ablenken. Herr von Wasten war zu gut in Fahrt.

„Wie dem auch sei", sagte der Festivalleiter. „Ich arbeite zwar daran, sie zu überzeugen, aber was mache ich, wenn sie im letzten Moment doch nein sagt und eventuell ein bisschen krank wird?"

„Und Sie glauben, dass ich Ihnen helfen kann?"

„Ich habe den ganzen Morgen mit den Agenturen telefoniert. Aber im Moment finden eine Menge Festivals statt. Es ist einfach kein Ersatz von Format zu bekommen. Und Herr Schulte hat angedeutet, dass Sie jemanden auf Semperoper-Niveau kennen."

Dass das nicht immer etwas heißen musste, wollte ich lieber nicht mit ihm diskutieren. Schon gar nicht während der Dienstzeit.

„Also, wissen Sie vielleicht, ob Ihre ... öhm ... Bekannte zufällig frei ist?"

Freundchen, für das Öhm wirst du büßen, schwor ich mir.

„Herr von Wasten, ich weiß nicht, ob Sie meine Unterstützung wirklich wollen."

„Aber ja doch, sicher."

„Ich kann es ja versuchen. Was hatten Sie sich denn als Einspringerhonorar vorgestellt?"

„Ist Ihre Bekannte denn frei?"

„Ich denke schon."

Zumindest konnte ich davon ausgehen, wenn das so weiterging zwischen Swantje und Herrn von Wasten. Außerdem wollte ich auch wissen, wie weit der Festivalmann zu gehen bereit war.

„Wir haben gestern Abend noch miteinander gesprochen. Sie macht bei mir Ferien, bis Mitte August." Ich lächelte Jochen zu, der sich auf die Lippen biss, um nicht loszuprusten. Ratlos wanderte der Blick unseres Chefs zwischen uns beiden hin und her.

„Das trifft sich ja gut." Egino von Wasten war die Erleichterung deutlich anzuhören. Und das, obwohl er nicht wusste, ob meine Bekannte der Partie gewachsen war. „Also, die Honorarfrage. Viel bieten können wir nicht. Wir sind schließlich ein kleines Festival. Könnten Sie mir nicht vielleicht am besten sagen, wie ich Ihre Bekannte erreiche, um alles Weitere direkt mit ihr zu besprechen?"

„Sie ist gerade unterwegs."

Die Meinige liebt es, durch Arnstadt zu spazieren und Schaufenster zu begutachten. „Solange noch nicht alles von Filialen und Ramsch übernommen ist", sagt sie. „Du glaubst ja nicht, wie ähnlich sich die Innenstädte mittlerweile sind. Überall die gleichen Brillen, die gleichen Klamotten, die gleichen Bücher.

Da lobe ich mir eine Kleinstadt, in der für die Ketten nicht viel zu holen ist."

Egino von Wasten schien enttäuscht. Ich beschloss einzulenken.

„Aber wir werden uns heute Abend sehen. Es wäre doch gut, wenn ich ihr gleich die Details nennen könnte."

„Ich würde es schon gern selbst versuchen. Es gibt ja immer ein paar Fragen rund um so etwas."

Allmählich wurde es Zeit, mich wieder meinen dienstlichen Aufgaben zu widmen, befand ich.

„Herr von Wasten, sagen Sie mir einfach, was Sie bieten können und die Probentermine. Ich gebe das so schnell wie möglich weiter und Sie erhalten dann Nachricht."

Auch ein Egino von Wasten wusste anscheinend, wann er nicht weiterkommen würde. „Wenn Sie meinen. Dreitausend Euro, die können wir aufbringen. Das ist dann aber die Schmerzgrenze. Oder eigentlich schon drüber."

Das verstand ich. Schließlich wusste er nicht, ob die Sängerin, die er notverpflichten wollte, dem Festival überhaupt Ehre machen würde. Nicht einmal ihren Namen kannte er. Aber das war wohl auch besser so. Ich konnte es natürlich trotzdem nicht lassen. Wenn schon Künstlerinnen-öhm-Bekannte, dann aber auch richtig.

„Haben Sie nicht etwas von einer CD gesagt? Da müsste bei einer Partie wie dem Cyrus doch mehr drin sein."

Hoffentlich hatte ich mich jetzt nicht verplappert und durch mehr Sachkenntnis geglänzt, als für eine Unbeteiligte normal gewesen wäre. Ich gebe zu, ich hatte mich überraschen lassen. Schließlich war in Swantjes Vertrag deutlich mehr zugesichert worden, ohne dass die Sache mit dem Rundfunk überhaupt Erwähnung gefunden hatte.

„Aber bedenken Sie, eine MDR-CD mit Rara Schilck und Derek Mustafa! Das ist doch eine fantastische PR!"

Ganz tolle Werbung. Dafür, dass sie sich leicht über den Tisch ziehen ließ? Den Hinweis verkniff ich mir.

„Gewiss doch, Herr von Wasten. Aber soweit ich weiß, ist es üblich, dass der Rundfunk Honorare zahlt. Und von denen gelangt in der Regel auch etwas an die Mitwirkenden. Selbst bei Festivals."

„Beherrscht Ihre Bekannte die Partie denn?"

Das fiel ihm aber früh ein. Jetzt konnte es kein Verhandlungsargument mehr sein, befand ich.

„Aber ja. Mit Sicherheit. Sie hat sie erst vor ein paar Monaten gesungen. In Budapest. Und in Wien."

Das stimmte sogar. Selbst die sonst eher heikle Wiener Kritik war euphorisch gewesen. Hoffentlich sah Egino von Wasten nicht im internationalen Festspielkalender nach. Sonst wusste er, dass nur Swantje gemeint sein konnte.

„Wissen Sie, Herr von Wasten, ich muss mich wieder um den Fall Sansheimer kümmern. Rufen Sie mich doch heute Abend an. Meine Telefonnummer haben Sie ja."

Wozu hinterlasse ich bei Hausbesuchen auch sonst meine Visitenkarte? Falls die nicht im Vorzimmer des Festivalbüros bereits entsorgt worden war. Aus dem Hörer klang es nicht danach, als würde gerade der Papiermüll durchsucht.

Egino von Wasten murmelte bestätigend.

„Also gut. Bis heute Abend. Dann kann ich Ihnen vermutlich mehr sagen."

Wen ich in der Mittagspause treffen würde, war keine Information, die ich weiterreichen musste.

Der Stationsleiter stand immer noch im Büro.

„Es würde mich wirklich freuen, wenn die Differenzen zwischen Ihnen und Herrn von Wasten beigelegt werden könnten."

„Mich auch, Herr Schulte, mich auch. Allerdings bezweifle ich, dass das so einfach sein wird. Wir werden ja sehen."

In der Zwischenzeit hatte Hansen weiter recherchiert. Elf Musiker mehr, als es die Adressliste mit ihrer Spalte für Telefonnummern hatte vermuten lassen, waren als Handybesitzer registriert, abgesehen vom Ersten Kapellmeister, dessen Nummer weiterhin ins Leere führte. Wir würden wohl wieder zum Orchester fahren müssen. Die übliche Vorgehensweise war natürlich, alle der Reihe nach in die Suhler Polizeibüros einzubestellen. Aber Jochen wollte sich gern auf den Weg machen.

Seine Verlobte sang am Abend in Suhl, da konnte ich den Eifer verstehen. Ich begleitete ihn allerdings nicht, die Befragung der Handybesitzer konnte er auch allein durchführen.

Swantje erwartete mich schon in unserem Stammlokal neben der Bachkirche.

„Wie ich Thüringer Klöße vermisst habe! Pfannkuchen mit Ahornsirup sind einfach kein Ersatz."

Über dem Nachtisch berichtete ich ihr von dem Telefonat mit Egino von Wasten. Swantje ließ den Löffel sinken.

„Hast du ihm irgendeinen Namen gesagt?"

„Natürlich nicht. So, wie er sich in das Öhm gerettet hat, scheint es ihm immerhin schon klar zu sein, dass es sich um mehr als eine zufällige Bekanntschaft handelt."

Swantje lachte. „Du kennst ja meine Einstellung zu der Sache. Auch wenn die Steuerberaterin angeboten hat, mal alles durchzurechnen. Solange nicht wie in Frankreich die Ehe eine Ehe ist, egal, ob die, die sie eingehen, unterschiedlich genug gebaut sind, habe ich keine Eile mit dem offiziellen Segen."

Auch mir war nicht nach Pseudoheirat. Aber bei Egino von Wasten und seinem merkwürdigen Verhalten bezüglich des Vertrags brachte uns das nicht weiter.

„Mal abgesehen davon, was der deiner Öhm-Bekannten bietet, das ist eine Frechheit. Wenn die so toll ist, wie du ihn glauben gemacht hast, dann muss da mehr drin sein. Bei dem Anlass, mit CD dabei. Und das weiß er ganz genau. Also frage ich mich, was für eine Nummer er abzieht. Mal sehen, vielleicht wartet ja daheim eine Mail."

„Da bin ich gespannt. Auf mich wartet schon der Schreibtisch."

„Leider. Ich würde gern mit dir weiterplaudern und Herrn von und zu Was-Denn auseinanderfalten. Aber du und deine Pflichtauffassung …"

Das kannte ich schon. Dabei war sie selbst erheblich eifriger beim Erfüllen ihrer Verträge inklusive Einstudieren der jeweiligen Partie, als sie es mich glauben machen wollte.

„Weißt du was, mein Schwänchen, geh einfach spazieren. Das wird dir gut tun. Die Bäume im Schlosspark kennen die meisten deiner Flüche schon. Und um fünf kommst du vorbei und holst mich ab."

Wir hatten nicht ahnen können, dass sich Egino von Wasten an diesem Nachmittag ebenfalls im Schlosspark aufhalten würde. Da das Gelände nicht gerade ausgedehnt ist, mussten sie sich über kurz oder lang begegnen. So, wie Swantje es mir am Abend schilderte, war der Festivalchef sogar ausgesprochen höflich gewesen und hatte ein Gespräch im Theatercafé angeboten, „damit wir alles klären". Swantje war natürlich brav mitgetrabt.

Egino von Wasten hatte ihr dann die Sache mit Sansheimer berichtet: „Unter Umständen ist die Aufzeichnung gefährdet, hat man mir angedeutet."

Die Meinige hatte gefragt, was das Ganze denn mit ihr zu tun habe. „Ich bin ja keine Juristin, habe ich angefangen", erzählte sie mir, als wir es uns auf der Couch gemütlich gemacht hatten, „aber meiner Meinung nach ist das bewusste Täuschung, wenn man den Sender in der Tasche hat, den Musikern bei der Absprache der Proben aber nichts davon sagt. Entweder das, Herr von Wasten, habe ich gesagt", Swantje grinste bei der Erinnerung, „oder Sie sind ein vergesslicher Chaot, dem man nicht einmal die Eröffnung einer Sardinenbüchse anvertrauen kann, geschweige denn die Leitung eines Festivals wie *Thuringia sonat*. Immerhin haben wir die Sache bereits vor drei Jahren abgemacht. In der Zwischenzeit hätten Sie wirklich etwas verlauten lassen müssen. Ich bin schließlich im guten Glauben auf Ihr nicht gerade üppiges Angebot eingegangen."

Egino von Wasten hatte ihr dann – „ganz im Vertrauen, Frau Mittersand" – erklärt, dass die Finanzierung des gesamten Festivals nur funktionierte, wenn Senderhonorare eingingen. Es sei einfach nicht möglich, die nun glatt weiterzugeben. Und dass das Festival doch so wichtig sei für die Region. Darauf hatte sie ihm erläutert, dass sie aus reiner Liebe zur Region bereits für die Hälfte des bei ihr sonst üblichen Honorars zugesagt habe. Im Gegenzug erwarte sie, dass auch auf Festivalseite Ehrlichkeit vorherrsche. „Und dann habe ich gesagt, ich erwarte bis heute Abend ein Angebot, das meine Ungehaltenheit respektiert. Jetzt bin ich gespannt."

Das war ich auch. Wen würde er wohl als Erste anrufen?

Swantje. Egino von Wasten bot einen Aufschlag, der sich – wie sie ihm umgehend erklärte – nicht einmal in Sichtweite des unter solchen Umständen für sie Üblichen befand, jedoch – wie der Festivalmann postwendend einwandte – seine Schmerzgrenze deutlich überschritt.

„Nun gut, Herr von Wasten. Bitte bedenken Sie, dass Sie für diese Schmerzen selbst verantwortlich sind. Wenn Sie mir die Situation von Anfang an korrekt geschildert hätten, wäre es für Sie mit Sicherheit nicht so unangenehm geworden. Mailen Sie mir das Angebot, ich werde wohl trotz meiner Bedenken, die nicht finanzieller Natur sind, annehmen."

„Bedenken? Wie meinen Sie das?"

„Herr von Wasten! Gestern habe ich Ihnen gesagt, dass mir die Proben recht spärlich erscheinen. Daran ändert Ihr heutiges Angebot nichts. Meine E-Mail-Adresse haben Sie ja. Guten Abend."

Kurz darauf meldete sich mein Handy.

„Frau Rogener, schön, dass ich Sie erreiche. In der Sache, wegen der ich heute Morgen mit Ihnen gesprochen habe, da hat sich etwas getan. Frau Mittersand hat jetzt doch zugesagt. Es ist mir natürlich unangenehm, Sie umsonst bemüht zu haben."

„Das ist schon in Ordnung, Herr von Wasten. Das kann ja mal vorkommen. Und meine Bekannte wird das auch verstehen." Es ist leicht, Großmut zu zeigen, wenn eine mittelschwere Gemeinheit im Gepäck wartet. Schließlich würde er spätestens nach dem Konzert mitbekommen, um wen es sich bei meiner so begabten Öhm-Bekannten in Wirklichkeit handelte.

„Das freut mich, dass Sie das so sehen. Darf ich Sie denn wenigstens zum Konzert einladen und Ihre Bekannte, wenn sie schon da ist, auch?"

Das konnte etwas knifflig werden.

„Danke schön, Herr von Wasten. Aber als gute Arnstädterin habe ich mich natürlich frühzeitig mit Karten versorgt."

Das hoffte ich zumindest. Der Vertrag, den Swantje damals unterschrieben hatte, hatte zwar nichts von der Rundfunkbeteiligung erwähnt, aber immerhin zwei Künstlerfreikarten.

„Das ist natürlich sehr schön. Darf ich Sie dann wenigstens zum Empfang nach dem Konzert einladen?"

Ich sah zu der Meinigen, die ich per Lautsprecher mithören ließ. Obwohl sich Swantje nach Auftritten in der Regel schnell aus dem offiziellen Teil des Abends verabschiedet, nickte sie eifrig und hielt den Daumen hoch. Recht hatte sie, die Sache konnte durchaus spaßig werden.

„Gern, Herr von Wasten. Der Prinzenhof, nehme ich an?"

Ganz in der Nähe der Liebfrauenkirche steht das Schloss, in dem mittlerweile die Stadtbücherei untergebracht ist. Der Innenhof mit seinem alten Baumbestand ist im Sommer häufig Schauplatz für Feste. Bei schlechtem Wetter zieht man um ins Rathaus am Marktplatz.

„Ja, ganz recht. Ich freue mich auf Ihr Kommen! Guten Abend noch."

Natürlich brachte mich diese Episode keinen Schritt weiter im Fall Sansheimer, aber ich vermutete stark, dass ich in den nächsten Tagen etwas weniger vom Festivalleiter hören würde. Ohnehin hatte der genug mit seinem Abschlusskonzert zu tun. Sonst wäre er sicher der Frage nach dem Stand der Ermittlungen nachgegangen. Wie es schien, brauchte Egino von Wasten also einfach nur ein bisschen Beschäftigung, damit er mich in Ruhe ließ.

So sah das auch Swantje. „Wenn er dich nicht deine Arbeit machen lässt, dann sag mir einfach Bescheid. Ich werde schon dafür sorgen, dass er keine Zeit hat, dich zu belästigen. Immerhin bin ich noch sauer. Und was das bedeutet, das wird er schon merken."

Das eine oder andere Mal hatte ich bereits erlebt, wie es war, wenn mein lieber Schwan sein Gefieder aufplusterte. Das konnte durchaus spektakulär werden. Wenn sie dann anschließend trotzdem sang, verzieh man ihr allerding gerne einiges in Sachen Benimm und verbuchte es unter Künstlernatur.

10

Der nächste Morgen. Kein Brandanruf vom Festivalbüro. Keine neugierigen Fragen der Presse. Stille herrschte. Allerdings auch von Seiten des Kollegen Hansen. Jochen glänzte durch Abwesenheit. Gegen zehn Uhr begann ich, mir Sorgen zu machen. Weder auf seiner Festnetznummer noch auf seinem Handy war er zu erreichen. Schließlich rief ich seine Verlobte an. Die machte sich ebenfalls Gedanken. Er war nicht beim Konzert aufgetaucht. Und telefoniert hatte er auch nicht mit ihr. Das war so ganz und gar nicht seine Art.

Just, als ich ernsthaft nervös wurde, kam ein Anruf. Das Klinikum Suhl. Dort befand sich der Vermisste. Näheres wollten sie mir nicht sagen oder glaubten, es nicht zu dürfen, was auf das Gleiche hinauslief. Kurze Zeit später sauste ich über die Autobahn. Zum Glück waren ausnahmsweise nur wenige LKWs an den Steigungen unterwegs.

Ein dicker Verband zierte das Kollegenhaupt, aber Jochen hat früher Rugby gespielt, er hielt also einiges aus. Man hatte ihn mehr zur Beobachtung da behalten, erklärte er mir.

„Leichte Gehirnerschütterung, ein paar Prellungen, das ist die Diagnose." Trotz seines Brummschädels war er erstaunlich klar.

„Ich war mit meiner Handy-Recherche fast durch. Die Letzte auf der Liste war die Kiesel. Ich bin also runter ins Archiv. Sie steckte ganz hinten, ich wollte durch die Gänge zu ihr und da kamen dann auf einmal ein paar Zentner Kaderakten. Ich lag drunter und sah Sterne. Sie hat den Arzt gerufen, der wollte sich absichern und kein Risiko eingehen, von wegen Kopfverletzung. Also ab ins Zentralklinikum. Und weil die ihre Telefonanlage auf Computersteuerung umstellen, war es erst heute Morgen möglich anzurufen."

„Und dein Handy?"

„Das liegt im Auto. Hoffe ich wenigstens."

„Wie ist das Ganze denn eigentlich passiert?"

„Wenn ich das wüsste. Es ging alles so schnell."

„Ist dir denn irgendetwas aufgefallen?"

„Ich denke schon die ganze Zeit darüber nach. Ist ja doch komisch, dass auf einmal ein komplettes Regalbrett kippt. Wenn etwas so ordentlich gestapelt ist wie diese dämlichen Kaderkisten, dann kommt das nach und nach, wie eine Lawine. Und nicht auf einmal."

„Bist du sicher, dass das so war?"

„Ganz sicher. Ich hab zwar eine Gehirnerschütterung, aber ich bin doch nicht blöd."

Da hatte er recht. Und wenn schon die Erinnerung nicht ausgesetzt hatte, dann war sie vermutlich auch richtig. Aber hatte Sabine Kiesel uns nicht erzählt, sie ginge nicht bis hinten ins Archiv, sondern arbeite sich langsam von vorne weiter durch? Die Noten für die nächsten Konzerte lagen jedenfalls auf einem Regal neben der Tür. Was also gab es ganz hinten?

Ich versprach Jochen, der Sache nachzugehen. Er sollte sich erst einmal ausruhen. In diesem Moment klopfte es an der Tür. Die Verlobte war eingetroffen. Da wir ohnehin alles besprochen hatten, überließ ich den Kollegen seiner Genesung.

Walter Kiesel traf ich im Orchesterbüro. Er bedauerte den Vorfall natürlich ganz außerordentlich. Er verstand auch, dass ich ins Archiv wollte, aber seine Schwester sei leider nicht im Haus. „Die hat das alles so mitgenommen. Sie fühlt sich nicht, wissen Sie?"

Die thüringische Variante von „Es geht ihr nicht gut". Ich machte mich daran, die Sache genauer in Augenschein zu nehmen. Zunächst hieß das für mich: ab in den Keller.

Es dauerte etwas, bis Walter Kiesel an dem Hakenbrett in der Pförtnerkabine den Archivschlüssel ausfindig gemacht hatte, aber dann ging es ins Untergeschoss. Leider blieb die Tür zu. Der Schlüssel passte nicht.

„Können Sie mich nicht einfach zu Ihrer Schwester bringen? Die wohnt doch gleich um die Ecke, hat sie erzählt. Sie wird vermutlich den richtigen haben."

„Aber selbstverständlich, Frau Rogener. Lassen Sie mich nur schnell bei ihr anrufen."

Mir war es lieber, wenn wir ohne Vorwarnung eintrafen, und es gelang mir auch, mich durchzusetzen. Drei Minuten Fußweg und schon standen wir vor Sabine Kiesels Tür. Die Harfenistin sah wirklich mitgenommen aus.

„Es war ein Unfall, ein Unfall, ganz bestimmt!"

Ein etwas merkwürdiger Empfang, fand ich. Aber ich kann mir nicht aussuchen, wie mir die Leute begegnen. Selbst wenn ich freundlich zu bleiben geneigt bin. Ich verabschiedete den Orchestervorstand, der darüber ein wenig irritiert schien. Das kümmerte mich allerdings nicht weiter und so zog er schließlich von dannen.

„Mein Kollege wollte Sie eigentlich etwas fragen, Frau Kiesel. Ist er dazu noch gekommen?"

„Nein. Ich war ganz hinten. Dann klopfte es und ich rief, dass die Tür offen sei. Und ehe ich es mich versah, hörte ich, wie eine Ladung Akten zu Boden ging. Ich war ganz bestimmt nicht in der Nähe. Ganz bestimmt nicht!"

Warum war sie nur so aufgeregt? Mit etwas bösem Willen ließ sich ihre Miene als schuldbewusst deuten. Hatte sie ein schlechtes Gewissen, weil es ihre Regale waren, die den Kollegen zu Fall gebracht hatten?

„Und was passierte dann?"

„Na, ich bin natürlich hin. Zuerst habe ich nicht viel gesehen. Es war eine ziemliche Staubwolke. Mittendrin ein Berg Papier und Kartons. Dann sah ich an einem Ende einen Fuß herausragen. Ich bin vielleicht erschrocken!"

„Das glaube ich Ihnen gern. Und dann haben Sie gleich den Arzt gerufen. Das finde ich gut. Aber was haben Sie eigentlich hinten im Archiv gemacht? Sie haben uns doch erzählt, Sie wollten sich von vorne durcharbeiten?"

„Das tue ich auch, Frau Rogener. Aber es ist so, dass hinten die Mausefallen stehen. Die Rückwand des Archivs ist zugleich die Außenmauer."

Wer sollte schlau werden aus Sabine Kiesel? Auf der einen Seite hypernervös, auf der anderen der Schrecken der Mäusewelt?

„Und Sie müssen die Fallen kontrollieren?"

„Wer sonst? Der Hausmeister hat genug zu tun. Außerdem bestehe ich auf humane Fallen, nicht diese üblen Dinger, die er wollte. Die Mäuse werden nicht getötet, sondern nur gefangen. Ich setze sie im Stadtpark wieder aus. Bisher habe ich noch keine wiedererkannt."

Sabine Kiesel lächelte schief. Aber gleichzeitig zog und zuppelte sie am Saum ihrer Bluse herum. Warum nur war sie so nervös?

„Was mein Kollege von Ihnen wissen wollte, hat mit Ihrem Telefon zu tun. Haben Sie ein Handy?"

„Ja, natürlich. Wollen Sie es sehen?"

Grün-türkis mit großem Touchscreen.

„Ach, das ist dieses ganz neue Modell, nicht wahr? Für das wird doch überall Werbung gemacht." Vorsichtshalber stellte ich mich naiv. „Wie lange haben Sie das denn schon?"

„Seit ich immer mehr Zeit im Archiv verbringe. Da hat sich ein Handy einfach als praktischer erwiesen. Aber dieses hier, das ist wirklich brandneu. Vorgestern habe ich das gekauft, das alte habe ich wohl einmal zu oft fallen lassen. Mit dem hier bin ich natürlich vorsichtiger. Aber ich brauchte eben ein neues und da kam mir dieses Angebot gerade passend. Ökologisch, das finde ich gut."

Was an Platin, Quecksilber und sonst noch alles im Gerät verbaut sein mochte unter der Bambushülle, darüber wollte ich lieber nicht nachdenken.

„Seit vorgestern?"

„Ja, genau. Wollen Sie den Kassenbon sehen, Frau Rogener? Ich habe sogar Glück gehabt, dass noch eins da war. Die Dinger sind gegangen wie die warmen Semmeln. Eigentlich finde ich die Farbe gewöhnungsbedürftig. Aber das war ein guter Preis. Ich telefoniere ja nicht so oft, ich werde doch meistens angerufen."

Nachdem die Harfenistin den Kassenbon hervorgekramt hatte, gab es keinen Grund mehr, ins Archiv zu gehen. Ob es mich genau deshalb dorthin zog?

„Wie ist es, wollen wir hinüber?"

Sabine Kiesel „fühlte sich immer noch nicht", trotzdem war sie bereit, mich zu begleiten.

„Bringen Sie den Schlüssel mit, Frau Kiesel?"

„Den habe ich sowieso immer bei mir. Warum fragen Sie?"

„Wir sind nicht ins Archiv gekommen. Da war abgeschlossen."

„Das möchte ja wohl auch sein. Schon wegen der Akten. Aber war der Zweitschlüssel nicht in der Haustechnik?"

„Das schon. Der passt nur nicht."

Da waren wir schon vor dem Brett mit den vielen Haken und den baumelnden Schlüsseln angekommen.

„Sehen Sie, dieser hier."

„Der kann ja auch nicht passen, Frau Rogener. Wir haben doch ein Sicherheitsschloss an der Tür und nicht mehr die alten mit den zusätzlichen Einbausicherungen." Auch Sabine Kiesel war in der DDR groß geworden. So lange nach der Wende benutzte kaum noch jemand diesen Begriff für das, was im Westen Steckschloss hieß. Aber schon redete sie weiter. „Wo mag denn der richtige Schlüssel sein? Wir hatten mal vier davon. Außer für den Notenwart je einen für den Künstlerischen Leiter, den Technischen Direktor und den Sicherheitsbeauftragten. Das macht vier. Aber mittlerweile sind es sowieso nur noch drei. Der vom TD ist bei einem Instrumententransport buchstäblich unter die Räder gekommen. Genauer gesagt, unter die Rollen eines Konzertflügels. Danach war er hin. Natürlich hätten wir einen Nachschlüssel machen lassen können. Aber diese Sicherheitssachen sind ziemlich teuer. Und unnötig war es auch. Der Notenwart hat seinen an die Technik abgegeben. Er hatte keinen Hausschlüssel und kam nur ins Gebäude, wenn der TD auch da war."

Ich grübelte. „Moment mal, Frau Kiesel. Sie sagen die ganze Zeit TD oder Technischer Direktor. Den habe ich noch gar nicht kennengelernt, glaube ich."

„Der Hausmeister. Technischer Direktor klingt halt besser. Aber er ist und bleibt der Hausmeister."

„Ach so. Aber wenn nur noch drei Schlüssel vorhanden sind, welchen haben denn dann Sie?"

„Den vom Künstlerischen Leiter. Der ist so oft auf Konzertreise, da hat er seinen dann wieder dem Notenwart gegeben. Das war ohnehin der Einzige, der sich im Archiv auskannte.

Und als der in Rente ging, habe eben ich diesen Schlüssel bekommen."

„Wo sind denn die beiden anderen?"

„Das möchte ich auch gerne wissen. Ich nehme an, der Sicherheitsbeauftragte hat seinen. Der von der Haustechnik, der gehört hierher. Er ist nur nicht da."

Sabine Kiesel hatte das Brett in der Zwischenzeit mehrfach abgesucht und genauso wenig wie ihr Bruder den vermissten Schlüssel gefunden.

„Wer ist denn der Sicherheitsbeauftragte?"

Maik Wiesner. Es stellte sich heraus, dass es sich bei ihm um den Schlagzeuger handelte, der mit gebrochenem Oberschenkel im Krankenhaus lag. Wer war denn dann für die Sicherheit zuständig? Walter Kiesel hatte sich mittlerweile eingefunden und konnte Auskunft geben über den Verbleib von Wiesners Schlüssel.

„Den hat die Feuerwehr. Eigentlich sollte der Ersatzmann ihn haben, aber der wohnt etwas außerhalb. Da könnte es im Ernstfall doch zu spät sein. Also haben wir für die Zeit, in der der Kollege krankgeschrieben ist, den Schlüssel bei der Wache abgegeben."

„Dann fehlt also nur einer."

„Genau. Keine Ahnung, wo der steckt. Wirklich nicht."

Ich grapschte wieder nach Strohhalmen. „Frau Kiesel, Sie haben doch erzählt, dass Sie Herrn Sansheimer auf Ihrem Weg ins Archiv begegnet sind. Kann der den Schlüssel gehabt haben?"

„Das weiß ich nicht. Es ist ja auch gar nicht gesagt, dass er überhaupt im Archiv war. Hier unten sind auch noch ein paar Zimmer zum Üben. Und Stimmkammern. Da kann er genauso gut gesteckt haben. Obwohl, so recht glaube ich das mit dem Übezimmer bei ihm nicht. Und hier gleich um die Ecke ist auch noch das Magazin."

Das hatte bisher niemand erwähnt. Dort lagerte das Orchester seine Leihinstrumente, bis sie wieder an Musiker ausgegeben wurden, erfuhr ich.

„Da ist auch eine Menge Schrott dabei, der nicht mehr zu reparieren ist. Wir heben alles trotzdem auf, falls dringend irgendein Ersatzteil gebraucht wird. Das Magazin hat uns schon ein paar Mal aus der Patsche geholfen. Und es ist nicht alles Schrott. Wir haben das Ensemble ja schon etwas verkleinert und da wurden etliche Instrumente zurückgegeben, soweit die Musiker sie nicht behalten wollten und gekauft haben. Wenn man sich eine Zeit lang an ein bestimmtes Instrument gewöhnt hat und mit seinen Eigenheiten vertraut ist …"

Natürlich wollte ich das Magazin sehen.

Hier war es längst nicht so staubig wie im Archiv.

„Das muss auch so sein. Schließlich kann es ja passieren, dass es kurz vor dem Konzertbeginn zu einer Havarie kommt, also nicht nur eine Saite reißt oder so etwas. Sicher ist sicher, ein paar Reserveinstrumente sind immer gut. Aber die dann erst noch abstauben? Lieber nicht."

Interessiert sah ich mich um. Hier wurden die Transportkisten gelagert, bis das Orchester wieder auf Reisen ging. Den übrigen Platz nahmen Instrumentenwracks in unterschiedlichen Erhaltungszuständen ein. In einer der hinteren Ecken standen vier Harfen, von großen Plasteplanen abgedeckt.

„Sind das alles Ihre, Frau Kiesel?"

„Aber nein. Nur die beiden links. Normalerweise schleppe ich ja nicht jedes Mal meine eigene Harfe unter dem Arm mit. Ich übe hier."

Ich gebe zu, zum Polizeiberuf hat mich auch ein gewisser Charakterzug getrieben, der sich mit Wissbegierde freundlich umschreiben lassen könnte.

„Kann ich mir die näher ansehen, Frau Kiesel?"

„Passen Sie nur auf, dass Ihnen nichts umkippt."

Eine Konzertharfe wirkt ja immer, als wäre sie eine reichlich wacklige Angelegenheit. Aber durch die vielen Pedale liegt der Schwerpunkt tief und es geschieht so leicht nichts. Eines der ansonsten besser erhaltenen Instrumente hatte an seiner kronenähnlichen Verzierung eine merkwürdige dunkle Verfärbung. Ich konnte die Finger natürlich nicht davon lassen. Ruß.

„Wie ist das denn passiert?"

„Das war vor vier Jahren. Herr Kauffmann hatte sich überlegt, es wäre doch nett, wenn wir unser traditionelles Silvesterkonzert ein wenig aufpeppen würden. So hat er sich damals jedenfalls ausgedrückt." Sabine Kiesel zuckte verächtlich mit den Schultern. „Bei irgendeinem der Neujahrskonzerte aus Wien hat er im Fernsehen gesehen, wie aus einem Fagott ein Goldregen abgefeuert wurde. Das wollte er dann unbedingt ausprobieren. Aber da hat sich der erste Fagottist strikt geweigert, dem zweiten war die Sache auch nicht geheuer und die anderen wollte er dann lieber gar nicht erst fragen. Da ist Herr Kauffmann dann auf die glorreiche Idee verfallen, wir könnten doch so eine kleine fliegende Untertasse aus der Harfenkrone aufsteigen lassen. Der Sansheimer, der fand die Idee natürlich ganz toll und hat ihm geholfen, das Ding zu befestigen. Es durfte ja schließlich nicht vorzeitig herunterrutschen, während ich spielte. Klebeband war uns zu riskant. Da hat er es mit Garn versucht. Eigentlich sollte der Faden ja beim Start reißen, aber typisch Mann, denke ich, er hat nur Zwirn gehabt und den genommen. Ich war praktisch die Einzige, die von dem großartigen Einfall überhaupt etwas mitbekam. Und das war hauptsächlich Rauch, dass mir die Augen tränten. Aber weiterspielen musste ich natürlich trotzdem. Dem Publikum ist nicht aufgefallen, dass meine Harfe in Gefahr stand, abgefackelt zu werden."

Ulhart Sansheimer also. Weniger ihre Wortwahl als vielmehr ihr Ton, in dem sie die Geschichte erzählte, machte mir deutlich, dass Sabine Kiesel auch Jahre nach dem Beinahebrand ihrer Harfe immer noch nicht gut auf den Bratscher zu sprechen war. Ich konnte das durchaus verstehen. Das Instrument war viel zu schön, als dass man für einen netten kleinen Effekt, der dann auch noch danebenging, an ihm hätte herumzündeln sollen.

„Ist denn irgendetwas kaputtgegangen bei der Aktion?"

„Das nicht. Aber es ärgert mich, wenn verantwortungslos mit Instrumenten umgegangen wird, als wären sie irgendein Ramsch aus der Sonderpostenhalle. Ganz abgesehen davon, dass Harfen teuer sind."

Wir verließen den Raum und ich sah Sabine Kiesel beim Abschließen zu.

„Eigentlich hat das ja nicht viel Sinn", sagte sie. „Der Schlüssel vom Archiv, der passt auch auf das Magazin. Und wer weiß, wo der andere abgeblieben ist."

In den Taschen Ulhart Sansheimers hatte er sich nicht befunden, zumindest nicht zu dem Zeitpunkt, als er in der Rechtsmedizin eingeliefert wurde. Konnte es sein, dass doch noch mehr verschwunden war als nur Handy und Ausweis? Aber wie sollten wir das jemals feststellen? Und was hieß da wir? Kollege Hansen war erst einmal außer Gefecht.

11

Mein Chef in Eisenach war bereits über den durch die kollegiale Krankschreibung entstandenen Personalengpass informiert. Als Ersatzmann hatte er einen jungen Kollegen angefordert, der am Nachmittag bei uns in Arnstadt eintreffen sollte.

Kollege Schneider-Gizeh. Eigentlich hieß er schlicht Schneider, aber in seinem Ausbildungsjahrgang hatte es insgesamt dreizehn Frauen und Männer mit diesem Namen gegeben. Die Variante Schneider zwo und so weiter wäre wohl die übliche gewesen, aber die meisten hatten Hobbys und so gab es mittlerweile Schneider-Surf, Schneider-Squash und sogar Schneider-Buch. Der mir zugeteilte Kollege war kurz vor Beginn der Polizeischule in Ägypten gewesen und hatte in seinem Spind eine Postkarte von den Pyramiden befestigt. So war es also zu Schneider-Gizeh gekommen.

Normalerweise tat der Kollege Dienst in Suhl. Nicht schlecht gedacht. So musste für die Zusammenarbeit jeweils einer von uns den Dienstweg zwischen Suhl und Arnstadt nehmen. Der Mineralölsteuerabkassierer würde zu tun bekommen. Aber das war ihm vermutlich ganz recht, wenn auch für die Steuerzahlenden, die unsere Dienstreisen finanzierten, nicht ganz billig.

Manfred Schulte begrüßte die Verstärkung noch kurz und machte sich dann auf. Er musste zu einer Sitzung. Das Abschlusskonzert sollte mit einer beträchtlichen Schar Prominenter bedacht werden. Ich beneidete ihn nicht darum, die Sicherheitsmaßnahmen koordinieren zu dürfen. Kollege Schneider-Gizeh und ich setzten uns erst einmal mit einer ordentlichen Portion Kaffee an das Studium der Aktenlage. Insgeheim pries ich Jochen für seine Effizienz. Dem Guten war es tatsächlich gelungen, erst dann umzukippen, als alle Aufgaben, die ich auf ihn abgewälzt hatte, erledigt waren. Selbst die Telefongeschichte hatte er fast zu Ende gebracht. In seiner Notiz standen fein säuberlich alle Handybesitzer des Orchesters, mit Namen, Telefonnummern sowie ihren Aussagen. Außer dem Dirigenten, dessen Handy weiterhin keinen Mucks von sich gab, fehlte nur die Harfenistin. Mit ihr hatte ich ja selbst gesprochen. Leider hatte all das keine neuen Anhaltspunkte ergeben.

„Gibt es wirklich niemanden, der etwas gesehen hat?"

Schneider-Gizeh war nicht der Einzige, den das verwunderte. In Arnstadt kann man die Innenstadt nicht durchqueren, ohne mindestens drei Bekannte getroffen zu haben und einem, dem man just nicht begegnen wollte, ausgewichen zu sein. Das gilt, mit Einschränkungen aufgrund sich verschiebender Zahlenverhältnisse, auch für die Abend- und Nachtstunden. Aber es schien wie verhext. Niemand meldete sich, der in der lauen Sommernacht auf den 28. einen Spaziergang vor dem Rathaus unternommen hatte.

„Was ist denn mit dem, der bei dem Konzert war?"

Nichts. Fehlanzeige. Bei der Party in Erfurt war es hoch hergegangen. Gegen ein Uhr hatte man sich zu einer zünftigen Jam-Session niedergelassen, bei der der Musiker zum Entzücken der Gäste mitgewirkt hatte.

„Und die Visitenkarten? Oder die mit den Zahlen?"

Kollege Schneider-Gizeh brannte vor Tatendrang. Auch ich hätte den Fall gerne gelöst, am liebsten sogar recht bald. Aber wo anfangen?

„Hat vielleicht das Datum eine bestimmte Bedeutung?"

Der Kollege wollte nicht locker lassen.

„Das ist Bachs Todestag. Wenn es stimmt, dass der Sansheimer das Denkmal angepieselt hat, ist das natürlich ein ziemliches Schurkenstück. Aber dass ausgerechnet dann ein Bachfan vorbeikommt, das glaube ich nicht. Und wenn, dann hat ihn keiner gesehen. Oder es sagt uns keiner. Das kommt aufs Gleiche raus."

„Stimmt auch wieder, Frau Rogener." Der Kollege kraulte sich nachdenklich in seinem schmalen dunklen Schnäuzer. „Das ist wirklich vertrackt. Irgendwie scheint es mir auch nicht die heiße Spur zu sein mit den Nachtlokalen", sagte er. „Kaliber .22 ist doch eher etwas für die Handtasche. Typische Frauenwaffe." Dieses oft gehörte Vorurteil ärgerte mich. Mal abgesehen davon, dass eine Frau mit einem Messer immer ernster genommen wird als eine, die eine entsicherte Pistole in der Hand hält:

84

Auch Frauen sehen sich Fernsehkrimis an und wissen, dass ein kleines Kaliber selten den gewünschten Eindruck macht. Bei den richtig starken Kinohelden bedarf es schon eines Steckschusses aus einer Magnum, auf dass der mit dem weißen Hut mindestens drei Minuten braucht, um wieder aufzustehen. In Wirklichkeit schafft es kaum einer, damit überhaupt noch irgendwelche Aktionen zu starten, kilometerweit mit dem Wagen herumzukutschieren und dabei wilde Schlangenlinien zu überstehen, anschließend einen Parkplatz zu finden, das zumeist blonde und überaus wohlproportionierte Opfer aus den Fängen der perfiden Schurken zu befreien, sich küssen zu lassen, den Chef so zu beleidigen, dass dieser es nicht direkt merkt, und mindestens zwei Produkte der unterstützenden Werbepartner kameragerecht ins Bild zu hieven. Aber das tut jetzt nichts zur Sache.

„Klar, eine Magnum ist nicht nur reichlich schwer, sie ruiniert zudem auch noch das Taschenfutter.“

Der Kollege besaß die Manieren, leicht zu erröten.

„Ähm, ich meine, im Nachtbar-Milieu bevorzugt man doch eher etwas optisch Eindrucksvolles, oder?“

Damit hatte nun wieder er recht. Auf der anderen Seite ist eine kleinkalibrige Waffe etwas, wofür sich ein Profi interessieren mag. Sie trägt nicht auf und wer gut schießt, braucht kein Riesenprojektil, um bleibende Schäden anzurichten. Mit einer an der Schädelbasis des Opfers aufgesetzten Waffe hätte selbst ein miserabler Schütze einigen Erfolg erzielt.

Wenn der Kollege unbedingt wollte, würde ich mitkommen in die Etablissements, deren Visitenkarten in Sansheimers Geldbörse gefunden worden waren. Natürlich hatte sich Eckhert vor seiner Kleingartenarbeit auch in den beiden Nachtclubs umgetan, allerdings ohne positives Resultat.

„Da war nichts zu holen. Genau wie bei der Konzertagentur. Die haben wir auch überprüft. Da wäre der Sansheimer sowieso nicht gelandet.“

„Wenn Sie meinen? Ach so, klar.“ Der Kollege grinste.

An einem Neujahrsmorgen vor einigen Jahren hatte ich die Chuzpe besessen, meinen in unterschiedlichen Graden verkaterten, ebenfalls Dienst habenden Kollegen vorzuschlagen, das Neujahrskonzert im Radio des Aufenthaltsraums laufen zu lassen. Überraschenderweise hatte an jenem Morgen wenn nicht ganz Arnstadt, so doch der dem Verbrechen nicht völlig abgeneigte Teil der Bevölkerung anscheinend im Koma gelegen. Die Anekdote hatte prompt die Runde gemacht. Seitdem hielt mich nicht nur die Belegschaft der Polizeistation Arnstadt für leicht meschugge, ich galt quer durch den Freistaat als Expertin für alle Fragen, die auch nur entfernt etwas mit klassischer Musik zu tun hatten. Zum Glück hat die Meinige ein gutes Lexikon in die Wohngemeinschaft eingebracht.

„Ganz sicher, Kollege Schneider. Wenn die sagen, dass sie nichts mit Sansheimer zu tun hatten, dann glaube ich das unbesehen. Wir haben ja beim Orchester gehört, dass er kein besonders guter Musiker war. Und gerade diese Agentur nimmt nur Spitzenleute." Dass Swantje dort auch gelistet ist, musste ich ja nicht erwähnen. „Bei *Mauve* haben sie genug zu tun und brauchen sich nicht um das sechste Pult eines mitteldeutschen Provinzorchesters zu kümmern."

Irrte ich mich oder hatte ich ein leichtes irritiertes Zucken um die Augen des Kollegen wahrgenommen? Natürlich. Ihn als Suhler musste diese Einsortierung des örtlichen Kulturträgers schmerzen.

„Aber vielleicht war das ja auch nur Neid, dass sie sagen, er war so schlecht? Oder sie konnten ihn einfach nicht leiden, da ist es eine willkommene Gelegenheit, ihn nachträglich noch zu treten?"

Lokalpatriotismus in allen Ehren, aber mir schien es, als blieben dem Kollegen die nicht gerade feinen Unterschiede bei künstlerischer Qualität verborgen.

„Gut. Gesetzt den Fall, sie haben den doch in der Kartei. Obwohl ich das nicht glaube. Nehmen wir es mal an, einfach so. Wie groß ist die Chance, dass sie in London beschließen, wir blasen ihn um, sobald er nach Arnstadt kommt? Das passt einfach nicht zusammen. Wenn eine Agentur jemand zugrunde richten will, gibt es andere Möglichkeiten. Für die meisten braucht man gar nicht zum Showdown auf dem Marktplatz anzutreten. Ein paar Telefonate genügen da völlig."

Schneider-Gizeh sah einigermaßen deprimiert aus, aber er ließ nicht locker. „Genau. Telefonate. Damit kommen wir zu der Frage, was mit dem Handy ist."

„Ich weiß. Die Visitenkarten bringen uns jedenfalls nicht weiter. Was ist mit den Zahlen? Wenn das keine Telefonnummern sind, was meinen Sie, was könnte es sonst sein?"

Der Appell an seine Fantasie schien zu fruchten. Der Suhler Kollege sah deutlich weniger frustriert aus, sondern eher nachdenklich.

„Das kann alles Mögliche sein", sagte er schließlich. „Zugangscodes für ein Computersystem vielleicht?"

Schon wieder ein technisch interessierter Kollege. Kamen die jetzt alle so von der Polizeischule? Aber vorwerfen mochte ich es Schneider-Gizeh genauso wenig wie Jochen. Höchstwahrscheinlich hielten sie mich auch für ein wenig spinnert, mit meiner Sängerin im Haus.

„Computer? Möglich. Aber leider bringt es uns auch nicht weiter. Dann könnten es natürlich auch getarnte PIN-Nummern sein, für Sansheimers EC-Karte, beispielsweise. Meinte der Kollege Hansen. Aber das haben wir noch nicht ausprobiert."

„Das ist wohl auch besser so. Stellen Sie sich vor, die Karte wird einbehalten und die automatische Kamera filmt die Kripo bei dem Versuch, einen Bankcode zu knacken. Da gäbe es dann erheblichen Erklärungsbedarf, meinen Sie nicht?"

Fantasie hatte er, das musste ich ihm lassen, jedenfalls mehr, als ich derzeit aufbrachte. Ich starrte auf die Zahlenreihe. Irgendetwas kam mir bekannt vor, aber es hatte wenig Sinn, mir das Hirn zu zermartern. Ein flüchtiger Gedanke war wie Seife. Ein Versuch, herzhaft zuzupacken und schon … klingelte das Telefon. Egino von Wasten?

Nein. Swantje. Das traf sich gut, Schneider-Gizeh war gerade unterwegs, frischen Kaffee zu holen. Die Sorge um den verschollenen Jochen war ihr nicht verborgen geblieben.

„Wen haben sie dir denn nun zugeteilt? Oder musst du die Sache ganz allein aufklären?"

„Kollege Schneider aus Suhl macht jetzt mit."

„Na, da hat er einen schönen Anfahrtsweg. Ihr könnt froh sein, dass das Ganze nicht im Winter passiert ist. Aber deswegen rufe ich nicht an."

„Natürlich nur wegen mir, ich weiß schon."

Aus dem Hörer klang ein amüsiertes Lachen.

„Klar. Und noch einen anderen Grund gibt es. Ich habe eben mit Rara telefoniert."

So hieß sie tatsächlich, die Sopranistin, die beim Abschlusskonzert mitsingen sollte. Rara Schilck. Wir mochten sie beide gern, trotz ihrer nicht nur latent heterosexuellen Neigung, zu der sie ganz offen steht und die sie im letzten Jahr auch noch vor dem Traualtar bekräftigt hatte. Sie würde für das Konzert in unserem Gästezimmer unterkommen.

„Und, wo steckt sie? Soll ich sie vom Bahnhof abholen?"

„Nein, diesmal kommt sie mit dem Flugzeug. Ich muss sowieso gleich nach Erfurt, da bringe ich sie nachher mit. Sie kommt mehr oder weniger direkt aus Bordeaux. In Frankfurt musste sie umsteigen, da hat sie schnell angerufen. Und weißt du, was? Dieser Wasten hat ihr zwar irgendwann mitgeteilt, dass eventuell Aufnahmen gemacht würden, und sie hat sich auch brav damit einverstanden erklärt. Aber von einer CD wusste sie auch nichts. Sie ist ziemlich geladen."

Das konnte ich mir gut vorstellen.

„Hoffentlich sagt sie nicht ab." So gut ich es hätte verstehen können, so enttäuscht würde ich doch sein.

„Ach was. Rara doch nicht. Sie ist alte Schule."

Das stimmte. Es konnten Mäuse quer über das Podium rennen – Rara sang. Draußen fuhr die versammelte Dorfjugend mit quietschenden Keilriemen und wummernden Bässen ihre rollenden Stereoanlagen spazieren – Rara sang. Der Veranstalter war ihr noch die Gage vom letzten Mal schuldig? Rara ließ es nicht am Publikum aus. Alte Schule eben. Wie die Meinige. Wir wussten es. Rara wusste es. Die Frage war nur, wusste Egino von Wasten es auch? Oder würde er in Kürze wieder bei mir anrufen und fragen, ob meine Öhm-Bekannte vielleicht eine Schwester hatte, die ebenso zufällig Sopranistin wie zudem gerade frei war und die mir nichts, dir nichts als Belsazars Mutter auftreten konnte? Händel hat auch dieser Rolle einige heftige Koloraturen vorgeschrieben.

„Und jetzt?" Ich klang vermutlich genauso ratlos, wie ich mich fühlte.

„Jetzt warten wir ab. Jetzt kommt nämlich der eigentliche Grund, warum ich dich anrufe. Rara hat mich gefragt, ob ich nächstes Wochenende bei einem Messias in Venedig einspringen kann. Gleich, wenn wir uns sehen, soll ich ihr Bescheid sagen, damit sie es weitermelden kann. Hast du Lust mitzukommen?"

Venedig? Nächstes Wochenende? Hoffentlich war der Fall bis dahin aufgeklärt, sonst würde es sicher nichts werden mit dem Ausflug. Das sagte ich ihr auch. Unsere Bezeugungen der gegenseitigen Zuneigung und Hochachtung fielen beklagenswert kurz aus, Schneider-Gizeh war mit dem Kaffee aus der Kantine zurückgekommen.

Jochen und ich hatten uns zu Beginn unserer Bürogemeinschaft darauf verständigt, dass wir keine Kaffeemaschine im Raum haben wollten. Die gelegentlichen Versorgungsgänge nahmen wir lieber in Kauf als die Entsorgung durchweichter Filtertüten. Wieder starrte ich auf den Zettel mit der Zahlenreihe. Nein, meine Gedanken beschäftigten sich nicht mit Swantje oder Venedig. Sie kreisten in einer reichlich eng bemessenen Achterschleife um die Zahlenkombination. Was kam mir daran nur so bekannt vor?

„Ich hab noch Ihr Wechselgeld aus der Kantine", platzte der Kollege in mein Grübeln.

„Ja, danke", murmelte ich geistesabwesend. Wechselgeld. Geld. Bezahlen. Wie hatte ich nur so festhängen können! Ich verzichtete darauf, mir allzu kräftig vor die Stirn zu schlagen, und griff nach dem Telefonhörer.

12

Die Bankangestellte meines Vertrauens war gerne bereit, mir Auskunft zu geben. Die erste Ziffernfolge war die Bankleitzahl für ein Geldinstitut in Nordrhein-Westfalen. Ich bekam auch ohne langes Nachfragen eine Telefonnummer genannt. Allerdings gedieh ich um diese Zeit mit meiner Recherche nicht mehr weiter. Der Feierabend sog mit Macht, besonders im Westen.

Schneider-Gizeh sah seiner Rückfahrt mit einigem Grausen entgegen. Seit Suhl einen eigenen Autobahnzubringer hat, ist es zwar vorbei mit dem Herumgurken quer durch den Thüringer Wald, aber wenn der Berufsverkehr auf Feierabend steht, kommt man so schnell nicht aus Arnstadt hinaus. Ich gab ihm also den Rat, erst einmal Lokalaugenschein in der Kellerkneipe zu halten. Mit nach Hause nehmen wollte ich ihn nicht. Ich bin schließlich bei der Kripo und nicht bei der Volkssolidarität. Wir hatten gerade einen halben gemeinsamen Arbeitstag hinter uns und auch beim ersten Mal sollte eine Frau wissen, wie weit sie gehen darf. Also Büro zu, Abschied, Heimfahrt, Füße hoch.

Zwei Anrufe unterbrachen die Muße. Erst meldete Swantje, dass der Flieger mit der Soprankollegin verspätet eintreffen würde und dass ich besser nicht aufbliebe. Dann wollte Jochen auf den neuesten Stand der Ermittlungen gebracht werden. Das war natürlich schnell erledigt. Wir hatten beide das Gefühl, dass die Nervosität der harfenistischen Mäusefängerin etwas bedeuten konnte, dies jedoch unseren Fall möglicherweise überhaupt nicht betraf. Über die Sache mit dem Bankcode ärgerte sich der Kollege mindestens genauso wie ich mich selbst.

„Das hätte uns doch auffallen müssen! Aber im Nachhinein ist man ja immer klüger."

„Genau. Und du bist krankgeschrieben. Denk dran."

„Klar. Aber eine Lösung wäre meiner baldigen Gesundung durchaus zuträglich."

Eine so komplizierte Formulierung von Kollege Hansen? Vorsichtshalber nahm ich sie als gutes Omen für den nächsten Arbeitstag.

Der begann so unerfreulich, wie ich es schon vermutet hatte. Die Regionalzeitung hatte als Aufmacher eine deftig formulierte Nachfrage, wann denn die Angelegenheit Sansheimer endlich zur Ruhe gebettet werden könne und ob, um dazu überhaupt erst in die Lage versetzt zu werden, es eventuell nötig sei, die Polizei von ihren weichen Kissen aufzujagen. Mein Chef in Eisenach tobte zwar nicht, aber er wollte ernsthaft Resultate sehen. Der Arnstädter Stationsleiter war der gleichen Meinung. Der Bürgermeister, der Landrat, der Festivalleiter – natürlich! Ohne ihn ging wohl gar nichts –, zudem noch drei persönliche Assistenten der freistaatlich thüringischen Prominenz, die das Abschlusskonzert zieren wollte … die Anrufliste war überlang. Natürlich wollte auch ich Resultate sehen. Dabei wusste ich längst nicht mehr, in welche Richtung ich schauen sollte.

Die Familie schien keinen Grund zu haben, Sansheimer zur Strecke zu bringen. Alle Betroffenen verfügten über Alibis und keine nachweisbaren Verbindungen zu Auftragskillervermittlungen.

Was war mit Wasten? Ach was. So gerne ich ihn auf den Arm nahm, es konnte durchaus sein, dass er mit völlig reinem Gewissen und einfach aus Prinzip unangenehm war. Solange ich nicht mehr als die Visitenkarte und das wacklige Alibi in der Hand hatte, konnte ich so oft ich wollte zum Staatsanwalt gehen. Er würde mich zwar nicht vom Hof lachen, aber der Arbeitstag wäre auf völlig unproduktive Art dahin gewesen und ich der Aufklärung des Falls um keinen Zentimeter näher.

Dann eben die Kritikerin? Sicherlich wäre die nicht gerade hoch gewachsene Dorothea Schmidt in der Lage gewesen, dem Opfer eine Waffe an die Schädelbasis zu halten. Aber das reichte nun wirklich nicht für eine Anklage, auch wenn es eventuell im Sinne der Presse gewesen wäre. Für gesteigerte Auflagenzahlen der Zeitung hätte es allemal gelangt, aber nie im Leben für eine Verurteilung. Ich konnte die Sache drehen und wenden, wie ich wollte: Es hätte sich in der Kleinstadt wie ein Lauffeuer herumgesprochen, wenn die Kritikerin vor dem Bachdenkmal mit einem hochgewachsenen Fremden mitten in der Nacht anmutig plaudernd oder sonst etwas verrichtend angetroffen worden wäre. Nichts wurde gewispert. Und das konnte sowohl bedeuten, dass niemand etwas gesehen hatte, als auch, dass es überhaupt nicht stattgefunden hatte.

Bot das Orchester Kandidaten? Warum war Michael Düst, der Pultkollege Sansheimers, so auffällig gelöst gewesen auf der Rückfahrt? Hatte vielleicht er jemanden beauftragt und sich vorsichtshalber das bombenfeste Alibi verschafft?

„Herr Richter, Michael Düst hat Witze gemacht."

„Sofort verhaften, den Kerl!"

Sehr lustig.

Was war mit Sabine Kiesel? Ich kannte nicht viele Harfenistinnen, aber ihre Nervosität war vermutlich nicht typisch für den Berufsstand. Ihr Alibi taugte nicht viel. Aber wenn wir alle festnehmen wollten, die ohne vernünftigen Nachweis ihres Fernseins vom Tatort waren, würden die Straßen Arnstadts nicht nur zur Mittagszeit wie ausgestorben sein.

Der Einzige, mit dem wir noch nicht gesprochen hatten, war Anton Kauffmann. Der befand sich weiterhin auf Reisen. Alle anderen waren kontaktiert worden, sogar die beiden verschollenen Flötisten. Aber nichts. Es blieb nur noch der Anruf bei der Bank.

„Und den wollte ich gerade erledigen, Herr Schulte, als Sie hereinkamen."

„Ah ja, Frau Rogener. Das klingt ja alles nicht gerade schön. Wo steckt eigentlich Kollege Schneider? Sagen Sie mir bitte nicht, dass der auch noch verunfallt ist!"

Ich beruhigte den Chef mit dem Hinweis, dass ich gestern mit dem Kollegen verabredet hatte, uns gegen Mittag in Suhl zu treffen, um weiter zu ermitteln.

„Dann machen Sie mal. Ich muss gleich wieder nach Erfurt", sagte er und verließ das Büro.

Freie Bahn den Meisterfahndern! Obwohl ich mich nicht in dieser Liga sah, hatte ich doch ein gutes Gefühl. Es blieb mir auch nichts anderes übrig. Negatives Denken hat noch nie viel Gutes bewirkt.

Tatsächlich war der Kontakt in die Altbundesländer recht aufschlussreich. Im Sinne des Bankgeheimnisses zierte man sich am anderen Ende der Leitung zunächst. Unterstützt durch ein Fax mit der Kopie des Totenscheins sowie einen Rückruf, der lange genug auf sich warten ließ, dass ich annehmen konnte, man habe sich informiert über den Wahrheitsgehalt der Behauptung, meine Telefonnummer gehöre zur Polizeistation Arnstadt, kam ich endlich zu den gewünschten Auskünften.

Ulhart Sansheimer, der gebürtige Suhler, der abgesehen von den ohnehin nicht vorhandenen zu seiner Exfrau keine familiären Bindungen in das ehemalige nichtsozialistische Wirtschaftsgebiet hatte, war kurz nach der Wende zwecks Eröffnung eines Kontos bei einem Geldinstitut in Nordrhein-Westfalen aufgetaucht. In Mettmann bei Düsseldorf, wie mir erklärt wurde.

Im Gegensatz zu der Filiale war das dort geführte Konto ganz und gar nicht klein, zumindest nicht für einen einfachen Bratscher am sechsten Pult. Auch wenn die Meinige recht gut im Geschäft ist, hielt ich einen Betrag von einer Dreiviertelmillion Euro nicht für Peanuts. Es mochte an meiner Herkunft liegen, die ich trotz der sozialistischen Ausrichtung meines Geburtslandes eher als kleinbürgerlich einordnete. Aber da die Welt nun einmal ist, wie sie ist, erhielt ich gleich einen Dämpfer verpasst. Das Konto war bereits wieder aufgelöst. Es wäre ja auch zu schön gewesen. Wo mochte das Geld nun stecken? In Sansheimers Wohnung jedenfalls nicht.

Dort konnte es allerdings auch kaum sein. Der angesichts der Umstände rasch äußerst hilfsbereit gewordene Filialleiter Doktor Mayer-Schmidt erläuterte mir, warum wir das Geld nicht in Sansheimers Nachlass gefunden hatten. Das Konto war am 29. Juli aufgelöst worden, gleich früh am Montagmorgen, kurz nach Kassenöffnung.

Zu der Zeit hatte Kollege Eckhert bereits die Ermittlungen aufgenommen. Dass nicht er, sondern ich mittels einigen Grübelns und durch den Anstoß des Kollegen Schneider-Gizeh auf die Bedeutung der Zahlen gekommen war, konnte mich jedoch nicht trösten.

Natürlich musste man sich bei solchen Beträgen ausweisen, erklärte mir der Filialleiter auf meine Frage. Der Bratscher hatte sich zwecks Kontoauflösung sogar telefonisch angemeldet.

„Der Anruf kam am Donnerstagnachmittag. Herr Sansheimer kündigte an, dass er das Konto auflösen wolle. Das war auch gut, dass er Bescheid sagte. Solche Beträge haben wir zum Monatsende nicht ohne Grund in der Filiale vorrätig, jedenfalls nicht so, dass man einfach gleich zugreifen kann."

Am Montagmorgen war der Dreiviertelmillionär dann in die Geschäftsräume spaziert. Weil es sich um eine doch eher kleine Bankfiliale handelte, hatte sich der Leiter angesichts der Höhe des auszuzahlenden Betrags selbst um die Angelegenheit gekümmert.

„Ich habe natürlich versucht, Herrn Sansheimer ... ach so, ja, Sie sagen, dass er da schon tot war. Also, der Mann, der sich mit dem Ausweis von Ulhart Sansheimer vorstellte ..."

Womit das Rätsel des verschwundenen Personaldokuments mitnichten geklärt war. Wo befand es sich jetzt und was wurde damit angestellt? Lieber nicht darüber nachdenken, beschwor ich mich, und auch nicht darüber, was Sansheimer, wenn er denn wirklich der Anrufer gewesen war, mit dem ganzen Geld vorgehabt hatte. Zurück zum Telefongespräch.

„Was wollten Sie denn von dem Mann?"

„Nun ja, bei solchen Beträgen, da möchte man doch die Kunden bei der Bank halten. Ich habe ihm verschiedene Anlageformen vorstellen wollen. Es war ja ohnehin ziemlich unüblich, eine solche Summe auf einem einfachen Girokonto. Selbst wenn wir eins der wenigen Geldinstitute sind, die auch auf so ein Konto Habenzinsen geben. Aber Herr Sansheimer, also, derjenige, der sich für uns glaubhaft als Herr Sansheimer ausgab, der sagte nur, er wolle es sich durch den Kopf gehen lassen. Aber jetzt nähme er das Geld erst einmal mit. Ich habe ihn dann gefragt, ob er eine Auslandsreise plant. Schließlich liegen Luxemburg oder auch Liechtenstein nicht gerade auf der Rückseite des Mondes, wenn Sie verstehen ..."

Aber sicher verstand ich. Der Kontoauflöser war reichlich geschickt zu Werk gegangen. Woher hatte er nur gewusst, dass Sansheimer viel Geld gehabt hatte? Der hatte kein Testament hinterlassen, wie so viele, die sich nicht vorstellen können, dass es irgendwann einmal zu spät dafür sein könnte. Hatte außer den Bankangestellten irgendjemand Bescheid gewusst? Der Bundesfinanzminister ist nie abgeneigt, von höheren Beträgen zu erfahren. Wie hatte der Bratscher die fälligen Steuern umgehen können?

Meine Frage war dem Banker ganz und gar nicht peinlich.

„Hat er überhaupt nicht versucht. Die Kapitalertragssteuer wurde ordnungsgemäß abgeführt."

So fiel er sicher weniger auf als bei einer überraschenden Bankprüfung seitens der Steuerfahndung. Mir konnte sie ziemlich gleichgültig sein, für mich ging es um Mord und nicht um etwaige Steuervergehen.

Auch weiterhin verlief das Gespräch aufschlussreich. Vielleicht nicht für die Finanzbehörden, aber mein Dienstherr war mir in diesem Fall ohnehin wichtiger.

„Wissen Sie, Frau Rogener, der Mann war dem Ausweisfoto sogar einigermaßen ähnlich. Ich hatte überhaupt keinen Grund, an seiner Identität zu zweifeln, nicht, nachdem er sich angemeldet hatte und bei unserer Begegnung noch einmal den gleichen Witz erzählte wie beim Telefonat. Und mittendrin fiel ihm dann ein, dass er ihn mir ja schon erzählt hatte. Wie hätte ich da misstrauisch werden sollen?"

„Ist Ihnen denn irgendetwas aufgefallen an dem Mann?"

„Nein, da war nichts außergewöhnlich. Er sah recht gepflegt aus. Groß war er. Aber sonst … nein, da war nichts auffällig. Ich habe ihn gefragt, was er denn beruflich mache und ob er sich mit dem Geld vielleicht zur Ruhe setzen wolle, schließlich hatten wir ja sein Geburtsjahr in unseren Unterlagen, da dachte ich, so weit ab vom Schuss kann ich nicht liegen mit der Vermutung. Was man eben so redet, wenn es eine kleine Wartezeit gibt und hohe Geldbeträge im Spiel sind."

„Und, hat er etwas erzählt?"

„Nicht viel. Er sei Orchestermusiker, in Thüringen, daran erinnere ich mich. Natürlich habe ich gefragt, was denn für ein

Instrument, wissen Sie, ich spiele Waldhorn, da hat man doch ein bisschen Interesse. Er hat gesagt, er sei Bratscher. Hilft Ihnen das weiter?"

Nein. Leider nicht.

„Würden Sie ihn denn eventuell wiedererkennen, Doktor Mayer-Schmidt?"

„Sicher. So lange ist das ja nicht her. Aber haben Sie ihn denn schon?"

„Schön wär's. Sie haben erwähnt, dass er dem Ausweisfoto ähnlich sah. Was meinen Sie, ob er sein Aussehen etwas angepasst hat?"

„Also, ich weiß nicht. Natürlich, auf die Zähne habe ich nicht geachtet, aber die sieht man im Ausweis ja sowieso nicht. Und sonst? Nein. Eher nicht."

Wenigstens etwas. Ich verabredete mit dem Banker, dass er den Polizeikollegen in Mettmann eine möglichst genaue Beschreibung des Kontoauflösers geben würde. Vielleicht kamen wir mit einem Phantombild weiter? Die Sicherheitskameras würden uns jedenfalls nicht weiterhelfen. Doktor Mayer-Schmidt druckste ein wenig herum. „Wir hatten eine technische Panne."

Eine unbedacht platzierte Kaffeemaschine hatte den Computer, der die Aufzeichnungen der Digitalkameras speichern sollte, ausgerechnet an dem betreffenden Tag lahmgelegt. „Wir haben noch am selben Nachmittag für Ersatz gesorgt. Eigentlich sind es nur zwei Stunden, die fehlen, zweieinhalb. Aber leider ist es genau das Zeitfenster ..."

Irgendetwas musste sich gegen uns verschworen haben. Das passte einfach zu gut ins Bild.

„Haben Sie denn wenigstens noch die Unterlagen von dem Konto?", fragte ich milde optimistisch.

„Ja, natürlich." Ich vernahm es mit Freude. „Wir heben sie immer eine gewisse Zeit auf. Erst dann schicken wir sie in die Zentrale."

Und in der Zwischenzeit sind es Sammelordner für Fingerabdrücke aller Art, dachte ich. Das würde kein Spaß für die Spurensicherung. Da waren wohl ein paar sehr freundliche Worte in Richtung Westen fällig.

Die konnte mein Chef schicken, beschloss ich. Schließlich handelte es sich um ein anderes Bundesland, da sollte ein Amtshilfeersuchen auch schön formell ablaufen. Aber vielleicht erwischten wir den Kerl ja so? Durch das Telefon konnte Doktor Mayer-Schmidt nicht sehen, wie ich mit den Schultern zuckte.

Wenn ich auch ein bisschen spät an die Fingerabdrücke gedacht hatte, so vergaß ich wenigstens nicht, mich über etwaige Kontobewegungen zu informieren. Das lohnte sich, stellte ich fest. Der beträchtliche Saldo war nicht durch eine Einmalzahlung entstanden, die vor lauter Langeweile Zins- und Zinsesrechnung betrieben hatte. Allmonatlich trafen etliche Überweisungen ein. Von wem? Der Filialleiter gab mir gerne Auskunft. Vor meinem geistigen Auge sah ich Schneider-Gizeh und mich schon auf Westreise gehen, doch dann erwähnte der Banker, dass er ab morgen Urlaub hätte und mit seiner Frau auf Wandertour gehen würde.

Meine Venedig-Felle schwammen im Canale Grande davon und Herr Doktor plante Kniebundhosen statt Nadelstreifen. Die Welt ist erschreckend ungerecht.

Der Unmut hatte wohl hauptsächlich mit meiner privaten Einstellung zu Menschenansammlungen mit Wanderschuhen und Jausenrucksäcken zu tun. Ich schätze dergleichen nur sehr begrenzt, seit Swantje und ich auf einer Waldlichtung gerade ein wenig gesellig geworden waren, als ein Trupp wanderlustiger Senioren den Platz für ein Picknick auswählte. Aber das hat natürlich nichts mit dem Fall Sansheimer zu tun.

Diesen speziellen Wanderfreund aus Nordrhein-Westfalen würde ich nicht auf meine persönliche Hassliste setzen, beschloss ich, da seine Route ganz in der Nähe von Arnstadt entlang des Rennsteigs verlaufen sollte. Doktor Mayer-Schmidt war sogar bereit, Kopien der Unterlagen mit nach Thüringen zu bringen. Aus reiner Dankbarkeit versprach ich ihm, ihn und seine Frau vom Bahnhof abzuholen und zu seinem ersten Quartier zu bringen. Dafür war der Banker bereit, die Beschreibung des Kontoabräumers in Arnstadt aufnehmen zu lassen.

„Heute hätte ich dafür auch gar nicht mehr die Zeit gefunden, Frau Rogener."

Vorsichtshalber fragte ich ihn nicht, was seine Frau von der Unterbrechung ihrer Wandertour halten würde. Ich war damit beschäftigt zu hoffen, dass mich die Kontounterlagen weiterbringen würden.

Nachdem ich meinen Chef über die Neuentwicklung im Fall Sansheimer unterrichtet hatte, war er nur zu gerne bereit, das Amtshilfeersuchen auf den Weg zu bringen. Ich machte mich derweil auf nach Suhl.

13

Schneider-Gizeh erwartete mich bereits in der Orchesterkantine. Die jüngere Generation Polizeidienstleistender ist wohl mit Überraschungen groß geworden. Jedenfalls ließ sich der Kollege von den neuen Entwicklungen nicht lange verblüffen.

„Der Bursche ist klug, oder zumindest gerissen. Wenn er das Geld komplett auf die Bank trägt und die dort ihre fünf Sinne beisammen haben, vielleicht sogar noch ein bisschen Verantwortungsgefühl, dann fragen die nicht nur sich, sondern auch ihn, woher die Kohle kommt. Ab einem gewissen Betrag müssen sie das ja sogar, wegen des Geldwäscheverdachts. Oder kann er einfach behaupten, er hätte ein Haus an einen Investor verkauft? Wenn er mit einer solchen Geschichte kommt, kriegen wir ihn wegen des Bankgeheimnisses nicht."

Da konnte er recht haben. Wir waren im Dienst und auf das Wohl des Schurken sowie seinen Einfallsreichtum trinken wollten wir sowieso nicht. Aber einen Kaffee nahmen wir trotzdem, auch wenn das Suhler Kantinengebräu den Namen nicht wirklich verdiente.

Mit nur mäßig erhöhtem Koffeinspiegel machten wir uns auf zum Büro des Ersten Kapellmeisters. Der endlich wieder an seinem Arbeitsplatz eingetroffene Anton Kauffmann zeigte sich entzückt über uns und unser Kommen. Er konnte wirklich sehr charmant sein. Aber vielleicht wollte er auch nur einfach etwas von uns? Es ist bemerkenswert, wie abgebrüht und bisweilen zynisch man im Polizeidienst werden kann.

Anton Kauffmanns großzügig bemessenes Büro schien fast doppelt so groß zu sein wie das nicht eben kleine des Orchestervorstands. Wenn ich damit das der Sekretärin verglich? Das war vom Ambiente her zwar nicht auf einem anderen Planeten, aber gewiss kaum im gleichen Gebäude zu vermuten. Aber so ist das eben in der Welt der pensionsberechtigten Kunstausübung. Und nicht nur dort.

An der Wand neben dem Schreibtisch, dort, wo Besucher einen guten Blick darauf hatten, hing eine ganze Fotoausstellung.

Anton Kauffmann beim Dirigieren, Anton Kauffmann als Solist, Anton Kauffmann auf der Bühne der Arena di Verona, Anton Kauffmann vor dem Lincoln Center in New York, Anton Kauffmann in Epidauros, Anton Kauffmann mit Leonard Bernstein, Anton Kauffmann mit zwei Frauen in Abendkleidern, Anton Kauffmann mit den drei Tenören, Anton Kauffmann gab Autogramme, Anton Kauffmann hielt Blumen, Anton Kauffmann trug Orden. Anton Kauffmann auf einer Alm, Anton Kauffmann in Salzburg, Anton Kauffmann im Garten der Villa Wahnfried, Anton Kauffmann hier, Anton Kauffmann dort, Anton Kauffmann mit Polit-Prominenz, Anton Kauffmann mit Sport-VIPs. Eine beachtliche Sammlung, die keinen Platz ließ für irgendwelche Diplome von Meisterkursen und Wettbewerbs-Urkunden oder ähnlichen Belegen der künstlerischen Reife.

Es gibt große Dirigenten. Es gibt kleine Dirigenten. Es gibt Dirigenten mit Bauch. Es gibt Dirigenten ohne Bauch. Es gibt junge Dirigenten, alte, solche mit vielen Haaren und solche mit Glatze. Es gibt Dirigenten in allen nur erdenklichen Ausfertigungen. Seit ich mit Swantje zusammen bin, habe ich schon eine ganze Reihe kennengelernt. Sogar Dirigentinnen. Aber auf die Schnelle erinnerte ich mich an kaum einen, der nicht viel von sich und seiner Kunst gehalten hätte. Die meisten verstecken es nur etwas besser als Anton Kauffmann. Aber charmant war er, das musste ich ihm lassen.

„Ach, Frau Rogener, ich kann Ihnen gar nicht sagen, wie sehr ich es bedaure, dass ich nicht anwesend war, als Sie Ihre Ermittlungen begannen. Kann ich Ihnen denn wenigstens jetzt irgendwie behilflich sein?"

„Das ist schon in Ordnung, Herr Kauffmann. Sie konnten ja nicht ahnen, was los war, nicht wahr?" Ich lächelte. „Wie war denn Ihre Reise?"

„Ganz schön, so weit. Ich habe meine alten Kontakte wieder ein bisschen gepflegt. Sie wissen, wer sich in der Provinz vergräbt, kommt darin um."

„Waren Sie denn mit dem Auto unterwegs?", fragte Schneider-Gizeh knapp. Er mochte es eindeutig nicht, wenn man sein Suhl als Provinz bezeichnete. Seine Frage war längst nicht so beiläufig, wie sie Anton Kauffmann scheinen mochte. Bahnfahrkarten verlieren sich leicht, aber ich kenne niemanden, der es fertigbringt, von einer längeren Autoreise ohne Tankbelege oder Quittungen aus dem Parkscheinautomaten zurückzukehren. Die Fahrt lässt sich so zumindest teilweise rekonstruieren.

„Ach nein, wissen Sie, für weite Strecken nehme ich doch lieber die Bahn. In der ersten Klasse hat man ja doch immer noch seine Ruhe. Meistens, nicht wahr? Auf den Straßen geht es ja mörderisch zu."

Die Wortwahl des Herrn Kapellmeisters fand ich nicht besonders glücklich. Aber gut.

„Wissen Sie, Herr Kauffmann, wir müssten Sie eigentlich auch gar nicht belästigen. Wenn wir Sie nur hätten anrufen können und die Sache telefonisch klären." Kollege Schneider ließ nicht so schnell locker.

„Hat Ihnen die Sekretärin meine Nummer nicht gegeben?" Anton Kauffmann sah sogar ein bisschen empört aus.

„Das hat sie. Aber Sie waren ja nicht zu erreichen."

„Ach ja, richtig, das habe ich ganz vergessen." Der Dirigent lächelte gezwungen. „Mein Handy. Das ist mir abhandengekommen."

Vermutlich in der ersten Klasse, dachte ich, hütete mich aber, das laut zu sagen. Stattdessen sprang Kollege Schneider ein mit einem harmlosen: „Haben Sie es vielleicht verloren? Kann ja mal passieren."

„Vielleicht habe ich es auch einfach nur verlegt. Ich kann und kann mich nicht erinnern, wo ich es zuletzt hatte. Ich habe schon versucht, mich selbst anzurufen, für den Fall, dass ich das Klingeln vielleicht höre. Aber es hat nichts genützt. Und jetzt ist wohl auch der Akku leer. Na ja, ich habe ja ein Codewort und die Geheimzahl. Da wird schon nichts passieren."

„Wenn das Handy fort ist, wie können wir Sie denn erreichen, Herr Kauffmann, falls noch irgendetwas zu klären wäre?" Ich war wieder dran.

Anton Kauffmann überreichte mir seine Visitenkarte, ein sehr gediegenes Stück. Dicker Briefkarton, schlicht, weiß, der Druck ohne verspielte Schmuckdetails. Erst im richtigen Licht oder wenn die Fingerkuppe darüberstrich, fühlte man die erhabenen Buchstaben. Ich probierte das natürlich sofort aus. Sehr edel, das Ganze. E-Mail-Adresse, ein Faxanschluss, zwei Telefonnummern, eine davon für das Handy.

Wenn ihm die etwas nützte. Hatte die Sekretärin nicht irgendetwas gesagt von „komplett nicht erreichbar", also keine Mailbox eingerichtet? Das musste ich nicht jetzt klären.

„Ich nehme an, Herr Kauffmann, dass Sie gleich mit dem Orchester für das Abschlusskonzert des Festivals proben müssen. Wir wollen Sie also nicht lange aufhalten."

„Das macht doch nichts. Der Zweite Kapellmeister kann die Probe übernehmen, er ist ja ohnehin im Haus. Also, was wollen Sie von mir wissen?"

Die Probe schon, dachte ich, aber sicher nicht das Konzert, und blickte verstohlen zur Fotowand. Hatte ich dort nicht ein Bild gesehen, auf dem ein deutlich jüngerer Anton Kauffmann mit einem ebenso jugendlichen Egino von Wasten gemeinsam in einer Schar Musiker auf einer großen Freitreppe posierte? Richtig, da war es ja, direkt unterhalb des Fotos mit den Tenören. Ich riss mich zusammen.

„Vielleicht, Herr Kauffmann, erzählen Sie uns einfach, wo Sie in den letzten Tagen waren?"

„Da ist nicht viel zu erzählen. Ich will mich beruflich neu orientieren. Hier im Thüringer Wald möchte ich meine Laufbahn jedenfalls nicht beschließen. Und da ich ein paar Freunde in Oberhausen habe, bin ich hingefahren, um ein bisschen zu sondieren und mich umzuhören."

„Und, hat sich etwas ergeben?" Das interessierte mich natürlich.

„Ach, Frau Rogener, ich will der Sache nicht vorgreifen. Es ist alles noch sehr in der Schwebe. Und deshalb möchte ich auch keine Namen nennen derzeit. Sie brächten mich in sehr große Verlegenheit, wenn Sie sich aktuell nach mir erkundigten, verstehen Sie?"

Ich verstand recht gut. Durch die Meinige bin ich ja mittlerweile etlichen Entscheidungsträgern auf kultureller Ebene begegnet. Eines haben sie fast alle gemeinsam, seien sie nun vom

Kulturvirus infiziert oder nicht. Sie werden ungern mit Nachfragen gestört, wenn sie gerade eine Entscheidung vor sich hinreifen lassen, um zum gegebenen Anlass, den sie natürlich selbst in einsamem Entschluss festlegen, das Ergebnis der geschätzten Öffentlichkeit kundzutun.

Mit anderen Worten: Sollte Anton Kauffmann Chancen haben, etwas in den Altbundesländern zu werden, würden sich die Aussichten verringern, wenn die Kriminalpolizei an der betreffenden Adresse nachhakte. Dirigenten können nach ihrem Dienstantritt schon genügend Ärger machen. Ähnlich wie bei Fußballtrainern scheint es da sogar einen gewissen Automatismus zu geben. Da wird kaum jemand einen verpflichten, für den sich die Polizei schon interessiert, bevor die Stellenausschreibung überhaupt herumgeschickt worden ist. Wollte ich das? In Anbetracht des kompetenten Eindrucks, den Manfred Rothans via Bühnenübertragungsanlage bei der Probe auf mich gemacht hatte, konnte ich ihm eigentlich nur wünschen, dass Anton Kauffmann seine Wanderlust nicht meinetwegen zügeln musste. Ohnehin würde der Erste Kapellmeister in der nächsten Zeit in und um Arnstadt anzutreffen sein. Schließlich hatte er in wenigen Tagen ein Konzert mit CD-Aufzeichnung zu dirigieren. Das würde er sich wohl kaum entgehen lassen.

Kollege Schneider nutzte meine Pause. „Waren Sie denn die ganze Zeit da, also in Oberhausen?"

„Ja, eigentlich schon. Wenn man von kleinen Ausflügen absieht, natürlich. Ich war auch in Essen, wissen Sie, ich habe an der Folkwang studiert."

Das machte auf den Kollegen leider nicht den gewünschten Eindruck. Wie sollte es auch? Klassische Musik war einfach nicht das Seine, hatte mir Schneider-Gizeh auf dem Weg zum Orchester gestanden. Auch ich war nicht besonders ehrfürchtiger Stimmung. Schließlich hatte uns Anton Kauffmann nicht gesagt, dass er ein Examen an der Folkwang-Hochschule abgelegt hatte.

„Haben Sie denn irgendjemand von früher getroffen?"

Das war zwar kein gutes Deutsch, aber Anton Kauffmann verstand mich trotzdem.

„Leider nein, es sind ja Semesterferien. Und lange war ich auch nicht dort, es war fast jeden Tag eine Besprechung und da wollte ich mich gerne zur Verfügung halten. Man kann ja nicht alles seinem Agenten überlassen. So gut der auch ist."

Sollte das eine versteckte Aufforderung sein, ihn zu fragen, wer ihn vertrat? Wenn er als Dirigent noch selbst verhandelte, dann mochte das viele Gründe haben. Aber ich wollte mich nicht ablenken lassen. Sonst bekäme ich nie eine genauere Aussage, fürchtete ich.

„Wo sind Sie denn untergekommen?" Auch der Kollege ließ nicht locker. Aber es nutzte uns wenig, denn unser Gegenüber nannte uns ein Hotel, das zu einer großen Kette gehört. Deren Erfolg gründet zum größten Teil daran, dass die Zimmerpreise deutlich unter den sonst üblichen Tarifen liegen.

„Ich war ja nicht zum Repräsentieren da." Ob Anton Kauffmann seine Wahl etwas peinlich war? Oder warum versuchte er sonst, sich vor uns zu rechtfertigen?

Für ein Alibi taugte das Hotel nur begrenzt. Die niedrigen Preise sind das Argument sowohl für den reduzierten Komfort als auch die weitgehende Abwesenheit von Angestellten des Hauses. Wenn niemand da ist, kann einen auch keiner sehen.

Aber all das hieß natürlich immer noch nicht, dass Anton Kauffmann zur Tatzeit in Arnstadt gewesen sein musste. Und selbst wenn – dass er geschossen hatte, war damit nicht gesagt und noch weniger bewiesen. Wir würden uns also bis zur Ankunft des wandernden Bankdirektors gedulden müssen.

Weder Schneider-Gizeh noch ich erwarteten, dass Anton Kauffmann uns die Tat gestehen würde, und sei es aus purem Geltungstrieb. Eigentlich waren wir nur hier, um einen weiteren Punkt auf unserer Liste abhaken zu können. Oder war es etwas anderes, was mich nach Suhl zum Orchesterdomizil zog? Instinkte sind ja gut und schön, aber dummerweise laufen sie unterbewusst ab und helfen einem erst im letzten Moment. Wenn überhaupt.

„Nun gut, Herr Kauffmann, vielleicht kommen wir später noch einmal auf die Sache zurück, wenn wir für Sie unverfänglicher nachhaken können. Für die nächste Zeit sind Sie wohl hier in der Gegend, nicht wahr?"

„Ja, sicher, Frau Rogener. In drei Tagen ist das Konzert. Ich muss auch mit den Solisten Kontakt aufnehmen. Sie wissen ja, so international bekannte Sänger, die sind manchmal etwas eigen, wenn sie sich vernachlässigt fühlen."

Dazu sagte ich besser nichts. Oder doch. Und sei es nur, um ein bisschen Konversation zu machen. „Haben Sie mit diesen Solisten schon mal zusammengearbeitet, Herr Kauffmann?"

Dem Kapellmeister schien es zu gefallen, dass ich ihn in die Liga der Stars zu stellen bereit war. Er lächelte versonnen. „Mit der Sopranistin noch nicht. Aber Swantje Mittersand und Derek Mustafa, die waren mal bei einem Rossiniprojekt von mir dabei, in Frankreich."

Die Meinige hatte mir darüber erzählt. Dass es bei der Tournee mit Rossinis *Petite Messe solennelle* nicht zu Blutvergießen oder wenigstens dem Austausch von Pracht-Veilchen gekommen war, hatte sie hauptsächlich dem Umstand zugeschrieben, dass das Ganze in einem ungewöhnlich heißen Sommer stattfand und keiner die Kraft hatte aufbringen wollen, sich mehr als unbedingt notwendig zu bewegen. „Aber ich sage dir", hatte sie hinzugefügt, „wenn der Kauffmann und diese komplett bescheuerte Sopranistin … also, ich will ja nicht schlecht über Kolleginnen sprechen, aber die war keine. Wirklich nicht. Also, keine Kollegin, so wie sie sich aufgeführt hat. Wenn die und der Kauffmann nicht eines Abends beschlossen hätten, erstens ein trautes *diner à deux* einzunehmen und sich zweitens dabei eine Fischvergiftung zuzuziehen, ich weiß nicht, ob ich den Bettel nicht hingeworfen hätte. Wer kommt auch schon auf die Idee, vierhundert Kilometer vom nächsten offenen Meer mitten im Sommer Austern essen zu wollen? Selbst wenn die frisch aus Lutetia angeliefert worden sind? Anschließend waren beide außer Gefecht. Der Chorleiter ist dann als Dirigent eingesprungen und wir hatten eine richtig schöne, friedliche Tournee. Ich bin ja gespannt, ob sich der Kauffmann daran noch erinnert."

Sollte ich ihn das fragen? Besser nicht, beschloss ich. Außerdem ergriff unser Gegenüber wieder das Wort.

14

„Das muss ich dem Egino schon lassen", sagte er und ließ uns so wissen, dass er mit dem Festivalchef auf freundschaftlichem Fuße stand, „eine sehr anständige Besetzung, die er da verpflichtet hat. Er hat eben Kontakt zu den allerbesten Agenturen."

Hartmut Guth, der reisende Agent, hatte ebenfalls betont, dass eine ganze Reihe von Stars beim Abschlusskonzert auftreten würden. Allerdings hatte er nur die Sänger erwähnt, der Name des Dirigenten war kein einziges Mal gefallen. Sollte sich aus so etwas tatsächlich ein künstlerischer Rang ablesen lassen? Das sollte ich besser nicht fragen. Aber der Dirigent brauchte uns anscheinend nicht als Stichwortgebende.

„Frau Mittersand ist ja zuweilen gerne etwas schwierig", fuhr er fort, „und Derek Mustafa, da werden die Damen wohl reihenweise seufzen und sich nicht auf die Musik konzentrieren. Was soll's. Ich denke, ein Anton Kauffmann hat keine Schwierigkeiten mit Solisten."

Du bist sie im Zweifelsfall selber, die Schwierigkeit, dachte ich. Schnell etwas Nebensächliches gefragt.

„Gehört Händel eigentlich in der Regel zu Ihrem Repertoire? Ich meine, bei der Größe Ihres Orchesters?"

„Ach, wissen Sie, Händel. Bach ist er ja nun nicht."

Was sollte das denn nun heißen? Bevor ich nachfragen konnte, wurde Anton Kauffmann geschäftsmäßig.

„Aber ich fürchte, ich muss unser Gespräch doch leider abbrechen und mich um die Proben kümmern. Vielleicht rufen Sie mich in der Woche nach dem Konzert an, wenn es noch etwas zu klären geben sollte?"

Ich fing einen verwunderten Blick des Kollegen auf. War das nun ahnungslose Souveränität oder war Anton Kauffmann wirklich der Meinung, dass wir unsere Ermittlungen brav rund um ihn herum betreiben würden? Vorsichtshalber versprachen wir ihm das Gewünschte. Im Bedarfsfall würde uns schon noch etwas in den Sinn kommen.

Während sich der Kapellmeister zu seiner Probe begab, machte ich mich mit Schneider auf ins Archiv. Er wollte unbedingt das Regal sehen, das unseren Jochen gefällt hatte.

Der Lautsprecher im Notenkeller machte seinem Namen alle Ehre. Einspielgeräusche, Stimmengewirr. Erst jetzt fiel mir auf, was bei Kauffmann so bemerkenswert gewesen war. Bisher hatten wir in jedem Büro die Hausanlage zu hören bekommen. Nur beim Chefdirigenten hatte Stille geherrscht. Vielleicht mochte er keine Musik. Seine Bemerkung über Händel ließ es vermuten.

Sabine Kiesel wirkte längst nicht mehr so nervös wie bei unserer letzten Begegnung. Sie schien sogar einigermaßen guter Dinge. Während Schneider-Gizeh sich umschaute, zeigte mir die Notenhüterin ein paar vergilbte Blätter.

„Nachdem Ihr Kollege im Krankenhaus gelandet ist, habe ich aufgeräumt. Und dabei habe ich das hier gefunden."

Es handelte sich um alte Geigennoten. Parsifal. „Vermutlich aus Weimar. Wie die wohl hierher geraten sind?"

„Wieso denn Weimar?", fragte ich.

„Schauen Sie hier. Diese Zeichen über den Noten, die zeigen, wie sich der Dirigent die Phrasierung wünscht, also wie das Ganze gespielt werden soll."

„Aha." Ich betrachtete einigermaßen ratlos das Blatt. Der Unbekannte, der das „Warum so?" in die Noten gekritzelt hatte, schien ähnlicher Gemütslage gewesen zu sein. Darunter war in Rotstift notiert: „Weil es Kapellmeister Liszt so wünscht."

Sabine Kiesel deutete meinen Gesichtsausdruck richtig. „Ach so, ja, entschuldigen Sie. Liszt, also Franz Liszt, der Komponist. Der war eine Zeit Dirigent am Theater in Weimar und hat unter anderem Wagner dirigiert."

Ein Zeitdokument also? Leider nicht einmal das, erklärte mir mein Gegenüber bedauernd.

„Das erkennt man an der Schrift. So wurde doch erst nach dem Krieg, also nach dem letzten, geschrieben. Die Sache ist eindeutig eine Fälschung. Mein Vorgänger im Archiv hat mich davor gewarnt. In den Regalen sind ein paar solcher Blätter verteilt, wissen Sie?"

Ich wusste nicht, aber das schien sie nicht zu grämen.

„Wenn dann ein neuer Chef kommt oder ein Kulturbeirat oder früher ein neuer Parteisekretär, jedenfalls einer, der geschworen hat, den Laden mal ordentlich aufzuräumen …"

„Ach, so nach dem Motto, neue Besen kehren gut, aber die alten kennen die Ecken?"

„Genau. Die perfekte Archivsortierung, das ist ein Steckenpferd für alle, die sonst nichts erreichen können. Wenn dann also so ein Besserwessi kommt oder irgendeiner, der aus Prinzip sagen will, wo es langzugehen hat, findet er natürlich so etwas bald. Wenn sich der Presserummel gelegt hat, bleibt die Blamage. Und wir können in Ruhe weiterarbeiten."

Besserwessi fünfundzwanzig Jahre nach der Wende? Gut, Archive sind dafür bekannt, dass Vergangenes gehütet wird. Der Lösung meines Falls brachte mich ein echter oder falscher Liszt auch nicht näher. Und Anton Kauffmann war das Archiv herzlich gleichgültig, erfuhr ich. Schade.

Schneider-Gizeh wurde kein Opfer der Regale. „Es scheint wirklich ein Unfall gewesen zu sein", vertraute er mir an, nachdem wir den Keller verlassen hatten. „Im Mittelgang ist der Fußboden noch okay. Aber im nächsten heben sich die Bodenplatten. Und dort, wo es passiert ist, steht das Regal genau auf einer Kante. Kann sein, dass der Hansen die andere Ecke erwischt hat und das Ganze dann wie eine Wippe losging."

Das beantwortete nicht die Frage, warum Sabine Kiesel bei unserem letzten Mal so nervös gewesen war.

„Vielleicht weiß sie, wo der dritte Schlüssel steckt?"

„Das wäre eine Möglichkeit, stimmt. Aber weiß sie damit auch, wer Sansheimer auf dem Gewissen hat? Und wenn sie es weiß, ist sie in Gefahr?"

Schneider-Gizeh sah mich fragend an.

„Ich meine, müssen wir ihr auf die Schliche kommen oder eher aufpassen, dass sie der eigentliche Täter zwecks Spurenverwischung nicht auch noch ein bisschen umbringt? Ich kann mich so recht nicht entscheiden."

„Irgendetwas stimmt jedenfalls nicht mit ihr", meinte der Kollege. „Die ist einmal so nervös, dann wieder cool wie sonst was und macht Witze über alte Noten. Ich werde nicht schlau aus ihr."

Ich auch nicht. Aber das wollte ich gerade nicht zugeben, sondern zog es vor, ein bisschen abzulenken. „Was halten Sie eigentlich von diesem Kapellmeister?"

„Beim Kauffmann stimmt nicht alles", befand Schneider-Gizeh. „Der verbirgt irgendwas Wichtiges."

„Ganz meine Meinung. Und wie kriegen wir das heraus?"

Nachdenklich kratzte sich der Kollege hinter dem Ohr. „Eigentlich hat er uns ja überhaupt nichts gesagt. Wir müssten ihn mal irgendwo erwischen, wo er für eine gewisse Zeit nicht weg kann. Oder wenigstens nicht wichtig tun. Und dann schauen, ob es beim Nichts bleibt."

Auf was für Ideen der Kollege kam. Ob das in Suhl gängige Praxis war, einfach mal ein bisschen verhaften und schauen, ob etwas hängen blieb? Druck ausüben, bis was rauskam? Vermutlich nicht. Aber so würden wir den Fall sicher nicht lösen können. Das Problem schien mir nicht die mangelnde Eleganz der Methode zu sein, sondern die schlichte Illegalität. Bevor ich mir weiter den Kopf zerbrach, fragte ich doch lieber nach.

„Wie sollen wir das denn anstellen, mit dem Isolieren?"

Leider war Schneider-Gizeh wenig kreativ, was die Realisierung seines Projekts betraf. „Was weiß denn ich", murmelte er einigermaßen unfroh.

Zum Glück fiel mir etwas ein. „Wie wäre es, Kollege? Sie müssen doch morgen wieder zu uns ins Büro. Und der Kauffmann hat gesagt, er hätte in Arnstadt zu tun. Bieten Sie ihm doch an, ihn mitzunehmen. Und auf der Fahrt bohren Sie dann ein bisschen nach."

Der Kollege dachte nicht lange nach. „Versuchen können wir es. Wer weiß, was sich ergibt. Und wenn er nichts erzählt, plaudern kann er ja."

Wie aufs Stichwort öffnete sich die Tür zur Bühne. Anton Kauffmann trat uns entgegen.

„Frau Rogener, Herr Schneider. Sie sind noch hier? Kann ich irgendetwas für Sie tun?"

Das war klar, dass ein Kapellmeister die höfliche Variante von „Was macht ihr zwei Nasen hier noch? Habt ihr nichts Besseres zu tun?" beherrschte.

Vorsichtshalber lächelte ich. „Danke, Herr Kauffmann. Wir sind gerade auf dem Heimweg. Schöne Probe noch."

Schneider-Gizeh ergriff die Initiative. „Ach, Herr Kauffmann, bevor ich es vergesse."

Der Dirigent sah gequält aus. „Was denn noch?", raunzte er.

Der Kollege lächelte verbindlich. „Sie haben gesagt, dass Sie morgen nach Arnstadt müssen. Soll ich Sie mitnehmen? Ich fahre sowieso rüber."

Ich sah es Anton Kauffmann an, dass er zwischen den gesparten Fahrkosten und dem Gedanken, quasi in Polizeigewahrsam durch Thüringen kutschiert zu werden, abwog. Die Herren einigten sich auf eine Zeit, die den Kollegen zu halbwegs dienstlicher Stunde ins Büro bringen würde und gleichzeitig dem Künstler wenigstens ansatzweise gestattete auszuschlafen.

Nach dieser Demonstration des Verhandlungsgeschicks seitens eines Vertreters der Suhler Ordnungsmacht war ich gespannt, was Schneider-Gizeh dem Kapellmeister alles entlocken würde. Mir stand die Rückfahrt ins Kreuz.

Vernünftigerweise war ich mit dem Zug unterwegs. Unvernünftigerweise hörte ich den Leuten im dicht besetzten Waggon zu. Es ging um den Fall Sansheimer. Dass die Polizei unfähig sei, wie so etwas überhaupt hatte geschehen können, dass es unter Honecker so etwas jedenfalls nie gegeben habe und unter Adolf schon gar nicht. Wo es denn überhaupt hingekommen sei mit der Welt als solcher. Gerade zu diesem Thema hatten viele etwas beizusteuern, aber nur mäßig Freundliches über die Polizei im Allgemeinen oder die mit der Mordaufklärung im aktuellen Fall Betreuten.

Die wenigsten Meinungen, die über meine Fähigkeiten im Besonderen sowie der Polizeistation Arnstadt im Allgemeinen geäußert wurden, klangen positiv. Darin besteht der Vorteil eines PKWs: In einem Kleinwagen lässt es sich vermeiden, mit knapp fünfzig Leuten zusammenzusitzen, die einen zwar nicht kennen, aber dafür ganz genau wissen, wie unfähig man ist.

Immerhin bekam ich eine Reihe möglicher Verdächtiger serviert, alles absolut offensichtliche Kandidaten, bei denen nur die Blödheit meiner Person die Verhaftung bisher erfolgreich verhindert hatte. Die Mafia war es. Nein, die Russen-Mafia. Die Polen-Mafia. Kosovo-Schieber. Rumänische Banden. Der Tote war ein Musiker? Na, damit war doch alles klar. Man wusste ja, wie Musiker so sind. Sicher waren Drogen im Spiel gewesen und damit Drogenschieber, Kartelle und so weiter. Mädchenhändler vielleicht auch. Oder Kinderpornoringe.

Zum Glück war der nächste Bahnhof bereits Arnstadt-Süd. Hielt ich es noch aus bis Hauptbahnhof? Dort stand mein Wagen. Um mich herum waren sie gerade bei der Rezitation von Polizistenwitzen angekommen. Wieder ein Tag vergangen. Waren wir dem Täter nähergekommen? Ich wollte es gerne hoffen. Aber nach dieser Bahnfahrt war das ein mühseliges Unterfangen.

15

Leider hatte der Plan, Anton Kauffmann genauere Informationen zu entlocken, nicht funktioniert, musste ich am nächsten Morgen erfahren.

„Er hat ja gerne und begeistert von sich erzählt. Aber nicht nur in Sachen Oberhausen blieb er reichlich vage", berichtete Schneider-Gizeh.

„Mit exakten Daten hat er es nicht so. Da war doch das Bild mit den drei Tenören in seinem Büro. Ich meine, mein Ding ist das ja nicht, aber die erkenne ich. Ich habe ihn also gefragt, wann er mit denen zusammengearbeitet hat. Und da kam dann heraus, dass er sich nicht so genau daran erinnern konnte."

Oder hatte er nicht zugeben wollen, dass die Aufnahme ein Fake war? Es gibt ja viele, die sich nach dem Konzert mit ihren Lieblingsstars fotografieren lassen, um anschließend einen Beweis für besondere Vertrautheit mit dem Künstler ans Wochenblatt schicken zu können.

„Aber erzählen kann er gut. Ein echter Dampfplauderer", murmelte der Kollege und machte sich ans Aktenstudium.

Für mich galt es, den wandernden Bankdoktor aufzugreifen. Wir hatten uns in Eisenach verabredet. Ganz in der Nähe sollte seine Rennsteigwanderung beginnen.

Tatsächlich hatte der Banker neben den Wanderschuhen Kopien von Sansheimers Kontounterlagen im Gepäck. Während seine Frau die Georgen-Kirche besichtigte, nahmen wir uns in einem Café die Akten vor.

„Das hier habe ich auch mitgebracht." Doktor Mayer-Schmidt schob eine DVD über den Tisch. „Das ist eine Kopie von unserer Überwachungskamera oder von dem, was noch zu retten war." Ach ja, das Problem mit der Kaffeemaschine. „Aber ich fürchte", fuhr der Filialleiter fort, „man sieht den Sansheimer, oder den, der sich für ihn ausgegeben hat, nur ganz kurz und von hinten. Solche Beträge, die schieben wir doch nicht über den Kassentresen, dass es jeder und alle sehen können." Er lehnte sich zurück. „Diskretionszonen sind ja eine schöne Sache, aber so einen Batzen Geld, den sieht man doch quer durch den Schalterraum. So etwas erledigen wir natürlich in einem Büro. Und da haben wir keine Kameras." Doktor Mayer-Schmidt zuckte bedauernd mit den Achseln. Anschließend führte er mich durch die Kontoauszüge. Die Dreiviertelmillion war allmählich zusammengekommen. Angefangen hatte es kurz nach der Wende.

„Sehen Sie, hier. Kontoeröffnung am 10. November 1989. Die ersten Beträge, hier, das sind wirklich Peanuts. Hundert Mark hier, hundertfünfzig da. Mit der Zeit wurden die Summen höher. Aber niemals ging es über tausend Euro hinaus. Und selbst davon gibt es nur wenige Daueraufträge."

„Ein bisschen merkwürdig ist das aber schon, finden Sie nicht, Herr Doktor?"

„Ja, schon. Aber es hätten ja auch Mieteinnahmen sein können. Oder Ratenzahlungsverträge. Wie Geldwäscherei sah es bei den Summen jedenfalls nicht aus. Wie hätten wir da misstrauisch werden sollen?"

Vielleicht, weil das Vermögen nie angezapft wurde, sondern einfach immer weiter wuchs? Fünfundzwanzig Jahre lang jeden Monat hundert Mark, gut, dann kam der Währungswechsel. Also, fünfundzwanzig mal zwölf mal hundert, das ergab auch schon ohne Zinsen und ohne allmählich erhöhte Beträge dreißigtausend Mark. Oder wenn wir alles in der aktuellen Währung rechneten, fünfzehntausend Euro. Wenn bei jeder Überweisung fünfzig Euro fällig gewesen waren, dann genügten ohne Zinsen genau fünfzig Einzahlende, um exakt auf die Dreiviertelmillion zu kommen. Dabei zeigten die Daueraufträge hin und wieder Veränderungen nach oben. Fünfzig bis tausend Euro. Das waren Beträge, bei denen sich die Alarmglocken in den Büros einer Bank nicht zu rühren pflegten.

Immerhin. „Entnervter Erpresster erledigt Ekel" klang als Tatmotiv deutlich überzeugender als „allgemeine Unzufriedenheit mit den bratscherischen Verhaltensmustern." Ob mein Chef damit zufrieden war?

„Sie sagen, dass auf dem Video nicht viel zu sehen ist, Herr Doktor. Aber Sie haben die Kontoauflösung ja persönlich betreut. Wären Sie bereit, sich mit einem unserer Zeichner zusammenzusetzen, damit wir wenigstens ein ungefähres Bild haben?"

Dazu war der Banker sehr gerne bereit. Er vertraute mir an, dass seine Gattin als kulturelles Highlight für den nächsten Tag nicht nur die Wartburg vorgesehen hatte, sondern auch die Puppenstadt *Mon Plaisir* in Arnstadt. „Wissen Sie, meine Frau interessiert sich eben für so etwas. Und es ist sicher auch ganz schön. Aber barocke Wachspüppchen, wissen Sie, wenn ich sozusagen wegen der Ermittlungen ... Sie verstehen ...?"

Doktor Mayer-Schmidt sah tatsächlich ein bisschen schuldbewusst aus. Zu Recht, befand ich. Aber ich wollte nicht so sein und verabredete einen Termin mit dem Polizeizeichner für den morgigen Nachmittag. Dann machte ich mich auf den Heimweg.

Vom Büro aus informierte ich den Kollegen Hansen über die aktuelle Entwicklung. Schließlich war er im Einsatz verwundet worden, da brachte ich es nicht übers Herz, ihm den mäßig leuchtenden Lichtschein in den ansonsten reichlich trüben Aussichten vorzuenthalten. Auch Schneider-Gizeh klang verhalten optimistisch, als ich ihm die Kontoakten präsentierte.

„Ist irgendwer dabei, den wir kennen?"

Tatsächlich. Etliche der Überweisenden hatten sich wohl rückversichern wollen und direkt von ihrem eigenen Konto überwiesen. Sabine Kiesel verfügte sogar über einen Dauerauftrag. Vierhundert Euro. War sie deshalb so nervös gewesen? Aber was bewies das? Nichts. Alle, die sich über ihre Kontonummer identifizieren ließen, hatten ein Alibi für die Tatnacht. Und nun?

„Wir werden wohl oder übel wieder zum Orchester müssen." Schneider-Gizeh rollte mit den Augen. Die Aussicht schien ihm nicht zu gefallen. „Ob wir so herauskriegen, dass sich einer der Überweiser einen Gehilfen gesucht hat?"

„Kaum", antwortete ich. „Wer lässt sich schon als Erpresster darauf ein, den Erpresser von einem Dritten beseitigen zu lassen? Das ist nichts weiter als eine Auftragsverschiebung. Und dann wird es richtig teuer."

„Stimmt. Über kurz oder lang zahlt man wieder."

„Die Überweisungen sind trotzdem eine Spur. Vielleicht nicht die richtige, aber was haben wir sonst schon? Mit der Visitenkarte sind wir ja auch nicht weiter."

Konnte es sein, dass Egino von Wasten tatsächlich nicht wusste, wie Ulhart Sansheimer an seine Karte gekommen war? Überwiesen hatte der Festivalleiter jedenfalls nicht, zumindest nicht unter seinem Namen. Auch Anton Kauffmann tauchte in den Listen nicht auf. Und wenn einer der beiden Herren ein wenig diskreter ans Werk gegangen war als Sabine Kiesel? Die Polizei soll ja nicht voreingenommen sein. War sie auch nicht. Die Ermittlungsbeamtin Rogener war völlig unparteiisch. Die Händelfreundin sah das etwas anders, aber die hatte nichts zu melden in der Sache. Hoffte ich zumindest.

Bevor Schneider-Gizeh und ich uns wieder nach Suhl aufmachten, sahen wir noch die DVD aus der Bank an. Leider mussten wir Doktor Mayer-Schmidt recht geben. Es war wirklich nicht viel zu erkennen. Eine ungewisse Ähnlichkeit mit … ja, mit wem nur? Zu vage, als dass wir es hätten sagen können. Der Kollege und ich hatten beide das Gefühl, dem Mann, dessen Rücken wir sahen, schon einmal begegnet zu sein. Aber das Gefühl allein reichte nicht.

Es würde ein langer Tag werden. Dem biblischen Gideon war schlicht die Sonne so lange am Firmament geblieben, bis er seinen Auftrag zur Zufriedenheit des Herrn erledigt hatte. Aber wenn ich auch so operieren wollte, würde die thüringische Tourismusindustrie zusammenbrechen wegen zurückgehender Übernachtungen. Ein netter Effekt wäre es immerhin. Oder gar ein Zeichen, dass der Himmel mir wohlwollte.

Irgendeine Ermunterung wäre mir willkommen gewesen. Es waren nur noch wenige Tage bis zum Festivalfinale.

Selbstverständlich funktioniert ein Deckelaufdruck wie „zu lösen bis spätestens …" in den seltensten Fällen. Fakt ist, je länger die Aufklärung eines Verbrechens dauert, desto unwahrscheinlicher ist es, dass die Verantwortlichen überhaupt gefunden, geschweige denn zur Rechenschaft gezogen werden. Aber das sollte mich nicht bremsen. *Non desperamus dum spiramus.* Ich war fast am Ende mit meinem Latein.

Da ich mir nun aber just vorgenommen hatte, nicht zu verzweifeln, solange ich noch atmete, konnte ich den Fall auch nicht einfach zu den Akten legen oder gar abgeben. Auch wenn fast alles in Richtung Suhl deutete: Diesen Fall wollte ich nicht abgeben. Also machte ich mich an die undankbare Aufgabe, denen, die Sansheimers Kontostand nachweislich erhöht hatten, auf den Zahn zu fühlen. Wie Kollege Schneider-Gizeh und ich es vermutet hatten: Die meisten gaben nach einigem Zögern zu, dass der Bratscher sie erpresst hatte.

Was hatte er denn so Schreckliches gewusst? Fünfundzwanzig Jahre nach dem Mauerfall waren die üblichen Wende-Geschichten anscheinend immer noch brisant genug. Der hatte, die wusste und hatte nicht, der wusste nicht und hatte doch, der war, die war nicht. Alles nicht wirklich eine Straftat. Nur eben peinlich. Oder mehr als peinlich und eventuell ein Grund, den Arbeitsvertrag nicht mehr zu erneuern, wenn die Orchesterverkleinerung tatsächlich akut wurde.

„Er hat die Angelegenheit recht geschickt angefangen", zog ich ein erstes Fazit.

Schneider-Gizeh nickte. „Das, was er verlangt hat, war immer gerade so, dass die Leute nicht in finanzielle Schwierigkeiten kamen."

Wie uns unsere Gesprächspartner nach und nach bestätigten, waren die Beträge im Laufe der Gehälteranpassungen an westliche Tarife gestiegen, aber übertrieben hatte es der Bratscher nie. Die Zeit und die vielen Erpressten waren Grund genug für die Dreiviertelmillion. Auf das Konto war zwar viel eingezahlt worden, aber es gab praktisch keine Abhebungen.

„Wenn er so gut Bescheid wusste", sinnierte der Kollege, „war das natürlich auch die beste Versicherung dagegen, selbst rausgeschmissen zu werden."

„Das erklärt auch, dass sie ihn immer mitgeschleppt haben am sechsten Pult. Da konnte er wohl nicht allzu viel Unheil anrichten."

Auch die Orchesterleitung hatte außer gelegentlichen Ermahnungen nichts unternommen. Aber selbst wenn es zur Auflösung des Vertrags gekommen wäre, der Kontostand hätte doch längst für einen einigermaßen gelassenen Blick in die Zukunft gesorgt. Vorausgesetzt, dem Bratscher wäre es gelungen, seine Telefonitis in den Griff zu bekommen. Das allerdings würde nicht mehr geschehen. Sansheimer war tot.

„Wie ist da eigentlich die Rechtslage? Wenn er das Geld durch Erpressung bekommen hat, kann er es dann überhaupt vererben? Oder muss das zurückgegeben werden?" Schneider-Gizeh sah mich fragend an.

„Keine Ahnung", gab ich zu. „Ein Teil bleibt sicher übrig. All die anonymen Einzahler, wenn die sich nicht melden, was damit dann passiert, das soll nicht unsere Sorge sein."

Ich tippte auf eine Zeile. „Das zum Beispiel. Eingezahlt durch Ann o'Nyhm. Sehr witzig."

„Oder hier. W. Rwohl." Der Kollege schüttelte den Kopf. „Meine Güte."

„Da haben wohl welche ein bisschen mehr auf dem Kerbholz als ein Verhalten, das ihnen vor 1989 noch einen Orden eingebracht hätte. Aber wie kommen wir denen auf die Schliche?"

„Hier war einer ganz schlau." Schneider-Gizeh zeigte einen weiteren Eintrag. „Aufs eigene Konto. Den kriegen wir doch nie. Sansheimer jedenfalls war das nicht. Oder?"

„Davon können wir ausgehen. Aber eines wissen wir. Oder können es mit einiger Sicherheit vermuten."

Schneider-Gizeh sah verblüfft drein.

„Schauen Sie mal. Es ist kein Dauerauftrag, sondern eine Bareinzahlung. Und die ist jedes Mal am Anfang des Monats, mal am 1., hier am 4. und so weiter. Genau daraus schließe ich, dass es keiner vom Orchester sein kann. Wer hat jeden Monatsanfang frei und düst mal eben so nach Mettmann, nur um eine Einzahlung bei einer Bank zu tätigen?"

Ich kam mir gut vor. Richtig schlau. Leider versetzte mir der Kollege gleich einen kleinen Dämpfer.

„Und was ist, wenn jemand einen Freund bittet, das zu erledigen? Der macht es, sobald die Überweisung bei ihm selbst eingetroffen ist. Je nach Wertstellungstag."

„Das ist natürlich auch eine Möglichkeit", gab ich zu. „Aber ich glaube, die können wir erst mal außer Acht lassen. Wir haben doch schon darüber gesprochen, dass das Einbeziehen von Dritten auf Dauer nur zu einer weiteren Erpressung führt."

Und was bedeutete diese Spur nun für uns? Nicht viel. Es war eine Vermutung, kein Beweis. Vielleicht nicht einmal eine richtige Spur. Überhaupt, Spuren. Sie sind genau das. Und nicht mehr.

Ich sollte besser nicht herumphilosophieren, dachte ich. Das brachte uns nicht weiter, schon gar nicht in diesem Fall. Dafür machte es vielleicht depressiv. Oder förderte die Faltenbildung. Die Meinige hat zwar nichts gegen Falten, zieht aber solche, die das Lachen verursacht, vor. Die Meinige. Zeit für den Feierabend, stellte ich mit einem Blick auf die Uhr fest.

Schneider-Gizeh war eindeutig derselben Meinung. Mit einem „Na, dann also bis morgen" wollte er sich auf den Heimweg machen.

„Treffen wir uns gleich beim Orchesterbüro? Ich möchte zu gerne wissen, was sie uns dort erzählen über das Konto."

„Hier in Arnstadt kommen wir anscheinend wirklich nicht weiter." Der Kollege grinste. „Oder meinen Sie, wir entdecken den Festivalchef noch auf der Liste?"

Natürlich nicht. Auch wenn ich Egino von Wasten gerne noch etwas auf den Zahn gefühlt hätte, irgendetwas zog mich unwiderstehlich nach Suhl.

16

Sabine Kiesel gab schnell zu, dass ihr Dauerauftrag sie so nervös gemacht hatte.

„Womit hat er Sie denn erpresst?"

Auch Schneider-Gizeh sah interessiert aus.

Sabine Kiesel seufzte. Das hätten wir uns natürlich denken können, dass sie nicht mit der Sprache herauswollte. Aber sowohl der Kollege als auch ich verfügen über eine gewisse Hartnäckigkeit und so gestand die Harfenistin uns schließlich, dass es gar nicht um sie selbst gegangen war. Sansheimer hatte etwas über ihren Bruder gewusst, was ihm bei einer Neuorganisation des Orchesters wenig Bonuspunkte eingetragen hätte. „Besondere Staatsnähe" war die neutrale Umschreibung. Warum hatte es der Bratscher nicht bei Walter Kiesel selbst versucht? Auf der Einzahlungsliste war sein Name jedenfalls nicht aufgetaucht. Wir würden wohl mit ihm sprechen müssen. Aber erst einmal beschäftigten wir uns weiter mit der Harfenistin.

„Was meinen Sie, Frau Kiesel, wo hatte der Sansheimer denn das Material überhaupt her?"

Die Harfenistin sah uns ratlos an. „Keine Ahnung", sagte sie schließlich. „Mir hat er damals ein paar Seiten aus einer Kaderakte gezeigt. Aber wo die herstammte, wie gesagt, keine Ahnung."

Für das Rätsel, wo der Erpresser das brisante Material aufbewahrt hatte, wusste sie auch keine Lösung. „Zu Hause vielleicht?", vermutete sie.

Sansheimers Wohnung war längst durchsucht worden. Die Suhler Kollegen hatten sehr viel Eifer gezeigt und einen Wust von Papieren durchgesehen. Allerdings hatten sie nur Dinge entdeckt, die sich in jeder Wohnung mit einem wenig ordnungsfanatischen Mieter ansammeln konnten. Alte Kaderakten waren nicht dabeigewesen.

Die für Sansheimers Dreiraumwohnung zuständige Genossenschaft hatte schnell reagiert, als sie erfuhr, dass der bisherige Mieter in Zukunft mit sehr viel weniger Platz auskommen würde. Schon mehrfach war angefragt worden, ob die Wohnung nun endlich geräumt werden könne. Normalerweise wurde bei jedem Auszug gemalert. Ob sich etwas unter der Tapete fand?

Unwahrscheinlich, befand ich. Welcher Erpresser versteckt sein Material so, dass er nur mit erheblichem Aufwand darauf zugreifen kann? Andere mögliche, leichter zugängliche Verstecke waren allerdings leer gewesen. Zurück zu Sabine Kiesel.

„Haben Sie eine Idee, woher Sansheimer seine Informationen gehabt haben kann?"

Viel weiter brachte mich ihre Antwort nicht. „Ich sagte ja schon, es sah aus wie eine Kaderakte. Aber woher er die hatte? Keine Ahnung."

„Kann er sich die vielleicht aus den alten Büroordnern besorgt haben?"

„Ich weiß es nicht. Möglich. Ja, warum nicht? Aber er hatte doch keinen Schlüssel zum Archiv. Also wie?"

„Das wissen wir nicht", ließ sich Schneider-Gizeh hören. „Es ist jedenfalls keiner gefunden worden. Aber das heißt natürlich nicht, dass Sansheimer ihn nicht gehabt hat."

„Hätte er denn überhaupt einen gebraucht?", fragte ich. „Wie es aussieht, hat er doch direkt nach der Wende angefangen. Damals ist das Konto jedenfalls eröffnet worden. Und da war doch noch gar kein Sicherheitsschloss an der Tür, oder?"

Sabine Kiesel nickte.

„Wenn das so ist, wo sind die alten Akten denn eigentlich jetzt?"

„Das kann ich Ihnen zeigen." Die Harfenistin führte uns zu einem Gang weit hinten im Archiv. Dort waren die Regale noch verstaubter als in den anderen Gängen. Der Boden allerdings ließ keine Spuren erkennen.

„Ich gehe einmal die Woche mit einem Industriesauger durchs Archiv", erläuterte Sabine Kiesel. „Anders geht es gar nicht. Es ist schon erstaunlich, wie viel Staub Papier allein durch bloßes Daliegen erzeugt." Angesichts des Grauschleiers auf den Stapeln glaubten wir ihr das gerne. „Ich habe auch so einen Wedel, der den Staub statisch anzieht, oder wie das heißt. Damit fahre ich alle paar Wochen über die Regalböden."

Das bedeutete nichts Gutes für Fingerabdrücke, vermutete ich. Aber vielleicht entdeckte die Spurensicherung doch noch etwas. Die Frage war nur, ob es sich lohnte, die Kollegen zu alarmieren.

„Hier", sagte die Harfenistin und deutete auf die obersten Regalböden. „Da oben haben wir das alles gesammelt. Ich hätte nie geglaubt, dass wir jemals wieder dran müssten."

Schneider-Gizeh betrachtete die Regale abschätzend. „Da brauchen wir eine Leiter."

„Kein Problem. Die steht gleich neben der Tür."

Schon kehrte der Kollege zurück, in einem Hausmeisterkittel und mit einer Klappleiter über der Schulter.

„Der hing hinter der Tür. So staubig, wie das hier ist, habe ich mir gedacht ..." Er klappte die Leiter auf und kletterte hoch. „Und jetzt?"

Nach und nach hob er die Kartons herunter.

Es kam, wie ich schon fast geahnt hatte. Schließlich war es im Fall Sansheimer bisher stets so gewesen: Erst hatten wir nichts, dann hatten wir eine Spur, dann gingen wir ihr nach und hatten ... wieder nichts. Eine wunderbare Übung zur Steigerung der Frustrationstoleranz. Allmählich reichte es mir. Ich war fast bereit, mich in die Nähe eines besonders wackligen Regals zu stellen und probeweise ein wenig zu hüpfen. Die Aussicht, das Abschlusskonzert dann allerdings wohl verpassen zu müssen, hinderte mich daran, den Plan auf seine Praxistauglichkeit zu überprüfen.

Also widmete ich meine Aufmerksamkeit doch wieder dem Kistenstemmen des Kollegen. Endlich stand eine lange Reihe gleich aussehender Kartons im Gang.

„Alle dicht", bemerkte der Kollege. „Selbst die Grifflöcher sind zugeklebt."

„Dann sind sie wohl auch staubdicht verschlossen. Das war vermutlich der Zweck der Übung oder was meinen Sie, Frau Kiesel?"

„Ja, das war die Hauptabsicht. Und außerdem ist es ja praktisch unmöglich, Klebeband zu entfernen, ohne Spuren auf dem Karton zu hinterlassen. Wenn also einer geöffnet worden wäre, dann könnte man das sehen. Und ich kann nichts entdecken."

Wir musterten die Kisten der Reihe nach. Sauber durchnummeriert, trugen sie alle den gleichen Datumsaufdruck sowie zwei unleserliche Unterschriften. Wenn sich niemand die Mühe gemacht hatte, den alten Stempel zu besorgen, um ein späteres Öffnen zu vertuschen, und dann auch noch die Signaturen zu fälschen, war der Kartoninhalt seit über zwanzig Jahren nicht mehr gesehen worden. Auch die Staubschicht, in der Schneider-Gizeh etliche Spuren hinterlassen hatte, war durchgehend dick. Dass Sabine Kiesel ihren Abstaubeifer auf die ihr anvertrauten Noten beschränkte, war ihr kaum zu verdenken. Rein kriminalistisch betrachtet, stellte die gleichmäßig eingegraute Kistenoberfläche ein deutliches Indiz dar. Bei dem bis auf kleinste Details völlig gleichen Aussehen der vom Kollegen gestemmten Kartons war nicht davon auszugehen, dass Sansheimer sich in einzelnen bedient hatte. Und dass er alle in ein neues Klebebandnetz gehüllt hatte, war noch unwahrscheinlicher.

Oder hatte der Bratscher mit dem alten Notenwart unter einer Decke gesteckt und sich so ein größeres Zeitfenster verschafft?

„Das glaube ich nicht." Sabine Kiesel klang sehr überzeugt. „Der Jakob Neuhaus hätte nie etwas mit dem Sansheimer ausgeheckt. Im Leben nicht. Aber fragen Sie ihn doch selbst." Bereitwillig nannte sie mir die Adresse. „Die kenne ich noch, ich war ein paar Mal bei ihm, als ich angefangen habe im Archiv. Fragen Sie ihn einfach."

„Wissen Sie eigentlich, was mit den alten Akten geschehen soll?" Schneider-Gizeh sah dem Zurückräumen der Kartons auf die oberen Regalborde eher unfroh entgegen.

„Ehrlich gesagt waren wir froh, dass die Dinger aus dem Weg waren. Hier haben sie doch niemanden gestört." Sabine Kiesel lächelte verlegen. „Irgendwie hatten wir schon das Gefühl, dass sie vielleicht noch einmal gebraucht werden würden. Aber bis dahin wollte jedenfalls niemand jeden Tag darüber stolpern. Die Sache ist doch vorbei."

Ganz wohl nicht, sonst hätte Ulhart Sansheimer kaum so viele zum Bankschalter treiben können.

Mittlerweile hatte der Kollege eine Pause nötig, aber tapfer widmete er sich seiner Aufgabe und versorgte auch den letzten Aktenkarton.

„Das war ein Schuss in den Ofen", sagte er schließlich und setzte sich schwer atmend auf eine Leitersprosse. „An den Kisten war niemand Unautorisiertes. Die Kollegen von der Spurensicherung brauchen wir gar nicht erst zu bemühen. Höchstens, dass eine fehlt. Kann das sein, Frau Kiesel?"

„Das glaube ich nicht. Die sind ja alle durchnummeriert. Ich schau mal in die Kartei."

Die Harfenistin führte uns nach vorne zu ihrem Schreibtisch. Tatsächlich, unter dem Titel „Altes Büro" waren die Kartons aufgeführt, komplett mit dem Datum der Inventarisierung und der laufenden Nummer.

„Das wäre ja auch zu schön gewesen", maulte der Kollege. „Langsam macht das wirklich keinen Spaß mehr."

Wenigstens musste er heute Abend nicht mit der Bahn quer durch den Thüringer Wald. Ob ihn der Gedanke trösten würde? Ich verkniff mir den Praxistest.

„Von hier hatte der Sansheimer die Akten anscheinend nicht", stellte ich fest. „Außer er hat sich bedient, bevor die Kartons verschlossen wurden. Aber sagen Sie, Frau Kiesel, wie groß ist die Chance, dass sich unter den Notenstapeln irgendwo etwas verbirgt, das nicht hergehört?"

„Sie meinen, er hat ein Privatarchiv angelegt, hier?"

Gut kombiniert, Holmes. „So ungefähr."

„Es könnte natürlich sein. Aber das hätte ich doch sehen müssen. Ich bin in den letzten Monaten fast täglich hier gewesen. Und bevor ich angefangen habe, Ordnung zu schaffen oder es zumindest zu versuchen …" Sie lächelte gequält. „Also, zuerst habe ich mir jedes Regalbrett einzeln angeschaut und jeden Stapel kurz durchgeblättert, damit ich ein Gefühl dafür bekam, was wo liegt. Dabei habe ich so einiges entdeckt, womit sich frühere Notenwarte beschäftigt haben. Aber da war nichts, was aussah wie ein Privatarchiv. Es waren Zeitschriften, hauptsächlich. Harmloses Zeug. Der Ulhart hatte da ganz andere Sachen in seinem Spind."

Der war von den Suhler Kollegen natürlich auch in Augenschein genommen worden.

„War da wirklich nichts drin?" Schneider-Gizeh mochte es nicht glauben „Kann ich den trotzdem mal sehen?"

Begleitet von Sabine Kiesel gingen wir zum Bratschenzimmer im Untergeschoss.

„Dort ziehen sich die Kollegen bei Konzerten um. Und sie spielen sich da normalerweise auch ein. Das wäre ja das totale Chaos, wenn das alle erst im Probenraum oder im Konzertsaal machen."

In der Umkleide saß Michael Düst und las eine Orchesterzeitschrift. Auf unsere Frage deutete er in die Ecke neben dem Fenster.

„Das ist Ulharts Schrank."

Die Tür des Spinds stand einen Spalt offen.

„Leer", stellte Schneider-Gizeh fest. Was hatte er denn erwartet?

Ich sah mich um. Ein Garderobenständer, ein Waschbecken mit Spiegel darüber, ein paar Stühle, ein Tisch mit verschrammter Resopalplatte. Nicht gerade einladend. Graue Spinde ringsum. Unwillkürlich zählte ich.

„Sagen Sie mal, Herr Düst, wie viele Kollegen sind Sie eigentlich bei den Bratschen?"

„Ursprünglich zwölf. Wer weiß, wie lange noch. Wir müssen ja schrumpfen. Wieso fragen Sie?"

„Zwölf also. Aber hier stehen zwanzig Spinde."

Der Bratscher sah überrascht aus. „Stimmt. Ach ja, der Rest ist für Aushilfen. Die müssen ihre Sachen ja auch irgendwo lassen."

„Gleich acht? Und haben die einen festen Spind?"

„Eigentlich nicht. Aber ich achte da nicht so drauf. Warum?"

War das nun das berüchtigte Bratscherphlegma? Oder steckte etwas anderes dahinter?

„Zählen Sie mal die Schlösser."

Michael Düst sah noch überraschter aus als Kollege Schneider-Gizeh.

„Zwölf."

„Genau", sagte ich. „Aber der Spind von Sansheimer ist geöffnet worden. Von wem also ist das zwölfte?"

Wenn es so war wie bisher im Fall Sansheimer, würde uns die Antwort auch nicht weiterbringen. Trotzdem war ich froh, dass Sabine Kiesel sich anbot, ihren Bruder zu holen.

„Der ist als Orchestervorstand schließlich so eine Art Hausherr. Der weiß sicher Bescheid. Oder der TD?"

Darauf wollte ich nicht vertrauen. Schließlich war dem Hausmeister nicht einmal aufgefallen, dass an seinem Schlüsselbrett manipuliert worden war. Oder hatte er es selbst getan und stellte sich nun mit beträchtlichem Erfolg dumm? Eine interessante Frage, durchaus. Ideal für den Feierabend, als Zeitvertreib. Zum Glück kam die Harfenistin bereits zurück, ihren Bruder und den Hausmeister im Schlepptau.

Gemeinsam mit Michael Düst hatten sie die einzelnen Schränke schnell zugeordnet.

„Nur bei dem. Da weiß ich jetzt nicht so recht …" Es schien Walter Kiesel sogar peinlich zu sein. Aber wie der Technische Direktor kannte auch er die Kombination des Zahlenschlosses nicht.

„Es gab zwar mal eine Vorschrift in der Hausordnung, dass alle einen Zweitschlüssel abzuliefern hatten oder die Schlosskombination, aber nach der Wende hat das wohl niemand mehr kontrolliert."

Fünfundzwanzig Jahre lang? Schneider-Gizeh schien das ähnlich unwahrscheinlich vorzukommen wie mir, wenn ich seinen Gesichtsausdruck richtig deutete.

„Und was machen wir jetzt?", fragte ich. „Brauchen wir einen Durchsuchungsbeschluss?"

„Nein, sage ich mal." Walter Kiesel war sicher. „Die Hausordnung gilt ja, auch wenn wir in diesem Punkt etwas lax waren. Ich kann also einfach von meinem Hausrecht Gebrauch machen. Nehme ich jedenfalls an."

17

Der Bolzenschneider des Technischen Direktors machte kurzen Prozess. Das Ergebnis war nicht gerade eindrucksvoll. Als die Spindtür geöffnet war, sahen wir eine alte Strickjacke an der kurzen Garderobenstange hängen. Vorsichtshalber zog ich ein Paar Latexhandschuhe aus der Tasche und streifte es über. Dann räumte ich den Spind aus. Die Jacke roch leicht nach Schweiß. Auf dem Ablagebrett über der Stange lagen ein paar Zeitschriften, mit Abbildungen junger Frauen, deren prächtig entwickelte Oberweiten vermutlich eine komplette Säuglingsstation in den Hungerwahnsinn getrieben hätten. Zwischen den Heften steckten zwei zerlesene Magazine für Orchestermusiker, eins davon aufgeschlagen bei den Stellenanzeigen. Ein rot eingekreistes Inserat der Chursächsischen Philharmonie lud zum Vorspiel ins Vogtland nach Bad Elster ein.

„Eine Spur?"

Den Kollegen schien das Reisefieber gepackt zu haben. Leider musste ich ihn enttäuschen. „Das glaube ich nicht. Dieses Orchester und der Bratscher, das passt einfach nicht zusammen. Da setzen sie auf historisch informierte Interpretationen."

Die Miene des Kollegen verriet mir, dass ich deutlicher werden musste, wenn ich verstanden werden wollte. „Die wollen, dass die Musik, die sie spielen, so klingt, wie sie damals klang, als sie komponiert wurde. Das bedeutet zum Beispiel, dass man ein Werk aus dem achtzehnten Jahrhundert ganz anders und auf anderen Instrumenten spielt als etwas aus dem zwanzigsten Jahrhundert."

„Verstehe ich nicht", sagte der Kollege. „Geige ist doch Geige. Auch wenn er Bratsche gespielt hat."

„Eben nicht. Da gibt es Unterschiede. Und alles, was wir bisher über Sansheimer erfahren haben, legt nahe, dass er sich nicht mit Interpretationsdetails oder gar Spieltechniken aufgehalten hat."

„Genau", sagte Michael Düst. „Lassen Sie es mich so sagen. Interpretation war für ihn, wenn er zwischen dem Einsatz und dem Ende des Stücks mehr als zweimal auf den Dirigenten geschaut hat. Und mit Barockmusik hatte er es sowieso nicht."

„Spätestens im Probespiel wäre er gescheitert", stimmte ihm Walter Kiesel zu. „Der war doch überhaupt nicht in der Lage, das Niveau, das für eine Neueinstellung gefordert wird, wenigstens in der Probezeit zu halten."

Also, weiter mit dem Räumen. Ein paar Werbeprospekte für Handys. Ein Schirm. Ein Paar schief getretene Halbschuhe. Das war's.

Halt. Als ich die Latschen auf den Tisch stellte, war ein leises Klappern zu hören. Ich schüttelte sie. Aus dem linken Schuh fiel ein Schlüssel auf den Tisch. Der Hausmeister wollte schon zugreifen, aber der Kollege wusste ihn zu bremsen. Vorsichtig bugsierte ich den Fund in einen von umsichtigen Ermittlungsbeamten für solche Fälle nebst Handschuhen immer mitgeführten Plastebeutel. Dann besah ich ihn mir genauer.

„Frau Kiesel, Sie haben doch den Archivschlüssel. Legen Sie den mal daneben, bitte."

Wie schon so oft: Ein Rätsel für ein neues eingetauscht. Was machte der vermisste Archivschlüssel in dem Spind? Und hatte Sansheimer ihn dorthin befördert? Vielleicht war er es überhaupt nicht gewesen, der sich diesen zusätzlichen Schrank mit seinem Schloss gesichert hatte. Wer immer es gewesen war, wozu hatte er den Archivschlüssel gehabt? Und woher? Wir riefen die Spurensicherung. Vielleicht fanden sich ja Fingerabdrücke, die die Sache klären helfen konnten?

Da wir uns vermutlich in Grund und Boden würden schämen müssen, falls sich irgendwann die Materialsammlung des Bratschers hier irgendwo im Haus fand, ohne dass wir ernsthafte Versuche unternommen hatten, sie zu entdecken, machten Schneider-Gizeh und ich uns daran, das Archiv ein weiteres Mal in Augenschein zu nehmen. Gut, er begann schon damit, während ich Walter Kiesel zur Privataudienz bat. Michael Düst verstand den Hinweis ohne weitere Erläuterungen und machte sich davon.

Der Orchestervorstand gab zu, von den Erpressungen gewusst zu haben. „Bei mir hat er es auch versucht. Aber ich bin hart geblieben. Und es ist nichts nachgekommen."

Dass das eventuell an dem finanziellen Aufwand lag, den seine Schwester betrieben hatte, schien er nicht zu ahnen.

„Leider ist nie jemand zu mir gekommen und hat gesagt, du, der Sansheimer erpresst mich. Dabei wäre das endlich ein Grund gewesen, ihn achtkantig rauszuschmeißen."

„Aber bei Ihnen hat er es doch auch versucht. Und daraus haben Sie nichts gemacht."

Wieso hatte Sabine Kiesel ihren Bruder nicht einfach gefragt, ob an der Sache überhaupt etwas dran war? Unnötig, dachte ich. Sie hat gezahlt, also war sie der Überzeugung, dass es unumgänglich war. Sie wusste Bescheid und hat ihr Wissen nur einfach nicht in klingende Münze umsetzen wollen.

„Stimmt, Frau Rogener. Aber ich konnte nichts beweisen. Das hat er sehr geschickt angefangen, es gab keine Zeugen. Und sonst sagte ja keiner was. Es hätte Wort gegen Wort gestanden. Einzelaussage. Wegen so einer Sache einen Arbeitsgerichtsprozess verlieren, das wollte ich dann auch nicht riskieren."

Das konnte nun alles stimmen oder auch nicht. Wie sollten wir das feststellen? Vielleicht mit einer groß angelegten Aktion die Fingerabdrücke aller nehmen und jeden einzelnen Überweisungsbeleg, dessen wir noch habhaft werden konnten, untersuchen? Das konnte uns tatsächlich etwas einbringen. Ob dieses Etwas allerdings der auch dann immer noch nicht überführte Täter war oder lediglich der Zorn der ohnehin reichlich strapazierten Spurenanalysierenden, das wollte ich lieber nicht ergründen.

„Was machen wir jetzt eigentlich mit den Sachen?", unterbrach Walter Kiesel meine Gedanken.

„Die nimmt die Spurensicherung natürlich mit. Und der Spind wird versiegelt. Sicher ist sicher."

Als ob ein Stück geklebtes Papier eine Tür sicherer machte. Aber wenigstens wäre dann zu erkennen, wenn der Spind geöffnet wurde.

In diesem Moment kam Schneider-Gizeh ins Bratschenzimmer, gefolgt von den Kollegen der Spurensicherung.

„Nichts", sagte der. „Außer Staub. Aber davon reichlich." Er schnäuzte sich ausgiebig und betrachtete dann angelegentlich das Ergebnis, bevor er sein Taschentuch endlich wieder wegsteckte. „Von mir aus können wir."

Auch er hielt das Anbringen des Siegels für eine eher unnötige Übung. „Aber warum nicht? Nachher heißt es sonst noch, die Suhler haben geschlampt."

Wir überließen der Spurensicherung den Raum. Schneider-Gizeh und ich hatten noch einen Termin, bei Jakob Neuhaus. Der alte Notenwart wohnte nur wenige Straßen von seiner ehemaligen Wirkungsstätte entfernt.

Sabine Kiesel hatte mit ihrer Einschätzung recht gehabt. Auch dieser Mann war nicht besonders gut auf den Bratscher zu sprechen.

„Das war ein echtes Kollegenschwein. Der hat seinem Pultpartner das Leben so richtig schwer gemacht. Und nicht nur dem. Ich habe ihn ein paar Mal erwischt, wie er sich an den Noten zu schaffen machte. Er wollte gerade Auf- und Abstriche ändern …"

Ein rascher Seitenblick zu meinem Kollegen zeigte mir, dass der keine Ahnung hatte, wovon die Rede war.

„Aber das merkt man doch schnell", warf ich ein. „Bei der ersten Probe, wenn die Bögen nicht synchron auf und ab gehen, das fällt doch auf."

„Schon", meinte Jakob Neuhaus und räkelte sich in seinem großen Sessel, der ihn noch zierlicher aussehen ließ, als er ohnehin schon war. Ich dachte an die alten Akten in den Kartons auf dem obersten Regalbrett. Die hätte er auch vor fünfundzwanzig Jahren mit Sicherheit nicht so leicht gewuchtet wie Kollege Schneider-Gizeh.

„Aber das war ja nicht alles. Einmal habe ich ihn auch erwischt, als er falsche Auflösungszeichen setzte."

Übel. Bis man heraushat, wer im Tutti die falschen Noten spielt, kann wertvolle Probenzeit vergehen, dachte ich.

Der alte Notenarchivar war in Fahrt. „Das war ausgerechnet vor einem Konzert mit einem Gastdirigenten aus dem Westen, noch 1988."

Also noch vor der Zeit, ab der das Notenarchiv abgeschlossen wurde und das sogar mit einem Sicherheitsschloss.

„Und einmal hat er mir die Noten durcheinandergebracht, die ich gerade auf die Pulte legen wollte."

So etwas ließ kein Notenwart mit sich machen, jedenfalls kein zweites Mal.

„Wie gesagt, ein richtiges Kollegenschwein."

„Das können Sie laut sagen, Herr Neuhaus", warf Schneider-Gizeh ein. „Wie wir herausgefunden haben, hat er etliche aus dem Orchester sogar erpresst."

„Das wundert mich gar nicht. Bei mir hat er es auch versucht."

Natürlich fragten wir nach, um was es denn gegangen war. Jakob Neuhaus hatte keinerlei Probleme damit, uns seine Vergangenheit offenzulegen.

„Ich war beim MfS. Also Stasi. Es ging ja zuweilen ins Ausland, nicht wahr? Aber jeder im Haus wusste Bescheid. Kein Wunder. Ich habe auch keinen Hehl daraus gemacht."

Der Archivar hatte sich mit solider Arbeit bei den Noten hervorgetan und nicht durch besondere Aktivistentätigkeit das Nervenkostüm der Orchestermitglieder ausgefranst. Er stand zu seiner Überzeugung und das war allgemein akzeptiert worden. „Sie wussten schon, mit welchen Themen sie mir nicht zu kommen brauchten."

Die Pensionierung war trotz der Tätigkeit zu Gunsten des Ministeriums für Staatssicherheit nicht gleich nach der Wende erfolgt. Sabine Kiesel hatte uns berichtet, dass die Akten mit Rücksicht auf die Körpergröße von Jakob Neuhaus einfach ganz nach oben geräumt worden waren. Aus den Augen, aus dem Sinn? Oder hatte er sich besonders darum gekümmert?

„Nein. Ich habe akzeptiert, dass die Zeiten andere geworden waren. Außerdem, ich stand zu dem System. Warum sollte ich das jetzt irgendeinem vorwerfen, der das auch getan hat und nur derzeit nicht den Mut aufbringt, das zuzugeben? Ich wollte überzeugen, nicht übertölpeln. Bloß weil sich die Zeiten eben ändern, ändere ich mich noch lange nicht."

Auf dem Weg zum Bahnhof besprach ich mit Schneider-Gizeh die heutigen Ergebnisse. Wir waren uns einig, dass wir mit Jakob Neuhaus nicht weiterkommen würden. Was blieb uns sonst noch?

„Diese Liste von dem Konto. Da sind ja etliche identifiziert. Wie wäre es, wenn Sie morgen noch einen Suhler Tag einschieben und vielleicht mit einem Kollegen Befragungen durchführen, so weit, wie Sie kommen? Ich hänge mich über die Akten. Und um den Schlüssel kümmern Sie sich auch am besten. Das hat ja keinen Sinn, ihn erst nach Arnstadt zu fahren, wenn er dem Archivschlüssel so ähnlich sieht."

Das sah der Kollege genauso. „Aber wenn es der fehlende Schlüssel ist, was sagt uns das dann?", gab er zu bedenken.

„Auch nicht viel mehr, fürchte ich. Irgendwas ist jedenfalls merkwürdig an dem Ding."

„Wie meinen Sie das, Frau Rogener?"

„Wer bewahrt denn einen einzelnen Schlüssel im Schuh auf und das in einem Spind, in den so schnell niemand anderes hineinschaut?"

„Das finde ich nicht weiter auffällig. Wenn ich zum Sport gehe und mich umziehe, lege ich meinen Schlüsselbund auch immer in die Schuhe. Da kann ich ihn nicht vergessen."

Das mochte durchaus praktisch gedacht sein, aber einen ganzen Bund sah man doch. Ein einzelner Schlüssel ist leicht vergessen. Besonders bei Schuhen, die höchstens noch bei wirklich schlechtem Wetter getragen werden.

„Ist Ihnen denn etwas an dem Schrank aufgefallen, Kollege?"

„Nein. Solche hatten wir auch zu meiner Armeezeit. Ein ganz normaler Spind."

„Eben. Ganz normal. Und das bedeutet, dass zwecks Belüftung in der Tür ein paar Luftschlitze sind. Damit nicht beispielsweise Schuhe den Schrank zur Gasbombe werden lassen. Und die Schlitze sind oben wie unten."

„Ja, und?"

„Diese Lufteinlässe sind groß genug, dass man ein schmales Stück Metall hineinschieben kann. Wenn das mit genügend Schwung passiert, landet es eventuell im Schuh. Ohne, dass der Spind dafür geöffnet werden muss. Und ohne, dass es der Schlossbesitzer weiß."

Schade, dass just in diesem Augenblick der Zug einfuhr. Den bewundernden und zugleich nachdenklichen Blick des Kollegen Schneider-Gizeh hätte ich durchaus gerne länger genossen. Aber wenigstens hatte ich diesmal Ruhe im Abteil. Auch eine Belohnung, beschloss ich.

Die Meinige und unser Gast waren noch unterwegs. Sie hatten mir einen Zettel hinterlassen, dass sie Derek Mustafa zum Abendessen mitbringen würden, den mittlerweile eingetroffenen Festtenor. Prächtig. Danach war mir gerade. Bevor ich mich in meinen Frust so richtig versenken konnte, läutete das Telefon. Swantje.

„Wir sind noch in der Stadt. Der Festivalleiter hat uns eingeladen und eben ist der Dirigent aufgetaucht. Das sieht aus, als würde es eine längere Angelegenheit."

Ihre Einschätzung erwies sich als zutreffend. Ich konnte es mir in der Wanne so richtig gemütlich machen. Erst als ich das Bad wieder in Normalzustand versetzt hatte, traf mein Schwan mit unserem Gast ein. Die beiden hatten sich amüsiert wie die Königinnen. Nachdem sie Derek Mustafa diskret über die Sache mit der CD informiert hatten, war der zu Hochform aufgelaufen. Egino von Wasten hingegen litt vermutlich beträchtlich.

„Das stimmt", sagte Swantje. „Seine Schmerzgrenze ist jetzt jedenfalls garantiert überschritten. Dabei macht er mir nicht gerade den Eindruck eines praktizierenden Masochisten."

Abwechselnd, als hätten sie es wochenlang geprobt, erzählten mir die beiden Sängerinnen von ihrem Abendessen. Das hatte vermutlich aus Pietätsgründen nicht in der Kellerkneipe stattgefunden, sondern in einem Nobelgasthaus, dessen Portionen thüringenunüblich klein waren. Wir setzten uns also mit einem Imbiss zusammen. Rara beschrieb mir Anton Kauffmanns Auftritt.

„Als er uns so einträchtig da sitzen sah, hat er einen Charmeanfall erlitten, der war schon sagenhaft."

„Genau", sekundierte die Meinige. „Und da konnte der von Wasten natürlich nicht nachstehen. Die beiden haben sich jedenfalls hochgeschaukelt, das war schon nicht mehr feierlich."

„Und Derek ist zwar nicht eifersüchtig, aber er hat dann eben beschlossen, ein bisschen zu sticheln. Er ist ja Tenor, da dürfen ihm Veranstalter nicht frech kommen und etwa unaufmerksam zu ihm sein. Und weil sie gerade so charmant zu uns beiden waren, konnten sie es nicht mit gleicher Münze heimzahlen."

„Ich habe mich jedenfalls köstlich amüsiert." Swantje grinste. „Und Derek erst!"

„Ich mich auch", gab Rara zu. „Aber schön war das natürlich nicht. Von ihm. Und von uns."

Als wir uns endlich anschickten, auch der Nachtruhe eine gewisse Aufmerksamkeit zu schenken, fiel mein Blick auf Swantje. Die betrachtete gerade ihren Strumpf. Auf dem hellen Nylon prangte in Knöchelhöhe ein Schuhabdruck. Ich wunderte mich nicht lange. Auch ich trat meinen lieben Schwan bisweilen heimlich unter dem Tisch, wenn sie meiner Meinung nach zu weit aufgedreht hatte. Nach dem Fleck zu urteilen, kannte Rara die Notbremse ebenfalls. Die Meinige musste wirklich in Fahrt gewesen sein.

Sie interpretierte meinen Blick richtig. „Es hat ihr nicht viel genützt. Du weißt, wenn ich einmal loslege, nehme ich es mit einem ganzen Orchester auf."

„Da hätte ich gerne Mäuslein gespielt. Der Abend scheint dir jedenfalls mächtig Spaß gemacht zu haben."

„Und wie. Aber nun zu uns, mein Schatz."

Ob sie sich durch mein weitab von den musikalischen Metropolen liegendes Arnstadt und vielleicht auch durch mich nicht hin und wieder doch etwas ausgebremst vorkam? Ich grübelte. So lange, bis Swantje mich in den Arm nahm. Ihr Schwung ließ meine Befürchtungen sehr schnell vergehen.

18

„Morgengrauen ist keine Zeitangabe, sondern ein Zustand."
Swantje grinste mich an. Anstatt dem Wecker ordentlich eins
überzubraten, ließ ich mich auch an diesem Morgen von ihm
schikanieren. „Wenn du schon arbeiten gehen musst, dann lass
dich doch nicht runterziehen vom Aufstehen."

„Du hast gut reden", maulte ich. „Du sagst doch immer, *singers
do it in all positions*. Aber bei meinem Job ist es schon besser,
wenn ich aufstehe."

Was nach einem kleinen Intermezzo dann auch stattfand. So
angenehm, wie der Tag begonnen hatte, ging er natürlich nicht
weiter. Auch nicht für die Meinige, die heute die Orchesterprobe zu absolvieren hatte. Anton Kauffmann würde sich für ihre
gestrigen Bosheiten vermutlich schadlos halten wollen.

„Das soll er mal versuchen." Swantje hatte nur gegrinst. „Ich
kenne ihn doch. Dem fällt garantiert nichts Besseres ein, als die
Destructive-Arie zu schnell zu nehmen. Aber da ist er bei mir an
der richtigen Adresse, die habe ich in jedem Tempo drauf. Extra
geübt, jeden Tag, rauf und runter."

Ob sie ihren gestrigen Übermut nicht doch würde büßen
müssen? Anton Kauffmann schien mir kein Mann zu sein, der
leicht vergaß. Außerdem hatte mein lieber Schwan ja auch noch
eigens darauf hinweisen müssen, dass sie es musikalisch gerne
genau nahm. Selbst schuld.

Schneider-Gizeh war wie verabredet in Suhl geblieben. Das
leere Büro gähnte mir entgegen. Nach ein paar Stunden Ak-
tenvermerkproduktion war ich geneigt, ihm in der gleichen
Sprache zu antworten. Doch stattdessen warf ich einen kurzen
Blick in den Polizeibericht der letzten Nacht. Natürlich hatte
es keine Festnahme im Sansheimer-Fall gegeben. Dafür einen
Einbruch in ein Sportgeschäft. Ein Mietwagen wurde seit den
frühen Morgenstunden vermisst, er war von einem Hotelpark-
platz verschwunden. Zweimal hatten die Kollegen für Ruhe
gesorgt. Kurz nach Mitternacht hatte der Notarzt ausrücken
müssen, Unfall mit Personenschaden. Eine Fußgängerin war

im Stadtzentrum umgefahren worden, Fahrerflucht, auch das noch. Seufzend machte ich mich wieder an das Produzieren von Aktenvermerken. Kurz vor der Mittagspause war die Arbeit abgeschlossen. Ich beschloss, das Notwendige mit dem Fälligen zu verbinden und in der Kellerkneipe vorbeizuschauen. Vielleicht konnte sich die Bedienung mittlerweile an ein paar Details mehr erinnern?

Fehlanzeige. Die Kellnerin war nicht da. Ihre Vertretung sah abgehetzt aus. „Kein Wunder", sagte sie, „wir sind ja sonst mindestens zu zweit. Aber das wird wohl eine Weile dauern, bis sie wieder arbeiten kann."

Mein ratloses Gesicht war Aufforderung genug.

„Nun, die hat es doch gestern Nacht erwischt."

Na, wunderbar. Meine Zeugin war das Unfallopfer, das mit schweren Verletzungen im Krankenhaus lag.

„Das ist wirklich eine Schweinerei! Man ist ja seines Lebens nicht mehr sicher. Und was tut die Polizei dagegen?" Mein Gegenüber stemmte die Fäuste in die Taille. „Nüscht. Haargenau nüscht tut ihr. Nur immer schön uffschreiben, wennsde einmal vergisst, die Parkscheibe einzustellen."

Damit hatte ich nun wirklich nichts zu tun. Aber das wollte ich lieber nicht erklären. Stattdessen griff ich nach meiner Jacke und begab mich ins Krankenhaus.

Dort machte man mir wenig Hoffnungen auf ein Gespräch mit der Kellnerin. „Neben all dem anderen hat sie eine schwere Gehirnerschütterung. Lassen Sie sie schlafen, das ist derzeit das Allerbeste."

Das hatte mir gerade noch gefehlt. „Vielleicht morgen", vertröstete mich der Chefarzt der Intensivstation. „Vielleicht."

Versehen mit seiner E-Mail-Adresse und der Durchwahl zur Station kam ich zurück an meinen Schreibtisch. Verdrossen trommelte ich mit den Fingerspitzen auf dem Ordner herum. Arnstadt hat knapp 25.000 Einwohner, grübelte ich. Musste es denn ausgerechnet meine Zeugin erwischen? In Gedanken klopfte ich mir energisch auf die Finger.

Wie groß war die Chance, dass die Fahrerflucht nichts mit meinem Fall zu tun hatte? Das Telefon klingelte.

Egino von Wasten. Der hatte mir nun wirklich gerade noch gefehlt. Erstaunlicherweise ging es nicht darum, was für einen Imageschaden unsere schleppende Ermittlung heraufbeschwor. Höchst gesittet fragte er an, wer denn wohl Ansprechpartner sei für die Sache mit dem verschwundenen Mietwagen aus dem Polizeibericht. Nein, er hatte ihn natürlich nicht.

„Aber wissen Sie, ich bin da in einer gewissen Verpflichtung." Mieter war anscheinend ein Sponsor oder sonst jemand für das Festival Bedeutendes, mir konnte es gleich sein, ich war nicht zuständig. Das Auto war ja noch nicht einmal gefunden worden. Vermutlich gondelte es bereits unter neuer Flagge über osteuropäische Autobahnen. Oder hatte man es gleich zerlegt?

„Es war ja noch nicht einmal eine besondere Luxuskutsche", beklagte sich Egino von Wasten. „Da hört man immer Lamborghini, Maserati und all die Namen, aber wenn in Arnstadt schon die gehobene Mittelklasse nicht mehr sicher ist, na dann gute Nacht."

Endlich rückte er mit der Sprache heraus. „Wissen Sie, ich war dabei, als das Auto abgestellt wurde. Ordnungsgemäß, das will ich nur mal hier anmerken, ordnungsgemäß."

Er begann zu faseln, aber nach und nach kam ich dahinter, was er wollte. Eine Bescheinigung. Für die Versicherung. Und dafür hielt er die Kripo von der Arbeit ab? Meine Antworten wurden zunehmend knapper.

„Wie gesagt, ich stehe in einer gewissen Verpflichtung. Ich möchte, dass alles reibungslos verläuft, es hängt viel davon ab für mich."

Ob sich Egino von Wasten auch beruflich verändern wollte?

„Wissen Sie, das Problem ist ja gar nicht der Wagen. Es geht um den Mieter. Hartmut Guth, Sie erinnern sich, mein alter Schulfreund."

Der das telefonische Alibi verschafft hat, ergänzte ich im Stillen.

„Ach, der ist schon wieder da?", sagte ich nur.

„Ich war auch ganz überrascht", gab Herr von Wasten zu. „Er wollte eigentlich erst morgen kommen. Dann stand er auf einmal doch schon bei mir im Büro. Und nun das."

Um des lieben Friedens willen bot ich an nachzuhaken, was mit der Bescheinigung los war. Dann durfte ich endlich weiterarbeiten.

Ob Egino von Wasten den Agenten unbedingt bei Laune halten musste? Oder war es die alte Verbundenheit, die ihn mir gegenüber zum Bittsteller gemacht hatte? Mit einem kurzen Anruf vergewisserte ich mich, dass die Mietwagensuche bei der Fahndung nach dem flüchtigen Unfallfahrer nicht untergegangen war.

„Der hat gleich wegen seiner Bescheinigung gejammert", berichtete der Kollege, der die Diebstahlsmeldung aufgenommen hatte. „Warum war der überhaupt so früh auf, frage ich mich. Es war gerade sechs, da stand er hier vor der Tür. Typen gibt es, Typen! Aber mir kann es ja gleich sein. Mit dem Zettel sieht er sein Auto trotzdem nicht wieder, da könnte ich drauf wetten."

Überraschenderweise tauchte der vermisste Wagen bald darauf doch wieder auf. Eine Wandergruppe hatte im Jonastal ein Fahrzeugwrack entdeckt, das kurz hinter einer lang gezogenen Kurve eine Schneise ins Unterholz geschlagen hatte.

Die Spurensicherung nannte einen möglichen Grund. „Der Wagen sollte unauffällig entsorgt werden. Eindeutig. Die Straße ist doch seit gestern gesperrt, wegen der Brückenbauarbeiten Richtung Espenfeld. Und für das Entsorgen haben wir den Grund auch schon."

Bei dem Wrack handelte es sich um das Unfallfahrzeug, das meine Zeugin beinahe das Leben gekostet hatte. Manchmal war es schwer, an Zufälle zu glauben. Ich beschloss, ein weiteres Mal im Krankenhaus anzurufen. Meine Zeugin war immer noch nicht wieder aufgewacht.

Mir langte es für heute. Ich wollte mich möglichst bald nach Suhl aufmachen.

Falls mich irgendjemand gefragt hätte, war der Anlass naheliegend. Kollege Schneider und ich mussten schließlich unsere Ermittlungen koordinieren. Inoffiziell gab es einen zweiten Grund. Spätestens beim Empfang nach dem Konzert würde Egino von Wasten ohnehin mitbekommen, wer meine Öhm-

Bekannte war, die er als Ersatz für Swantje hatte verpflichten wollen. Also auf zur Orchesterprobe.

Ich hatte mit der Meinigen abgesprochen, dass sie und Rara mit der Bahn nach Suhl fahren würden. Man hätte ja denken können, dass Egino von Wasten sie ein wenig weiter bespaßen und persönlich zur Probe fahren würde, schließlich hatte er drei hochkarätige Stars, mit denen sich die meisten Konzertveranstalter gerne zeigten, für sein Festival gewinnen können. Es galt jedoch, ein weiteres Konzert zu betreuen, was er natürlich zutiefst bedauerte. Da die Bahnverbindung Arnstadt-Suhl wenigstens tagsüber noch einige Möglichkeiten bietet, konnten meine Sängerinnen sich vermutlich mit dem Verzicht auf die persönliche Beförderung durch den Festivalleiter abfinden.

Der Feierabendverkehr war natürlich genau so, wie ich ihn mir vorgestellt hatte. Ich vertrieb mir die staubedingte Wartezeit damit, über den Fall Sansheimer nachzudenken. Die Schwelle meiner Frustrationstoleranz musste noch erheblich höher liegen, als ich angenommen hatte. Vielleicht lag es an der Aussicht, heute Abend für meine Tugendhaftigkeit belohnt zu werden.

Handelte es sich nun eigentlich um einen Täter oder um zwei? Und abgesehen von der Frage, wie viele beteiligt waren, wieso war ich immer noch sicher, dass keine Frau geschossen hatte?

Auf das Phantombild des Kontoabräumers alle Hoffnungen zu setzen, schien mir nicht unbedingt erfolgversprechend. Immerhin hatten wir verschiedenste Spuren, eine ganze Reihe von Verdächtigen und trotzdem nichts Handfestes vorzuweisen. Warum sollte es mit den Hinweisen von Doktor Mayer-Schmidt also gelingen, einen Täter dingfest zu machen? Jemanden zu finden, der einem fremden Passbild ähnlich sieht, ist vermutlich noch schwerer, als eine Gestalt aufzutreiben, die dem eigenen Foto gleicht.

Manchmal ist so ein Stau ganz hilfreich, wenn man seine Gedanken ordnen will. Was hatten wir bis jetzt? Außer der Leiche, versteht sich, und die hatte schließlich immer noch der Leichenbeschauer.

Wusste die Familie wirklich überhaupt nichts von dem Konto in Mettmann? Warum hatte nicht längst jemand nachgefragt, wann Sansheimer bestattet werden konnte? Die Beziehungen untereinander schienen in Permafrostregionen angesiedelt zu sein. Bei der Ex konnte ich es verstehen, die hatte sich ihr neues Leben weit entfernt vom Bratscher eingerichtet. Die Tochter arbeitete im Gastgewerbe und das mit Schichtdienst. Vermutlich kam sie in ihrem Hotel kaum zum Füßehochlegen, geschweige denn zum Nachdenken darüber, inwieweit sie die ganze Angelegenheit etwas anzugehen hatte. Aber was war mit dem Sohn los?

Kollege Eckhert hatte mit allen dreien gesprochen, telefonisch, aber immerhin. Da er dem Garten nur noch seine Familie vorzieht, war ihm die Kühle bemerkenswert erschienen. Frau und Tochter hatten noch eine gewisse Zurückhaltung an den Tag gelegt, doch dem Filius war bei Eckherts Anmerkung, wegen des gewaltsamen Todes könne Ulhart Sansheimer einstweilen noch nicht bestattet werden, entschlüpft, dass es für ihn keine Eile damit habe, sich um die sterblichen Überreste seines Vaters zu kümmern. Er hatte auch angedeutet, dass – wenn es nach ihm ginge – die Leiche der Anatomie zur Verfügung gestellt werden sollte. Es würde ihn interessieren, ob Ulhart Sansheimer überhaupt ein Herz im Leib gehabt hatte. Dass sich hier ein neuzeitlicher ödipaler Konflikt als die Lösung unseres Falls präsentierte, glaubte ich allerdings nicht. Bevor Kollege Hansen bei seiner Handy-Recherche so heftig verunfallt war, hatte er auch kurz mit Sansheimer junior gesprochen. Da der junge Mann nicht nur einen Ohrstecker in Form eines rosafarbenen Dreiecks trug, sondern ihm auch eine Regenbogengarnitur in Form von sechs Metallringen an einem Lederband vor der Brust hing, hatte der Kollege einige Schlüsse über die Interessenlage ziehen können. Mochte sich Ulhart Sansheimer – wenn auch meist erfolglos, wie es den Anschein hatte – als Frauenbeglücker gesehen haben, sein Sohn hielt sich eindeutig nicht dafür. Dass das irgendeine Relevanz für den Fall hatte, bezweifelte ich. Vorläufig.

Die gesamte Familie verfügte über Alibis. Gewiss, auch sie hatte Ulhart Sansheimer nicht geschätzt. Aber man war ihm aus dem Weg gegangen, wollte nichts mit ihm zu schaffen haben. Auch wenn die Kinder tatsächlich das zu Unrecht erworbene

Gut ihres Vaters erhalten würden, wer sagte denn, dass sie um die Größe ihres Erbteils wussten?

Weiter. Egino von Wasten? Die ganze Energie, die Jochen und ich aufgebracht hatten, ihn zu entlarven, hätten wir uns vermutlich sparen können. Zu sehen, wie er vom Gefängnis aus sein Festival leitete, wäre zwar reizvoll, aber nur einen kurzen Augenblick lang zum Aufheitern schwärzerer Momente. Die Art und Weise, wie er mit dem Fußvolk umging, würde Arnstadt vermutlich noch eine ganze Weile erhalten bleiben. Nichts, aber auch gar nichts hatten wir gegen ihn in der Hand, bis auf das reichlich wacklige Alibi und diese verflixte Visitenkarte.

Wenn ich mich recht entsann, lag bei uns daheim auch eine solche. Mir fiel sogar ein, wo ich sie gesehen hatte. Der Vertrag für das Abschlusskonzert war in einer schicken Mappe eingetroffen, verziert mit dem Logo des Festivals. Beigeheftet waren unter anderem der Probenplan und ein Veranstaltungskalender für das Festival. An der Vorderseite der Mappe befand sich ein kleines Fach mit eben dieser Visitenkarte. Das Ganze hatte sehr eindrucksvoll gewirkt. So richtig Stil hat der Mann, es wird eine Freude sein, mit ihm zusammenzuarbeiten, schrie der Hefter geradezu. Konnte es sein, dass Ulhart Sansheimer die Mappe mit dem Orchestervertrag in die Finger bekommen und sich dann einfach der Karte bemächtigt hatte?

Es blieb zwar die Frage, wieso auf ihr keine weiteren Fingerabdrücke außer denen von Sansheimer und dem Festivalleiter gefunden worden waren, aber so gern ich meine Abneigung gegen Egino von Wasten hegte, sie war kein Grund, nicht auch die Möglichkeit in Betracht zu ziehen, dass er wirklich nicht wusste, woher der Bratscher die Visitenkarte hatte.

Die Kritikerin war eigentlich schon eine ganze Weile aus dem Rennen. Die Chance, dass Ulhart Sansheimer etwas Relevantes wusste über Dorothea Schmidts Vergangenheit, die sich ja zum größten Teil im Westen abgespielt hatte, war als gering einzuschätzen. Auch wenn ihre Kritiken von Zeit zu Zeit ziemlich blutrünstig zur Sache gingen – dass sie ihr Missfallen einmal nicht in der Zeitung äußerte, sondern anstelle von Giftpfeilen bleierne Projektile abfeuerte, blieb doch eher unwahrscheinlich. Ihr die Tat nachzuweisen, war jedenfalls ebenso schwer wie Egino von Wasten zu überführen. Was für Möglichkeiten gab es noch?

Hanna-Christin Schüssel? Ach was! Hinter mir hupte es ungeduldig. Mit einem Ruck setzte ich meine Fahrt um ziemlich genau zwei Wagenlängen fort.

Anton Kauffmann? Nach dem Konzert würden wir ihn weiter befragen, aber bisher hatten wir auch hier nichts in der Hand.

Und Michael Düsts Heiterkeit auf der Fahrt zurück aus dem Fränkischen? Die konnte auf den Fakt zurückzuführen sein, dass er eine Reise unternahm, ohne Ulhart Sansheimer zu begegnen, und auf einen eventuell deutlich erhöhten Alkoholpegel.

Die Art und Weise, wie der Bratscher mit seinem Pultnachbarn umgesprungen war, sprach nicht für ein besonders enges Verhältnis. Aber wenn der es als Einziger mit Sansheimer ausgehalten hatte, was hätte ihn dazu gebracht, nun einen Killer anzuheuern? Und wo fand man als schlichter Orchestermusiker einen solchen? Suhl war zwar immer noch bekannt für seine Waffenproduktion, aber Anzeigen wie „Ihr Mann für schwere Entscheidungen" oder Ähnliches fanden sich nicht in den Zeitungen. Wie also sollte Michael Düst jemanden auftreiben, der die Sache für ihn erledigte? Ein alter Freund noch aus der Volksarmeezeit? Ich fischte endgültig im Trüben. Wieder zwei Wagenlängen.

Sabine Kiesel? Und warum, bitte schön? So wie sie uns die Sache dargestellt hatte, hatte sie es verstanden, auch ohne Waffengewalt ganz gut mit dem Bratscher fertigzuwerden. Gewiss, da war diese Erpressung, aber die Zahlungen galten ihrem Bruder und nicht etwas, das sie selbst in Schwierigkeiten bringen konnte. Und wer sich dieses Ökohandy leisten konnte, hatte vermutlich trotzdem noch genug Geld für einen Erpresser, zumindest, wenn es bei solchen Summen geblieben war wie denen, die der Bratscher gefordert hatte.

Auch die anderen im Orchester mochten ihre Gründe haben, nicht gerade in Elegien eingedenk des Verschiedenen auszubrechen. Aber was hatten wir gegen sie in der Hand? Nichts. Nicht einmal Sansheimers Handy.

Langsam begann mir diese Ruckelei um jeweils ein paar Wagenlängen lästig zu werden. Ich habe ja für die allergrößten Notfälle ein aufsteckbares Blaulicht im Auto, aber leider führe ich in der Regel auch ein gerütteltes Maß an Verantwortungsunterbewusstsein mit mir. Und bloß, weil mir die Umstände auf die Nerven gehen, bringe ich es nicht fertig, mich über die sehr engherzigen Vorschriften in Sachen Blaulichteinsatz hinwegzusetzen. Drei Wagenlängen.

Hätte ich doch die Autobahn genommen! Über die Landstraße dauerte die Fahrt fast doppelt so lange. Im Normalfall. Ich hatte ja unbedingt in Ruhe nachdenken wollen. Dafür steckte ich nun bereits im vierten Stau, aber wenigstens war ich dem Orchesterdomizil mittlerweile einigermaßen nahe. Statt weiter zu grübeln, konzentrierte ich mich auf die Parkplatzsuche.

Ein Bekannter von mir behauptet, dass es nur eine Frage des Wollens sei, ob man eine halbwegs legale Parkmöglichkeit dort entdeckt, wo man sie braucht, oder nicht. Ich fand einen Platz genau gegenüber dem Künstlereingang. Aber angesichts der Aussicht, in wenigen Minuten meine Sänger hören zu können, konnte die innere Einstellung wohl auch kaum positiver sein.

Es wäre mir nicht ganz recht gewesen, ausgerechnet jetzt Sansheimers Mörder dingfest machen zu können. Das hätte Schreibarbeit in größerem Ausmaß bedeutet und den entgangenen Kunstgenuss nur begrenzt zu ersetzen vermocht. Es lässt sich eben nicht alles haben, außer beim Träumen.

Für den heutigen Abend war der Technische Direktor zum Türhüter mutiert. Er konnte die Pforte natürlich nicht verlassen, aber das schien ihn nicht weiter zu grämen.

„Sie kennen ja den Weg, gehen Sie doch gleich durch.“

19

Ohne größere Schwierigkeiten fand ich die Künstlergardero-
ben. Bei Swantje saß gerade Derek Mustafa. Der sieht ungefähr
so aus, wie sich Tenöre das insgeheim wünschen, und obwohl
diese Sängerkategorie meist mit fast so großer Selbstüberzeugt-
heit ausgestattet ist wie Dirigenten, haben schon einige Vertre-
ter der Vokalisten-Zunft auch vor Zeugen zugegeben, dass sie,
wenn sie nicht sie selbst wären, gerne wie Derek singen können
würden. Der führt übrigens auch einen Künstlernamen, Derek
Ibrahim Cholmondeley MacBrian Krügerle Mustafa ibn Hussein
ar-Rashid wäre sogar für größere Plakate wohl zu lang gewesen. Die Eltern seiner Mutter stammen aus Schottland und der
Schweiz, der Vater kann die Wurzeln seines Stammbaums in Af-
rika, Indien und Amerika nachweisen. Das ganze Gemisch hat
unter anderem für dunkle Locken und erstaunlich grüne Augen
gesorgt.

Eigentlich hatte Derek die recht ausgedehnten Weingüter der
Familie in Südfrankreich verwalten sollen, aber seiner Stimme
war schon früh Aufmerksamkeit zuteil geworden und so hatte er
eben nicht Weinbau, Betriebswirtschaft oder sonst etwas Nütz-
liches gelernt. Die Familie nahm es nicht weiter übel, sie war
durchaus bereit und in der Lage, ihren Tenor bis ans Lebens-
ende durchzufüttern, falls es mit der Karriere nicht so richtig
werden sollte. Diese finanzielle Sicherheit wirkt sich nicht auf
die Honorare aus, die Derek mittlerweile fordern kann und tatsächlich erhält, wohl aber auf die Art und Weise, wie er mit sich
umgehen lässt. Einer Sopranistin würde man vorwerfen, sie sei
zickig, aber ein Tenor kommt mit einem Verhalten durch, das
sich jeder andere Sänger dreimal überlegt.

Egino von Wasten hatte sich wirklich eine hervorragende So-
listentruppe zusammengestellt. Schon allein deswegen wollte
ich weiter meine Unschuldsvermutung hegen, zumindest im
Fall Sansheimer.

Die Bahnfahrt war für die drei Solisten sehr nett gewesen.
Eigentlich hatten sie etwas in Sachen Anton Kauffmann aus-

hecken wollen, aber bevor es richtig zur Sache gehen konnte, war Rara aufgefallen, dass ein gewisser Prozentsatz des Chors ebenfalls im Zug saß. Also hatten sie sich einigermaßen gesittet betragen. Da alle drei gerade von Tourneen zurückkamen, gab es auch ohne das Thema Anton Kauffmann genug Gesprächsstoff.

Derek hatte vor ziemlich genau einem Jahr ein Konzert in Erfurt gesungen. Da es damals sehr regnerisch gewesen war, war er außer zu den Proben und natürlich zum Auftritt kaum aus dem Hotel gegangen. Vor lauter Langeweile hatte er viel Fernsehen geschaut und sich an einem Preisausschreiben des MDR beteiligt, bei dem man ein paar Tage in einem Arnstädter Hotel gewinnen konnte. Seine Verblüffung, dass der Preis ihm zugefallen war, hatte sich in Grenzen gehalten. Solche Dinge widerfahren ihm von Zeit zu Zeit. Wir hätten ihm ja durchaus Obdach gewährt, aber Derek war der Meinung, dass er den Gutschein ausnutzen sollte. Dazu bestand nicht mehr lange die Gelegenheit, das Hotel sollte demnächst zu einem Altersheim umgebaut werden.

Bevor Anton Kauffmann kam, um den Stars die Aufwartung zu machen, und sich fragen konnte, was ich hier zu tun hatte, verdrückte ich mich in den Zuschauerraum. Hier saßen bereits einige Orchestermitglieder. Auch Manfred Rothans wollte sich die Probe nicht entgehen lassen. Er unterhielt sich mit dem Chorleiter, dem Kirchenmusikdirektor Arnstadts. Ich setzte mich dazu. Dass die Polizei im Raum war, sprach sich ohnehin meist rasch herum.

„Heute unter Polizeischutz? Dann kann ja nicht viel schiefgehen. Aber verhaften Sie mir nicht zu viele Tenöre, die sind Mangelware."

Friedlieb Elfer hatte gut scherzen. Ein Dreivierteljahr war er auf Händel aus gewesen, aber nun sah er das Ende der Plackerei nahen. Die Aussicht auf das Festkonzert hatte seine Chormitglieder den Probenbesuch erfreulich ernst nehmen lassen, wie er mir anvertraute. Wenn Anton Kauffmann es nicht darauf anlegte, sie zu verwirren, würden sie sich durchaus achtbar schlagen können.

Mittlerweile hatte sich das Orchester versammelt, der Chor war arrangiert, die Solisten saßen auf ihren Stühlchen und Anton Kauffmann wechselte noch einige Worte mit Walter Kiesel. Dann klopfte er mit seinem Taktstock auf das Pult, was schließlich auch im Chor als der Auftakt für eine Ansprache verstanden wurde.

„Meine Damen und Herren, guten Abend. Ich freue mich, Sie begrüßen zu können, und darf Ihnen zunächst unsere Solisten vorstellen. Frau Schilck, Frau Mittersand, Herr Mustafa, Herr Gertin. Frau Hartmann, die den Daniel singt, wird erst morgen mit dabei sein."

Die Verlobte meines Kollegen hätte zwar gerne mitgeprobt, aber der Festivalkalender sah ihre Anwesenheit am anderen Ende Thüringens vor.

Der Chor applaudierte herzlich, die Musiker klopften an ihre Notenpulte und die Solisten erhoben sich, drehten sich zur versammelten Schar und nickten freundlich. Alles sprach dafür, dass man allgemein gut miteinander auskommen wollte.

Anscheinend hatte sich Anton Kauffmann trotz seiner Meinung über Händel, die ich immer noch nicht deuten wollte, einigermaßen gründlich mit der Partitur beschäftigt. Er pflegte allerdings einen eher unorthodoxen Dirigierstil. Soweit ich erkennen konnte, achtete das Orchester ohnehin mehr auf den Konzertmeister am ersten Pult der Geigen. Profiensembles, die mit häufig wechselnden Dirigenten zu tun haben, wissen eben, wo sie im Notfall Hilfe finden. Der Chor jedoch geriet rasch in verständliche Verwirrung.

Zwar gehört es zur Natur der ersten Orchesterprobe, bei der Sänger und Instrumentalisten das aufzuführende Werk gemeinsam musizieren sollen, dass ein gewisses Durcheinander entsteht, aber als Anton Kauffmann nach einer Stunde eine Pause ansagte und nicht nur das Podium, sondern auch den Saal verließ, hatte Friedlieb Elfer einige Frustrationen unter seiner Schar zu besänftigen.

„Das kommt davon, wenn man fremde Dirigenten verpflichtet. Wieso machen Sie eigentlich nicht das Konzert?", hörte ich im Vorbeigehen eine der Choristinnen monieren. Das fragte ich mich ebenfalls, schließlich war Friedlieb Elfer auch außerhalb Arnstadts kein Unbekannter. Aber selbst wenn er für die Festveranstaltung vorgesehen gewesen wäre, ein Fahrrad-Unfall hatte ihm eine ausgekugelte rechte Schulter beschert, die das Dirigieren über mehrere Stunden hinweg noch nicht zuließ. Also musste sich der Kirchenmusikdirektor damit begnügen, die Wogen zu glätten, ohne selbst am Ruder zu stehen. Manfred Rothans konnte ihm dabei nicht behilflich sein, auch er war nicht zu sehen.

Ich wollte wissen, wohin die beiden Geigerzähler gegangen waren. Ohne also der Meinigen die Aufwartung zu machen, trabte ich hinterher. Auf dem Weg ins Dirigentenzimmer waren die zwei Kapellmeister jedenfalls nicht, sich rasch entfernende Schritte klangen von der Kellertreppe her. Sollte ich folgen? Aber gewiss doch!

Als Kommissarin weiß man nie, wann man plötzlich in Laufschritt zu verfallen hat. Stöckel sind daher selten unter meinen Füßen zu finden. So konnte ich das vorgegebene Tempo mithalten und erzeugte dabei auch kein übermäßiges Absatzklappern. Was gab es ausgerechnet jetzt im Notenarchiv?

Das ließ sich durch die geschlossene Tür natürlich nicht klären. Also klopfte ich leise, um behaupten zu können, ich hätte es getan, und öffnete. Manfred Rothans. Er und die Harfenistin hatten mich nicht bemerkt. Wieso war Sabine Kiesel überhaupt noch bei der Arbeit? Sie kümmerte sich gerade wieder um die Mausefallen. Das Verhalten des Zweiten Kapellmeisters schien mir etwas ungewöhnlicher. Auf leisen Sohlen ging er den Archiv-Gang entlang, in dem die alten Büroakten aufbewahrt wurden.

In diesem Moment kam die Harfenistin durch den Hauptgang zur Tür. „Oh, guten Abend, Frau Rogener! Ich habe Sie gar nicht kommen hören."

Ihre Hände waren leer.

„Nichts in den Fallen?"

„Nein, Fehlanzeige diesmal. Aber nachschauen muss man ja. Herr Rothans hat gestern Morgen allerdings für eine Uraufführung geprobt. Das hält die Mäuse in der Regel für ein paar Tage fern. Kann ich irgendetwas für Sie tun?"

Sollte ich ihr sagen, dass ich den Dirigenten nachgeschlichen war? Lieber nicht. Manfred Rothans würde sowieso an uns vorbei müssen, wenn er den Raum verlassen wollte. Schnell eine Frage ausdenken.

„Ich hätte noch eine Frage wegen der alten Akten. Wer hat eigentlich entschieden, was weggeworfen werden konnte?"

„Das weiß ich nicht genau. Ich glaube, der Betriebsrat hat jemanden benannt, ein Datenschutzbeauftragter war da und jemand vom Amt. Dazu natürlich mein Bruder und Frau Schüssel."

„Und wer war zuständig für das Verpacken?"

„Das haben sie dann alle gemeinsam getan. Im Büro stand ein großer Reißwolf, darin ist auch eine ganze Menge gelandet. Der Rest wurde gleich versiegelt."

In diesem Moment kam der Dirigent nach vorne. Er grüßte freundlich und verschwand, als wäre nichts gewesen.

„Den habe ich gar nicht kommen gehört." Sabine Kiesel zuckte mit den Schultern. „Na, wenn er was braucht, wird er sich schon melden."

In diesem Moment begann man auf der Bühne wieder damit, sich auf eine Version des Kammertons zu einigen. Es dauerte allerdings noch eine ganze Weile, bis aus dem Lautsprecher wieder die Stimme Anton Kauffmanns zu hören war. Wo mochte er in der Zwischenzeit gesteckt haben? Ich war nicht ganz sicher, ob ich auf der Treppe die Schritte von einem oder von beiden Kapellmeistern gehört hatte. Mein Ausflug hatte mir also nicht viel eingebracht, außer der Frage, mit der ich Sabine Kiesel beschäftigte.

„Was mag denn Herr Rothans hier gesucht haben?"

„Vielleicht hat er Noten zurückgebracht? Eigentlich wäre es ja meine Aufgabe, sie wieder einzusortieren, aber bei ihm kann man sich darauf verlassen, dass er die Sachen dort wieder hinlegt, wo er sie hergeholt hat."

Ich konnte nicht behaupten, gesehen zu haben, dass Manfred Rothans sich für die alten Akten interessiert hatte. Sollte ich ihn einfach selbst fragen? Vielleicht. Aber zunächst wollte ich Sabine Kiesel glauben machen, dass ich tatsächlich wegen der Kartons zu ihr gekommen war.

„Meinen Sie, Frau Schüssel kann sich daran erinnern, wer bei der Aktion dabei war?"

„Ich denke schon. Sie ist ziemlich gut in diesen Dingen, müssen Sie wissen. Ihr Gedächtnis ist phänomenal."

Der Lautsprecher machte uns bewusst, dass die Probe nun wieder in vollem Gang war.

„Wissen Sie was, Frau Rogener? Für heute habe ich genug vom Keller. Kommen Sie doch mit in die Probe. Solche Sänger haben wir nicht alle Tage im Haus."

Ich brachte es nicht übers Herz, Sabine Kiesel zu erklären, dass ich den ersten Teil der Probe bereits ohne technische Hilfsmittel mehr oder eher weniger hatte genießen können. Brav ging ich wieder mit in den Saal.

20

Auf der Bühne herrschte ein atmosphärischer Zustand, der sich am schlichtesten mit „dicke Luft" bezeichnen ließ. Anton Kauffmanns Charme reichte nicht aus, die Chormitglieder über die von ihm bevorzugte unorthodoxe Zeichengebung hinwegzutrösten. Da sie es gewohnt waren, dass man sich ihnen winkend verständlich machte, konnten sie nicht umschalten und sich auf die Leibesübungen des ersten Geigers konzentrieren.

Meine Sänger schienen nicht völlig glücklich zu sein. Rara lächelte zwar leicht, aber ich nahm doch eine gewisse Verkrampfung der Mundwinkel wahr. Derek Mustafa saß betont lässig mit weit von sich gestreckten Beinen da, als ginge ihn die ganze Sache überhaupt nichts an, und die Meinige ließ ihren rechten Arm hinter der Stuhllehne baumeln. Ihr Oberkörper bewegte sich leicht. Das konnte nur eines bedeuten: Ihre Pfadfindermentalität hatte wieder einmal die Oberhand gewonnen und sie zeigte dem Chor zumindest an, wo und wann die Takte begannen. Der Bassist machte auf seiner Seite ähnliche Verrenkungen. Allmählich sprach sich die Sache im Chor herum. Immer mehr Singwillige richteten ihre Blicke so, dass sie seitlich vom Dirigenten landeten. Die ungefähre Richtung stimmte allerdings noch, sodass sich Anton Kauffmann einbilden konnte, der Chor begreife nun langsam, worauf er hinauswollte. Trotzdem waren wir alle froh, als auch der zweite Akt des Oratoriums einigermaßen befriedigend abgelaufen war.

Mit Beginn der Pause verschwand der Dirigent erneut in Richtung Ausgang. Als ich aus dem Saal trat, war Anton Kauffmann bereits außer Sicht. Von der Kellertreppe hörte ich wieder Schritte, denen ich in gebührendem Abstand folgte. Eine Tür quietschte verhalten. Aber welche? Leider hielt mich nun der Orchestervorstand von weiteren Ermittlungen ab.

„Meine Schwester sagte mir, Sie interessieren sich für die alten Büroakten. Ich war beim Verpacken dabei."

Das hatte mir Sabine Kiesel bereits anvertraut.

„Meinen Sie, dass sich in den Kisten irgendetwas für den Fall Relevantes befindet?"

Wenn es stimmte, dass Ulhart Sansheimer sein Material längst gehabt und nicht zwischendurch immer neuen Nachschub aus den Kartons hatte holen müssen, konnte es gut sein, dass die Kisten geschlossen bleiben durften. Ich beruhigte also den Orchestervorstand, dessen Vergangenheit ja ebenfalls zur Erhöhung des Sansheimer'schen Kontostands beigetragen hatte, wenn auch über eine Umwegfinanzierung.

„Wissen Sie, Herr Kiesel, wir können uns wirklich nicht beklagen, dass es keine Spuren gibt. Wir haben sogar eine ganze Menge, aber sie führen alle zu nichts. Deswegen müssen wir eben besonders gründlich sein."

In diesem Moment kam Anton Kauffmann auch schon zurück. Wo mochte er gesteckt haben?

„Guten Abend, Frau Rogener. Wollen Sie sich nicht die Probe anhören? Kommen Sie doch in den Saal!"

Wieder einer, dem es lieber war, wenn ich nicht im Haus herumspazierte. Oder wurde ich allmählich Opfer meines eigenen Misstrauens?

Jede Probe nimmt einmal ein Ende. Als ich bei den Garderoben ankam, verabschiedete sich Anton Kauffmann gerade von den Stars. Sie lehnten es dankend ab, als der Dirigent einen gemeinsamen Gaststättenbesuch vorschlug. Die lange Rückfahrt war für alle ein sozial verträgliches Argument, aber nachdem der Maestro sich verabschiedet hatte, bekam ich doch einiges zu hören. Im Gegensatz zu Derek hegte der Bass durchaus die Überzeugung, dass Anton Kauffmann die Sache in den Griff bekommen würde. Seine Einschätzung des exakten Zeitpunkts war jedoch wenig optimistisch und wies ins nächste Jahrhundert. Mit dieser Zukunftsperspektive schieden wir voneinander.

Die Probe hatte uns alle geschafft. Derek und Swantje vertrieben sich und uns die Fahrzeit mit dem Ausmalen der verschiedenen Möglichkeiten, was sie alles anstellen konnten, um Anton Kauffmann am Dirigieren des Konzerts zu hindern. Sie wurden sich schließlich einig. Am besten würde es sein, wenn ich ihn verhaftete.

„Du kriegst den Richter sicher dazu, dir einen Haftbefehl auszustellen. Sag einfach, Anton Kauffmann stünde unter dem dringenden Tatverdacht, vorsätzlich und mit äußerster Brutalität Händel angefangen zu haben."

Sehr witzig, Derek. Mit so etwas kommt nur ein Tenor durch. Ich würde einen Haftbefehl in dieser Sache auch mit heftigstem Betteln sicher nicht erhalten. Schließlich hatte Anton Kauffmann einen festen Wohnsitz und war bisher noch nicht straffällig geworden. Oder? Das musste ich gleich morgen nachprüfen.

Tatsächlich machte ich mir die Mühe. Über Anton Kauffmann fand sich nichts in den einschlägigen Datenbanken. Wie hätte es anders sein können? Das Telefonat mit Schneider-Gizeh in Suhl ergab auch keine neuen Erkenntnisse, die uns den Mörder dingfest machen lassen würden. Den Mörder? Schneider-Gizeh hing immer noch der Theorie „Kleines Kaliber gleich Frauenwaffe" an. Der Kontenabräumer war einfach ein Trittbrettfahrer. Eine Täterin hatte er allerdings auch nicht anzubieten. Er konnte sich einfach nicht entscheiden zwischen Dorothea Schmidt und Sabine Kiesel. Vielleicht war es auch die Tochter. Oder die Exfrau. Oder Hanna-Christin Schüssel. Nein, die vermutlich doch nicht.

Es wäre hübsch und für viele Seiten befriedigend gewesen – mich eingeschlossen –, wenn ich diese geschlechtsspezifische Auflistung hätte torpedieren können. Ich blieb nämlich der Ansicht, dass es sich um einen Mann gehandelt hatte. Oder zwei. Ich war durchaus bereit, die Sache mit dem Trittbrettfahrer als Möglichkeit anzusehen. Warum ich auf männliche Täter spekulierte, konnte ich allerdings ebenso wenig überzeugend begründen wie Schneider-Gizeh seine Auswahl.

Mittlerweile war es Freitag geworden. Abends fand die Generalprobe statt. Wenn die Tat von einem – oder einer – am Konzert Beteiligten begangen worden war, mussten wir uns beeilen, sollte die Verhaftung noch vor dem Konzert erfolgen. Noch nicht einmal mein Chef in Eisenach, der häufig Pressekonferenzen ziert, mag die Idee, Schuldige vor laufenden Kameras dingfest zu machen. Ganz abgesehen davon, dass es eine Frage des Schutzes von Daten und Persönlichkeitsrechten sowohl des Festgenommenen als auch der beteiligten Beamten ist, so etwas hat einfach keinen Stil.

Trotz der frühen Stunde krachte Schneider-Gizeh wieder einmal vor Tatendrang. Mir würde wohl auch nichts anderes übrig bleiben. Was hatte Manfred Rothans wirklich im Notenarchiv gewollt? Es half nichts, ich musste nach Suhl. Doktor Mayer-Schmidt würde erst am frühen Nachmittag in Arnstadt eintreffen, bis dahin konnte ich einiges erledigt haben. Hoffentlich.

Diesmal ging es ohne Stau ab, aber meine Verdächtigen hatte ich ja bereits gestern durchsortiert. Die verhältnismäßig zügige Fahrt gab mir trotzdem Gelegenheit, ein wenig über die bei der ersten Bahnfahrt gehörten wilden Vermutungen nachzudenken. Vielleicht war der Unfall wirklich nur ein Unfall gewesen. Und vielleicht handelte es sich bei dem Unbekannten in Mettmann tatsächlich um einen Trittbrettfahrer. Konnte nicht die Mafia oder eine ihr ähnliche Organisation beliebiger Nationalität für den Schuss verantwortlich sein? Vielleicht war ein zweiter Mitarbeiter dieser weniger ehrenwerten Gesellschaft nach Mettmann gereist. Aber was mochte Ulhart Sansheimer angestellt haben? Hatte er bei irgendetwas gestört? Bei etwas anderem als beim Erzeugen guter Musik? Und wenn ja, bei was? War ich dafür zuständig? Dann ade, Venedig. Aber vielleicht konnte ich auf dem Weg nach Sizilien Station machen.

Autodealereien? Der Mann hatte noch nicht einmal eine Fahrerlaubnis, obwohl das nicht viel besagen musste. Waffen? Die internationalen Schieberringe gaben sich kaum mit solchen Handtaschen-Füllern ab, wie es unser Tatwerkzeug darstellte. Da der Leichenbeschauer gerade wieder frische Mediziner zum Ausbilden bekommen hatte, war der Tote zu Lernzwecken auf alle möglichen und unwahrscheinlichen Substanzen untersucht worden. Auch Drogen schienen demnach nicht im Spiel gewesen zu sein. Seine Wohnung enthielt nicht einmal Medikamente, deren Verfallsdatum überschritten war. Zwar hatte der Bratscher gerne den Lebemann markiert, aber eine mehr oder weniger aktive Beteiligung am Mädchenhandel wollte ich ihm nicht zutrauen. Vor einiger Zeit hatte eine rumänische Panzerknackerbrigade den Thüringer Raum unsicher gemacht, doch auch sie kam als Täterschaft wohl nicht in Frage. Ihre Vorgehensweise war von großer Brutalität gekennzeichnet gewesen, mit einem vergleichsweise zivilisierten Werkzeug wie einer Schusswaffe vom Kaliber .22 hatte sie sich nicht abgegeben. Außerdem saßen die meisten der betreffenden Herren bereits ein, die anderen waren in alle Winde zerstoben.

Handel mit Raubkopien von DVDs und CDs? Wer machte denn noch so etwas, wo alles aus dem Internet heruntergeladen werden konnte? Alles Theorien, nichts davon beweisbar. Keinerlei Indizien in Ulhart Sansheimers Wohnung oder Spind. Seine Vorliebe für gut entwickelte Damenoberkörper machte eine Verbindung zur Kinderporno-Szene ebenfalls unwahrscheinlich. Und da war ich auch schon in Suhl.

Kollege Eckhert hatte, bevor ihn die Hacke traf, in einem Anfall von Geistesdurchleuchtung Informationen angefordert, wer in Suhl über eine Waffenbesitzkarte für das spezielle Kaliber verfügte. Die Nachforschung war nicht auf die Orchestermitglieder beschränkt; kein Wunder, dass es mit der Listenerstellung eine gewisse Zeit gedauert hatte.

Ich lebe in dem Glauben, dass zwar nicht sein kann, was nicht sein darf, es aber trotzdem zeitweilig passiert. Allerdings war ich nur äußerst schwacher Hoffnung, dass wir über die Liste zu unserem Täter kommen würden. In einer Stadt, in der die Schusswaffenproduktion erheblich zum Bruttosozialprodukt beiträgt, ist es mit Sicherheit nicht unmöglich, auch illegal an das Nötige zu kommen. Dass Eckhert die Liste überhaupt hatte haben wollen, zeigte nur, dass er erstens besonders gründlich zu Werke ging und zweitens auch nicht recht weitergewusst hatte. Mittlerweile war das Papier eingetroffen und Schneider-Gizeh hatte sogar schon die Zeit gefunden, die eingetragenen Namen abzuarbeiten. Resultat? Richtig. Nichts.

Ich hatte mit dem Kollegen verabredet, dass wir uns bei der Sekretärin treffen würden. Die präsentierte, gleich nachdem sie uns begrüßt hatte, eine neue Liste.

„Herr Kiesel sagte, dass Sie sich für die alten Akten interessieren. Hier, ich habe Ihnen aufgeschrieben, wer alles dabei war, als verpackt wurde, und wie viele Kartons es waren."

Diese Frau war wirklich beängstigend in ihrer Effektivität. Wenn sie nicht durch die Krankenhausunterbringung ihrer Mutter ein stabiles Alibi gehabt hätte, wäre ich fast geneigt gewesen, sie als Hauptverdächtige anzusehen. Eigentlich trug alles an der Tat ihre Handschrift. Die Aufgabe war ohne viel Aufsehen erledigt worden, unter wohldosiertem Einsatz von Mitteln und natürlich ohne brauchbare Spuren zu hinterlassen. Hatte die Sekretärin vielleicht einen Bruder, der auch noch hochgewachsen war? Natürlich nicht.

„Frau Schüssel, Sie haben uns bisher immer so prompt geholfen. Wie schaffen Sie das eigentlich alles neben der ganzen sonstigen Arbeit?"

Das klang, als hätte ich mich einschmeicheln wollen, aber ich war ehrlich beeindruckt.

„Als Orchestersekretärin muss man einfach den Überblick behalten. Und es ist nun mal so: Wenn etwas gebraucht wird, dann aber sofort. Da mache ich mich lieber gleich an die Arbeit, wenn ich höre, dass irgendeine Liste zu erstellen ist."

„Frau Kiesel hat uns schon gesagt, dass Sie ein phänomenales Gedächtnis haben."

„Das brauchen Sie in diesem Büro auch, das kann ich Ihnen versichern. Es ist nur blöd, dass man sich dann automatisch auch an die kleinste Kleinigkeit erinnert, völlig unbedeutendes Zeug. Als wir zum Beispiel die Kaderakten verpackt haben, mussten wir ja auch einen Blick hineinwerfen. Und ich habe gespeichert, aus welchen Familienverhältnissen die einzelnen Orchestermitglieder kommen. Völlig belanglos, aber wie vergisst man etwas, das man vergessen will? Sobald man daran denkt, dass man die Information überhaupt nicht braucht, ist sie ja schon wieder im Kopf drin."

„Vielleicht können Sie uns gerade mit so etwas helfen. Wir wissen praktisch nichts über Ulhart Sansheimer. Die Familie hat zwar viel zu sagen über seine Art, ebenso die Kollegen. Aber ansonsten? Fehlanzeige."

„Ich glaube nicht, dass ich Ihnen da besonders hilfreich sein kann. In seinen Akten stand nicht viel, das weiß ich. Und wir haben auch nur selten miteinander gesprochen. Oder nützt Ihnen die Information, dass er eigentlich den elterlichen Betrieb hatte übernehmen sollen, der dann aber verstaatlicht wurde? Darüber war der Ulhart im Grunde sogar froh. Er hat mal gesagt, er säße viel lieber bei der Arbeit. Da wäre er als Bratscher doch besser dran, als wenn er ständig für Kunden springen müsste und irgendwelche Pillen aus den Regalen suchen. Oder gar selbst welche drehen."

„Pillen?"

„Ja, die Eltern hatten eine Apotheke. Aber der Betrieb ist dann bald übernommen worden. Privatwirtschaft bei so etwas Heiklem wie Medikamenten? Eben. Und weil Ulhart Sansheimer nicht unbegabt war, ist er eben Bratscher geworden."

Half uns das in unserem Fall? Wohl kaum. Wir bedankten uns artig für die Mühe, die sich die Sekretärin gemacht hatte, und stiegen in den Keller hinab. In meiner Tasche trug ich den Schlüssel aus dem Spind. Die Untersuchung hatte ergeben, dass ich mir die Mühe mit dem Plastebeutel hätte sparen können. An den Kanten waren zwar ein paar Linien, aber nichts, was sich zu einem kompletten Fingerabdruck zusammensetzen ließ. Wieder eine Sackgasse. Mittlerweile machte es mir schon fast nichts mehr aus.

Zunächst probierten wir den Schlüssel an der Tür zum Notenarchiv, Sabine Kiesel war just nicht anwesend. Die Tür tat sich vor uns auf. Was wussten wir also? Richtig. Das übliche Ergebnis. Wir hatten lediglich die Vermutung, dass es sich bei dem Schlüssel um das verschwundene Exemplar handelte. Handeln konnte.

Zwar war es kein beim Schlüsseldienst im Supermarkt maschinell zurechtgefeilter Nachschlüssel, sondern ein vom Hersteller mit einer Seriennummer versehenes Original, aber wer sagte denn, dass nicht mit Hilfe der Unterlagen einfach ein neues Exemplar bestellt worden war?

Aber wenn wir schon einmal hier waren, konnten wir auch gleich die Kartons durchzählen. Wir machten sogar noch zwei

Gegenproben, um ganz sicher zu gehen. Wie immer. Vorausgesetzt, die Angaben von Hanna-Christin Schüssel stimmten – und wann war das nicht der Fall gewesen? –, durften wir neben der Erfüllung unserer anderen Pflichten auch noch eine neue Theorie aufbauen, woher Ulhart Sansheimer seine Informationen bezogen hatte. Wenn uns das überhaupt interessierte und der Auflösung des Falls näherbrachte. Die Kartons waren so vollständig, wie es uns die Archivkartei verspochen hatte.

Hatte Sabine Kiesel nicht gesagt, der Schlüssel zum Archiv passe auch auf die Magazintür? Ich musste es natürlich gleich ausprobieren, der Spieltrieb fordert von Zeit zu Zeit eben sein Recht. Das Schloss nahm meinen Versuch willig an und wir konnten den Raum betreten. Seit unserem letzten Besuch hatte sich hier einiges getan.

Jemand hat mir einmal erzählt, das menschliche Gehirn speichere Informationen hauptsachlich auf zwei Arten. Natürlich gibt es wie überall auch Ausnahmen, aber die meisten Menschen haben entweder ein akustisches oder ein optisches Erinnerungsvermögen. Die akustische Variante kann mitunter etwas unangenehm sein, wenn die Partnerin oder der Partner es beim Musikmachen mit dem Üben so genau nimmt wie die Meinige. Zum Glück verfüge ich über ein eher optisch funktionierendes Gedächtnis. Ich konnte mir also ziemlich sicher sein, dass fast alles im Raum abgerückt oder hochgehoben und wieder hingestellt worden war. Aber von wem? Und weshalb?

Anton Kauffmann? Warum? Wir hätten ihn ja fragen können. Aber ob er uns die Wahrheit anvertrauen würde? Ich hatte meine Zweifel. Vielleicht war es stimmungsabhängig bei ihm? Nach den beiden Pausen war er recht guter Laune gewesen, was sich allerdings während der Probe rasch wieder verloren hatte. Was war in den Unterbrechungen geschehen? Und wieso musste er dafür zweimal in den Keller? Wenn er beim ersten Mal überhaupt unten gewesen war. Langsam hatte ich dieses Im-Kreis-Herumrennen gründlich satt.

Mittlerweile war Sabine Kiesel im Untergeschoss eingetroffen. Auch sie war der Ansicht, dass jemand im Magazin gewesen war, seitdem sie es mir gezeigt hatte. Einen Grund konnte sie nicht nennen, was sie ziemlich ungehalten werden ließ.

„Es gefällt mir nicht, dass hier herumgeräumt wird, ohne dass man weiß, warum. Nachher fehlt etwas, das fünf Minuten vor dem Konzert gebraucht wird, laut Kartei soll es hier sein und wir können es nicht auftreiben. Und ich bin die Dumme."

Strenggenommen hatten wir kein Recht, den Raum genauer in Augenschein zu nehmen, aber wir waren gerne bereit, der Harfenistin beim Zurechtrücken behilflich zu sein. Dass wir so einen ziemlich genauen Überblick über die Bestände bekamen, ließ sich ebenso wenig vermeiden wie das Öffnen der Instrumentenkästen. Schneider-Gizeh und ich arbeiteten uns systematisch durch den Raum und ließen Sabine Kiesel ihre Kartei abhaken. Nichts fehlte. Unser Eifer war erklärlich, wir hätten auf eine Spur stoßen können, die uns weitergebracht hätte. Wenn nichts in der Wohnung und nichts im Spind auf das Nebenerwerbsgeschäft Sansheimers hinwies, die Kisten im Archiv sowohl vollständig als auch ungeöffnet waren, konnte er nicht sein Depot hier im Magazin aufgeschlagen und es mit Material von sonst woher gefüllt haben? Gewiss hätte er gekonnt, aber die Kartei, auf die Sabine Kiesel so stolz war, enthielt natürlich keinen Hinweis auf Illegalitäten.

Allerdings war die Liste auch nicht so komplett, wie wir hatten glauben wollen. Im Magazin wurden selbst die alten Transportkisten, die für eine Reise unter heutigen Bedingungen viel zu schwer waren, aufbewahrt. Da niemand auch nur im Traum daran dachte, sie jemals wieder zu verwenden, hatte die Harfenistin sie nicht mit erfasst. Trotzdem öffneten Schneider-Gizeh und ich sie alle, rückten sie von der Wand und schauten dahinter.

21

Ulhart Sansheimer hatte den Platz für sein Depot gut gewählt. In der dunkelsten Ecke, hinter den schwersten Kisten, die zur Aufnahme von Kontrabässen gebaut worden waren, entdeckten wir in Fußhöhe eine kleine Metalltür, die zum Glück nicht verschlossen war. Es musste sich um den Zugang zu einem längst stillgelegten Kamin handeln. Dahinter befand sich ein etwa ein Kubikmeter kleiner Raum.

Und? Selbstverständlich leer. Was sonst. Lediglich ein paar Fetzen Papier lagen auf dem Boden, als wäre das Ganze in großer Eile und unter Vermeidung von allzu hellem Licht geleert worden. Natürlich hatten Schneider-Gizeh und ich uns die Mühe gemacht, die zur Standardausrüstung gehörenden Einmalhandschuhe überzustreifen. Das war uns so in Fleisch und Blut übergegangen, dass wir keinen Gedanken mehr daran verschwendeten. So würden wir vielleicht auch keine Fingerabdrücke verwischt haben. Hoffentlich waren überhaupt welche vorhanden.

Sabine Kiesel war wenig begeistert, dass sie das Depot nicht selbst entdeckt hatte.

„Dabei bin ich häufig genug hier im Magazin."

Ich wollte ihr lieber nicht erklären, dass auch ich nur begrenzte Glücksgefühle hegte. Wir wussten lediglich, wo sich das Depot befunden hatte, aber woher es stammte, war derzeit genauso wenig zu klären wie die Frage, wohin es verschwunden war. Was hieß, wir wussten? Wir hatten die starke Vermutung. Wir ahnten. Und ob Fingerabdrücke nachweisbar sein würden, war mehr als fraglich.

Bei unserer Räumerei hatten wir brav alles wieder zurechtgerückt. Schneider-Gizeh, der im Harfenwinkel angekommen war, konnte es sich nicht verkneifen, über die Saiten zu streichen.

„Was ist denn da schon wieder kaputt?" Manfred Rothans stand in der Tür und schaute besorgt. Wir hatten gar nicht bemerkt, dass er in den Keller gekommen war. Wie lange hatte er uns zugesehen? Und was meinte er mit „kaputt"? Für meine Laienohren klangen die Harfen zwar verstimmt, aber nicht defekt. „Haben Sie das nicht gehört?"

Der Zweite Kapellmeister kam ins Magazin und ging zu den Harfen, bei denen Schneider-Gizeh immer noch stand. Manfred Rothans strich über die Saiten und tatsächlich war ein leises Schnarren zu vernehmen. Sabine Kiesel schaute konsterniert.

„Ich weiß ja, dass ein Pedal lose ist. Aber das kommt nie im Leben daher."

Nachdem Harfenistin und Dirigent ein paar Mal über die Saiten gestrichen hatten, war die Quelle des Schnarrens ausgemacht. Es kam aus der leicht angerußten Krone. Weitergehenden detektivischen Unternehmungen der beiden Musiker schob ich mit dem Hinweis auf die von Schneider-Gizeh mittlerweile informierte und vermutlich bald eintreffende Spurensicherung einen Riegel vor. Um verwertbare Fingerabdrücke aufnehmen zu können, waren wohl selbst die Basssaiten des Instrumentes von zu geringem Umfang, der geschnitzte Rahmen stellte dagegen einen ganz anderen Fall dar. Auf ihm hatte ja auch ich mich bereits per Fingerabdruck verewigt.

Meiner argumentativen Prosa konnten sich die beiden Musiker nicht verschließen. Während Sabine Kiesel mit Schneider-Gizeh zwecks Lotsendienst den Suhler Ermittlern entgegenging, nutzte ich die Gelegenheit zu einem Plausch mit Manfred Rothans. Nach einer gebührenden Einleitung kam ich zur Sache.

„Was haben Sie eigentlich gestern während der Probenpause im Notenarchiv gesucht?"

Der Dirigent machte nicht viele Ausflüchte. „Ich hatte erfahren, dass der Sansheimer Druck auf Einzelne im Orchester ausübte. Und da ich ihn häufig in den Keller gehen sah, ihn aber nie üben hörte und er auch nicht so klang, als ob er es jemals wirklich ernsthaft betrieben hätte, dachte ich mir, vielleicht bewahrt er hier unten etwas auf, das er gegen die anderen verwendet. Gestern Abend bin ich her, um ihm das Handwerk zu legen. Das war natürlich eine Schnapsidee. Die Kisten sind noch so versiegelt, wie sie waren. Und im Magazin war nichts in der Wand."

„Also Sie hat er nicht erpresst?"

„Wissen Sie, Frau Rogener, die Zeit bis zur Wende war für mich nicht einfach. Die Obrigkeit wusste genau, warum ich in Eisenach nicht Erster Kapellmeister werden durfte, und auf Auslandsreisen hat man mich nur mitgenommen, wenn es in die östliche Richtung ging. Die Wende brachte mich nach Arnstadt. Mit Jakob Neuhaus kam ich aus, auch wenn er bei der Stasi in Dienst stand. Aber das war, weil wir uns gegenseitig als Menschen achten. Politische Gespräche haben wir mit Bedacht nicht geführt."

„Wissen Sie denn, bei wem Sansheimer mehr Glück hatte?"

„Da waren viele, die Angst hatten. Wer wusste denn, wie es weitergehen würde? Schließlich hatte man uns immer vor dem Klassenfeind gewarnt, das spielte sicher mit. Und als dann der Sponsor kam, da wurde auch viel geredet von Vergangenheit durchleuchten und Staatsnähe. Aber Anton Kauffmann war das alles nicht so wichtig und der Sponsor kam nur selten nach Suhl. Nachdem man ihn bei der Auftragsvergabe zum Congress-Center nicht bedenken wollte, obwohl er doch bereits einiges in uns investiert hatte, hat er, glaube ich, das Interesse verloren."

„Wieso hat man den Sansheimer eigentlich so lange im Orchester behalten? Es hat mir bisher noch keiner gesagt, dass er ein guter Bratscher war. Dazu die allgemeine Unbeliebtheit und dann hat er noch die Kollegen erpresst."

„Na, eben drum. Es hatten doch viele Angst. Das war das einzige Mittel, mit dem er seine Stelle halten konnte."

„Wird die Stelle eigentlich neu ausgeschrieben?"

„Nein. Wir werden uns noch in diesem Jahr drastisch verkleinern. Von zwanzig Musikern müssen wir uns mindestens noch trennen, wenn wir als Orchester überleben wollen. Das wird schwer werden. Zum Glück gehen einige im Laufe des Jahres in Rente."

„Und was wird aus dem Pultpartner?"

„Michael Düst? Der ist eigentlich gar nicht so schlecht. Im Grunde hat er am letzten Pult überhaupt nichts verloren, er ist nur der Einzige gewesen, der sich nicht dauernd über Sansheimer beschwert hat. Und das hat man dann bei der Sitzordnung gewaltig ausgenutzt. Wenn ich irgendetwas dabei zu sagen habe, will ich ihn im Orchester halten."

„Hat er gute Chancen?"

„Eventuell schon. Es verlassen uns ja nicht nur die, die in Rente gehen. Einige haben auch ihre Fühler schon ausgestreckt, ob sie woanders unterkommen können, aber die Situation ist allgemein schlecht."

Da die Kollegen von der Spurensicherung noch nicht eingetroffen waren, konnte ich auch weiter Konversation machen. Vielleicht kam ja etwas Verwertbares dabei heraus. „Was halten Sie denn von Ihrem Ersten?"

„Ach, was soll ich da sagen? In der Regel spielen wir Orchesterkonzerte und die Musiker sind es schon gewöhnt, sich nach dem Konzertmeister zu richten. Ich hoffe nur, dass unsere beiden Solisten sich nicht die Schulter verrenkt haben. Und dass sie bereit sind, den Chor auch während des Konzerts zu unterstützen. Sonst sehe ich ziemlich schwarz." Manfred Rothans grinste schief. „Ich hoffe, Sie nehmen mir meine Offenheit nicht übel."

Ganz und gar nicht. Ich hatte auch schon überlegt, ob und vor allen Dingen wie Swantje das mit dem Mitdirigieren unauffällig beibehalten wollte. Wir waren gestern Abend einfach zu erledigt gewesen, um darüber zu sprechen.

„Was passiert eigentlich, wenn sich auch Anton Kauffmann verabschiedet?"

„Das wird der sowieso über kurz oder lang. Der Sponsor hat ihm zu dem, was wir zahlen konnten, immer noch etwas draufgelegt. Wenn das wegfällt, haben wir ihn hier gesehen."

Vorausgesetzt, das mit Oberhausen klappte. Aber ganz sicher war ich nicht, irgendwo im Hinterkopf spukte mir etwas herum. Was war mit der Stadt? Es wollte und wollte mir nicht einfallen.

„Und was wird dann aus Ihnen?", fragte ich nach.

„Na, ich hoffe, endlich mal der Chef."

Manfred Rothans war von entwaffnender Offenheit.

„Können Sie dann auch Einfluss auf das Programm nehmen?"

„Das möchte ja wohl sein! Ich weiß ja, dass viele in der Stadt meine Neigung zu zeitgenössischer Musik nicht teilen oder wenigstens verstehen. Aber wenn man sich richtig Mühe gibt und so etwas vernünftig ins Programm einbaut, wird es schon gehen."

Gerne hätte ich das Thema vertieft, aber da trafen die Kollegen von der Spurensicherung ein. Zuerst widmeten sie sich dem vermutlichen Depot. Zahlreiche Finger hatten Spuren an der Tür hinterlassen, aber es waren allesamt verwischte Teilabdrücke, die nichts ergaben. An der Harfenkrone jedoch fanden sich ein paar recht vielversprechende Spuren, meine natürlich auch. Nachdem ausreichend dokumentiert worden war, gingen die Kollegen freundlicherweise auch dem Klappern auf den Grund. Der obere Abschluss des Instrumentes hatte keine so stabile Verbindung mit dem Korpus, wie es auf den ersten Blick schien. Ohne größere Kraftanstrengung hob einer der Suhler Kollegen die Verzierung ab, während Sabine Kiesel das Werkeln an ihrer Harfe argwöhnisch beobachtete.

Ihre Zurückhaltung hätte allerdings auch der unmusikalische Kollege Eckhert verstanden. Die innen hohle Schnitzerei barg einen mattschwarzen Gegenstand, der sich als eine Faustfeuerwaffe vom Kaliber .22 entpuppte.

Es half nichts, wir würden Sabine Kiesel doch mitnehmen müssen, und sei es nur, um ihre Fingerabdrücke zu überprüfen. Natürlich hätten die Kollegen sie auch gleich hier dokumentieren können, die dazu notwendigen Utensilien führten sie in ausreichenden Mengen mit. Aber es ging um einen durch gewaltsame Umstände eingetretenen Todesfall. Da mussten wir uns richtig dienstlich betragen.

Schneider-Gizeh war natürlich zufrieden, dass sich seine Ansichten über Frauen und das von ihnen bevorzugte Kaliber zu bestätigen schienen. Ich war noch nicht überzeugt. Auch wenn die Harfenistin die alten Transportkisten nicht mit in ihre Kartei aufgenommen hatte, sie machte ansonsten einen kompetenten Eindruck. Und welcher Mörder, der seine Sinne einigermaßen beisammen hat, lässt die Polizei seelenruhig in der Nähe der Tatwaffe herumfuhrwerken?

Das konnte ich mir zwar mit einiger Mühe vorstellen, schließlich hatte ich in meiner dienstlichen Karriere bereits einiges erlebt, aber wenn das Versteck des Beweismittels nun ausgerechnet auf einen selbst hinwies und sonst niemanden, vermochte man da so ruhig zu bleiben? Dass Sabine Kiesel zu

Nervosität neigte, hatte ich ja schon bemerkt. Aber seitdem heraus war, dass Sansheimer sie erpresst hatte, wirkte sie erleichtert. Weder eine Nervenattacke noch ein Asthma-Anfall hatten unsere Begegnungen begleitet. Nahm sie heimlich Beruhigungsmittel oder wollte ihr einfach nicht klar werden, dass sie zur einzigen Verdächtigen avanciert war? Außerdem hatte sie selbst uns auf die Quelle des Schnarrens aufmerksam gemacht. Wenn sie die Waffe versteckt hatte, war die Harfenistin entweder eine Meisterin im Verdrängen oder sie stellte sich besonders gerissen an.

Ich hatte mich den ganzen Fall über beschwert, dass wir nichts in den Händen hielten. Im Suhler Büro des Kollegen Schneider-Gizeh saß nun vor dem Schreibtisch eine weitgehend Alibilose, in deren – wenn auch seit einiger Zeit ausrangiertem – Arbeitsmittel man auch noch die Tatwaffe gefunden hatte, und ich war immer noch nicht zufrieden.

Natürlich ergaben die Untersuchungen, dass Sabine Kiesels Fingerabdrücke auf dem ganzen Korpus der Harfe zu finden waren. Auch auf der Krone fanden sich Spuren ihrer linken Hand. War's das? Schneider-Gizeh schien der Ansicht zu sein. Ich war es nicht. Außer Sabine Kiesel hatte auch ich meine Finger am Instrument gehabt, zumindest einen. Nun gut, ich konnte ein Alibi nachweisen. Zur Tatzeit hatte ich mit der Meinigen telefoniert, wie mir die Rechnung nur zu bald deutlich machen würde, von zu Hause aus. Sabine Kiesels linke Hand. Die Harfenistin war Rechtshänderin. Irgendetwas passte nicht zusammen.

Die Krone erwies sich als recht unhandlich. Trotz der vielen Schnitzereien war sie nicht leicht zu halten, wenn man sie vom Instrument lösen wollte, nahm man besser beide Hände zu Hilfe. Von einem gewissen Übermut beflügelt, mochte man es vielleicht einhändig versuchen, aber mit Sicherheit würde eine Rechtshänderin die Sache nicht mit links angehen.

Im Gegensatz zu mir machte sich Sabine Kiesel nicht viele Gedanken um die Fingerabdrücke. Es handelte sich schließlich um ein Instrument, das sie jahrelang gespielt hatte. Da war es unausweichlich, dass wir ihre Spuren finden würden. Von dem Versteck in der Krone hatte sie keine Ahnung gehabt. Sagte sie.

„Wie denn auch? Als ich die Harfe das letzte Mal gespielt habe, war das beim Silvesterkonzert. Und da hat sie noch nicht geklappert. Ich hatte vorsichtshalber die alte genommen, weil ich der ganzen Angelegenheit nicht so recht traute. Aber Herr Kauffmann wollte ja unbedingt sein Feuerwerk. Es war ein Glück, dass das neue Instrument schon geliefert worden war. Schließlich hatten wir am nächsten Tag gleich wieder ein Konzert."

Sabine Kiesel war sich sicher, dass sie die Waffe weder benutzt noch versteckt hatte. Nachweisen, dass sie geschossen hatte, konnten wir ihr genauso wenig wie das Verstecken der Waffe. Ihr Handy prangte zwar in der gleichen Farbe wie das, das Dorothea Schmidt uns beschrieben hatte, aber es war zum Zeitpunkt des Schusses noch nicht gekauft gewesen. Auch die Sache mit der Visitenkarte blieb ungeklärt.

Wir würden Sabine Kiesel wohl laufen lassen müssen. Vorläufig.

In den anderen Instrumenten hatte sich nichts gefunden. Dem rasch besorgten Durchsuchungsbeschluss für ihre Wohnung war die Harfenistin sogar noch zuvorgekommen und hatte ihren Schlüssel auf den Tisch gelegt.

„Ich bin mir sicher, dass Sie auch meine Wohnung sehen wollen. Bitte, bedienen Sie sich. Sie werden nichts finden."

Warum auch? Schließlich war es Sabine Kiesel nicht gewesen. Sagte sie. Und ich war geneigt, ihr zu glauben. Selbst Schneider-Gizeh wurde langsam unsicher. Man hört ja viel davon, dass die Polizei so lange auf einen Verdächtigen einredet, bis er überhaupt nicht mehr weiß, ob er nicht selbst sogar der Tote ist. Ein solches Vorgehen ist bei mir und dem Kollegen Hansen allerdings nicht üblich und auch Schneider-Gizeh hält nichts davon. Außerdem wusste Sabine Kiesel genau, dass sie lebte. Und sie war durch nichts zu erschüttern in ihrer Überzeugung, dass sie nicht geschossen hatte. Mettmann? Kannte sie nicht. „Irgendwo im Ruhrgebiet vielleicht?"

Schneider-Gizeh und ich mussten uns wohl damit abfinden, dass jemand ein paar Spuren so gelegt hatte, dass wir in die Irre laufen würden.

Dorothea Schmidt war mit dem Bratscher gesehen worden. Das Waffenversteck führte uns zu Sabine Kiesel, die Visitenkarte zu Egino von Wasten. Die Erbschaft warf den Schatten eines Verdachts auf die Kinder, selbst wenn wir ihnen nicht nachweisen konnten, dass sie etwas von dem Nebenerwerbsgeschäft ihres Vaters gewusst hatten. Erpresst worden war das halbe Orchester. Mindestens. Konnte es wirklich sein, dass Walter Kiesel die ganze Zeit nichts von den Zahlungen seiner Schwester geahnt hatte?

Freitagmittag. Bald würden die Mayer-Schmidts eintreffen. Schneider-Gizeh und ich mussten bei der Porträtsitzung nicht anwesend sein, aber trotzdem wollten wir nach Arnstadt, schon aus Interesse am Zeichenergebnis. Eigentlich warteten wir nur noch auf Nachricht von den Suhler Kollegen, ob sie irgendetwas in der Wohnung gefunden hatten, was es peinlich erscheinen ließe, wenn wir Sabine Kiesel nach Hause schickten. Die paar Sachen, die wir bis jetzt hatten, reichten jedenfalls nicht für einen Haftbefehl.

Ich hatte die Nase endgültig voll vom Fall Sansheimer. Zumindest für diese Woche. Ich wäre sehr gerne direkt nach Hause gefahren, aber mein Unterbewusstsein, mein Instinkt, meine Frustrationsschwelle … Egal. Während Doktor Mayer-Schmidt sich an die Physiognomie des Kontenabräumers erinnerte, nahm ich mir im Dienstzimmer noch einmal Sansheimers Tascheninhalt vor. Schneider-Gizeh unterstützte mich dabei. Gemeinsam starrten wir auf die bedruckten Pappstücke und dachten nach.

Visitenkarten kommen in unterschiedlichen Formaten in Umlauf. Zumindest trifft das für Exemplare der gehobenen Preisklasse zu. Bei der Automatenfertigung hat man nicht viele Größen zur Auswahl und die meisten Karten sind ungefähr gleich groß. Legt man sie jedoch nebeneinander, sieht man schon ein paar Unterschiede. Hatte ich nicht noch die Karte Anton Kauffmanns, die mich wegen ihrer Gediegenheit durchaus beeindruckt hatte? Ich unternahm einen weiteren Größenvergleich.

22

Fasziniert besah ich das Ergebnis und reagierte nicht auf das klingelnde Telefon. Schneider-Gizeh nahm den Anruf entgegen. Die Suhler Kollegen. Nichts.

Anton Kauffmanns Karte war deutlich kleiner als die beiden von den Bars. Auch die Agentur hatte ein anderes Format gewählt. Aber was in Form, Farbe und Kartonstärke genau übereinstimmte, war die Pappe mit der lange rätselhaft gebliebenen Bankverbindung.

Jetzt endlich fiel mir auch ein, was mich an der Kauffmann'schen Geschichte von der Stellensuche so irritiert hatte. Eine vor geraumer Zeit im Gespräch aufgenommene Information hatte endlich ihr Gesicht aus dem Mustopf gezogen und war gen Sonne und Bewusstsein geklettert: In Oberhausen hatte das Musiktheater schon vor Jahrzehnten seine Pforten schließen müssen, das Orchester war aufgelöst worden. Niemand unter den Entscheidungsträgern würde jemandem tagelang irgendwelche Hoffnungen auf einen Kapellmeisterposten machen. Hatte er noch ein anderes Alibi? Ein Gespräch mit Anton Kauffmann war überfällig. Einiges Glück vorausgesetzt, befand sich auch Manfred Rothans auf dem Weg nach Arnstadt, sonst würde die Generalprobe ausfallen müssen. Und nach der gestrigen Schinderei brauchte der Chor eine vernünftige Probe, wenn er seine Sicherheit bis zum Konzert wiedererlangen wollte.

Egino von Wasten war nicht besonders erbaut davon, mich in der Liebfrauenkirche zu sehen. Das konnte mir allerdings gleichgültig sein. Schließlich hatte ich nicht nur den wegen seines Kraftsporthobbys recht eindrucksvoll aussehenden Kollegen Schneider-Gizeh mitgebracht, sondern auch noch einen ganzen Trupp Freunde und Helfer. Die Aussicht auf die Auseinandersetzung mit Anton Kauffmann stimmte mich allerdings wenig heiter, würde ich so doch die Generalprobe verpassen.

Zunächst war Anton Kauffmann relativ guter Dinge, obwohl er immer wieder betonte, dass er zur Probe müsse. Wenn wegen unserer Unverfrorenheit, ihn mitzunehmen, morgen das Konzert vor dem sprichwörtlichen Baum landete, würden wir mächtig Ärger bekommen. Meinem Hinweis auf sein fehlendes Alibi begegnete er mit der Oberhausen-Geschichte. Ich konterte, dass dort auf längere Zeit hin keine Dirigentenstellen vergeben werden würden. Anton Kauffmann hatte wohl nicht damit gerechnet, dass jemand bei der thüringischen Polizei mit der Theaterlandschaft in den Altbundesländern vertraut sein würde. Warum auch? Wir hatten ja rund um Arnstadt mehr als genug Orchester, die um das nackte Überleben kämpften. Auf jeden Fall wollte er zunächst mit seinem Anwalt sprechen.

Die Suhler Kollegen hatten mittlerweile ein grün-türkisfarbenes Handy aufgetrieben. Dass sie es im Büro des Orchestervorstands hinter dem Trophäenschrank, wo die Andenken an Konzertreisen aufbewahrt wurden, fanden, verblüffte uns nicht weiter. Mit diesem Rätsel mochten wir uns nur kurz aufhalten, denn auf der Suche nach dem Sansheimer'schen Depot waren die Kollegen immer noch nicht fündig geworden. Das erfuhr ich bei einem Anruf, den im Büro Anton Kauffmanns der die Suche leitende Kollege entgegennahm. Seine Enttäuschung konnte ich gut verstehen, zumindest erheblich besser als das, was er sagte. Es gab reichlich Nebengeräusche im Hörer, die jedoch von einer empörten Frauenstimme anscheinend ohne größere Anstrengung übertönt wurden.

„Was ist denn da los bei euch, Kollege?"

„Die Putzfrau fragt, wann sie endlich ihre Arbeit machen kann und wenigstens schon mal die Papierkörbe ausleeren darf."

„Und?"

„Das dauert wohl noch ein Weilchen. Eigentlich sollte sie schon heute Morgen kommen, schließlich ist heute wegen des Abendtermins keine Probe gewesen. Aber ihr Auto ist nicht angesprungen."

„Na, Gott sei Dank. Schick sie nach Hause."

Die zur Stimme gehörende Frau schien sich zu entfernen.

Anscheinend hatte ich meine Ration Geistesblitze noch nicht aufgebraucht.

„Was ist denn drin in dem Papierkorb?"

„Was soll schon drin sein? Nichts, was auf Sansheimer oder überhaupt Geldgeschäfte hinweist. Mülltrennung beherrscht der Meister jedenfalls nicht. Dabei steht im Gang extra ein gelber Eimer."

„Vielleicht darf keiner erfahren, dass er heimlich aus der Dose trinkt?"

„Ach was. Es ist ein Schnellhefter. Sieht eigentlich noch ganz in Ordnung aus, richtig schick sogar."

Schick? Das konnte nur einer sein.

„Handelt es sich vielleicht um eine Mappe vom Festival?"

„Moment. Ja."

„Irgendetwas drin?"

„Nö. Gar nichts. Völlig leer."

„Und das Fach vorne?"

„Habt ihr in Arnstadt Bildtelefon? Da ist tatsächlich so eine Tasche, aber da steckt auch nichts drin."

Ich hatte Egino von Wasten das Leben schwer genug gemacht wegen seiner Visitenkarte. Jetzt war Anton Kauffmann zu diesem Thema dran.

Es ging nicht mehr nur um die Karte des Festivalleiters. Die Untersuchung hatte in der Zwischenzeit festgestellt, dass für die kapellmeisterliche Visitenkarte und jene mit Bankleitzahl und Kontonummer derselbe Karton benutzt worden war. Der Befund lag auf meinem Schreibtisch. Mittlerweile ging es Schlag auf Schlag mit den Untersuchungsergebnissen. Aber Schneider-Gizeh und ich brachten ja auch ständig neues Material an, da kamen die Leute nicht aus der Übung. Und schon wieder eine Rückmeldung, diesmal vom Ballistiker. Richtig festlegen mochte er sich noch nicht, aber die Tests ergaben frappierende Ähnlichkeiten zwischen Projektilen, die aus der in der Harfe gefundenen Waffe abgefeuert worden waren, und dem, das mit Ulhart Sansheimer beim Leichenbeschauer eingetroffen war.

Da sich Anton Kauffmann immer noch mit seinem Anwalt beriet, probierte ich die Handy-Nummer auf der Visitenkarte aus. Nichts. Ich bekam zwar eine Stimme zu hören, aber die stammte anscheinend von einem Tonband. Mit freundlicher Bestimmtheit erklärte eine Dame, dass die Nummer momentan nicht erreichbar sei, und lud mich ein, es doch später noch einmal zu versuchen.

Ich vermutete, dass das Telefon, das man hinter dem Trophäenschrank gefunden hatte, zu der auf der Visitenkarte vermerkten Nummer gehörte. Aber brachte das die Ermittlungen weiter? Wohl kaum. Was hatten wir? Die Tatwaffe, vermutlich die Quelle für die Visitenkarte, Sansheimers Depot, wenn auch nicht dessen Inhalt, und ein Handy. Was wir immer noch nicht hatten, war das Motiv, das Anton Kauffmann und keinen anderen in den Rang eines Schützenkönigs erhob. War der Kapellmeister ein genügend guter Musiker, dass ihn das schlechte Spiel des Bratschers zu extremen Maßnahmen getrieben hatte? Ich hegte meine Zweifel.

Fakt blieb, Anton Kauffmann hatte deutlich mehr Körperlänge aufzuweisen als Sabine Kiesel oder gar Dorothea Schmidt. Sein Alibi war geplatzt. Die Kartengeschichte würde sich nicht so leicht zerreden lassen. Wenn wir uns an die Anruflisten machten, ließ sich feststellen, welche Nummern in der Mordnacht von Kauffmanns Handy aus angerufen worden waren.

Mitten in meine beginnende Euphorie klopfte es. Doktor Mayer-Schmidt hatte sich mit Hilfe des Polizeizeichners ein Porträt abgerungen. Es traf sich sehr gut, dass Anton Kauffmanns Anwalt bereits im Haus war. So konnte er gleich nach der Gegenüberstellung mit seinem Mandanten die Planung einer Verteidigungsstrategie beginnen.

Als ebenso günstig erwies sich, dass Manfred Rothans tatsächlich für die Generalprobe mit nach Arnstadt gekommen war.

Anton Kauffmann wusste, wann er geschlagen war. Trotzdem blieb er dabei, dass er nicht geschossen hatte.

„Irgendwann hatte ich heraus, dass Sansheimer das halbe Orchester erpresste. Und dann hat er bei mir auch angefangen."

Vielleicht hätten wir dem Folkwang-Hinweis doch nachgehen sollen? In der Rückschau ist man ja meistens klüger. Aber wer rechnet damit, dass ein wohlbestallter Chefdirigent von der Musikhochschule geflogen ist? Schneider-Gizeh konnte man keinen Vorwurf machen. Und wer kommt auf die Idee, dass das abgebrochene Studium Jahrzehnte später ein Grund für eine satte Erpressung liefert? Somit war auch ich ein wenig windgeschützt. Schließlich hat mir einmal bei einer Konzertnachfeier der Tenor erzählt, dass er nicht einmal die Aufnahmeprüfung am Konservatorium bestanden hatte. Wie hätten wir darauf kommen sollen, dass die Folkwang-Sache ein enorm wichtiger Hinweis war? Ich beschloss, mir nicht weiter Sorgen darum zu machen, und widmete mich wieder dem Kapellmeister.

„Und? Gab es etwas, das er nutzen konnte?"

Anton Kauffmann druckste herum. „Die Steuerfahnder hätten sich interessiert. Als dann der Sponsor absprang, wusste ich nicht, wie ich das Geld weiter aufbringen sollte. Und dann lag am Donnerstag der Ausweis auf der Kellertreppe. Eigentlich wollte ich ihn ja zurückgeben, aber ich hörte, wie Sansheimer in der Kantine mit der Bank telefonierte und über sein Konto sprach. Da dachte ich, dass ich mir mit dem Personalausweis vielleicht wiederholen konnte, was er von mir hatte. Zuerst plante ich einfach, eine Vollmacht zu schreiben, aber dann habe ich gesehen, dass das Foto eine gewisse Ähnlichkeit mit mir hatte. Ich wollte sowieso in die Gegend. Und da Sansheimer sich bei der Bank angekündigt hatte, dachte ich, dass es wohl keine Schwierigkeiten geben würde. So war es dann auch. Man hatte schon alles vorbereitet, es hätte eher verdächtig gewirkt, wenn ich nicht das ganze Geld mitgenommen hätte. So schien es mir in dem Moment jedenfalls."

„Und wenn Sie Sansheimer nicht erschossen haben, wie Sie sagen, wieso konnten Sie sicher sein, dass er nicht auch in Mettmann auftauchen würde?"

„Sie haben doch sicher gehört, dass er ziemlich oft und laut in der Kantine telefonierte. Nach dem Gespräch mit der Bank hat er dann noch die Bahnauskunft angerufen und sich eine Zugverbindung von Suhl nach Mettmann nennen lassen, mit der er am frühen Nachmittag angekommen wäre. Es war ein Risiko, sicher. Aber ich musste es einfach versuchen."

„Und wieso tauchte die Karte mit der Bankverbindung auf?"

„Ich weiß es nicht. Irgendwann habe ich ihm mal eine Visitenkarte gegeben. Da hatte ich sie gerade neu und sie lagen in einer

Schachtel auf meinem Schreibtisch. Obendrauf waren ein paar Blankokarten. Vielleicht hat er sich da bedient."

Der Schuss und die Kontoräumung schienen tatsächlich zwei völlig verschiedene Angelegenheiten zu sein. Es würde schwer werden, Anton Kauffmann eine Anwesenheit in Arnstadt am 28. Juli nachzuweisen. Bis jetzt hatte er jedenfalls nur das Abräumen des Kontos zugegeben und wie es schien, würde er dabei bleiben, dass er nicht geschossen hatte. Vorausgesetzt, wir glaubten ihm ebenso vorsichtshalber wie vorläufig – und sei es nur, um nicht betretenen Gesichts aus dem Gerichtssaal wieder hinauszukommen –, wer hatte Sansheimer dann erschossen?

Ich fasste mir schließlich ein Herz und fragte einfach den Dirigenten.

„Keine Ahnung."

„Und wo ist das Geld? Oder der Ausweis?"

Wir würden vermutlich auch so fündig werden. Irgendwann. Aber wenn Anton Kauffmann uns jetzt alles sagte, konnte sich das vor Gericht günstig für ihn auswirken. Auf jeden Fall war es gut, dass bei den hochsommerlichen Temperaturen der offene Kamin in der Kauffmann'schen Villa nicht beheizt worden war.

Zu ihrem Unglück hatte eine der Sekretärinnen noch nicht Feierabend gemacht und zu unserem Glück waren ihre Textverarbeitungskenntnisse erfreulich. So konnte ich trotz des umfangreichen Geständnisses noch das Probenfinale erleben.

Eigentlich musste mir Egino von Wasten sogar dankbar sein. Schließlich hatte er in der Mezzo-Angelegenheit gescherzt, dass ich ihm durch eine Verhaftung sein Abschlusskonzert retten könnte. Nach dem, was ich bei der Orchesterprobe erlebt hatte, schien der Fall tatsächlich einzutreten. So, wie sich Manfred Rothans trotz seiner Vorliebe für moderne Musik auch bei Händel ins Zeug legte, hegte ich für morgen jedenfalls keine Befürchtungen.

Egino von Wasten charmierte den Solisten, während ich mich im Hintergrund hielt. Allzu lange würde ich nicht warten müssen. Die Meinige begann schon wieder, die Rs zu rollen. Zeit, dazwischenzugehen? Es ging um Freikarten. Man hatte begon-

nen, die Sitze zu nummerieren, und Swantje war beim Spazier-
engehen durch die Kirche aufgefallen, dass erstens von dem mir
zugedachten Sitzplatz aus der Blick geradewegs in einen Schein-
werfer gehen würde, zweitens das Tonpult unmittelbar neben
genau dieser Reihe postiert wurde und drittens das meinen
Kunstgenuss beeinträchtigen würde.

„Herr von Wasten!"

Als dann auch noch Rara eingriff, die ebenfalls einen besseren
Platz erwartet hatte, wand sich der Festivalleiter wie zu den
für ihn unangenehmsten Zeiten unserer Telefongespräche. Auch
Derek ließ seine Meinung hören und murmelte inspiriert Worte wie „Laienspielschar" und „Provinzgehampel". Er machte
wieder sein Gesicht, als ob er das alles nicht nötig hätte. Egino
von Wasten gab auf. Dass ich so ausgerechnet neben dem Festivalleiter sitzen würde, konnte mir gleichgültig sein. Er würde
es früh genug merken.

Wer war eigentlich der gutaussehende Mann im hellen Som-
mermantel, der sich seit dem Ende der Probe am Sarkophag
herumdrückte und nun mit Sabine Kiesel scherzte? Hartmut
Guth. Die Stimme war wirklich unverkennbar. Es gelang mir,
Swantje unauffällig die Situation klarzumachen. Sie würde mit
Rara nach Hause gehen.

Der Agent war in persona ebenso charmant wie am Telefon.
Schade, dass ich mental immer noch halb beim Fall Sansheimer
steckte. Zu verdenken war es mir nicht, schließlich hatten wir
zwar das Rätsel um das verschwundene Geld gelöst, aber die
Enttarnung des Schützen blieb uns weiterhin versagt.

Egino von Wasten sah schon wieder irritiert zu mir hin. Richtig, Hartmut Guth war ja ein Schulkamerad. Aber ich wollte
mich ohnehin nicht lange aufhalten.

„Wie ist es, Frau Rogener? Wollen Sie nicht noch mitkommen? Herr von Wasten und ich gehen in die Kellerkneipe
am Markt. Da gibt es sagenhafte Knoblauchbaguettes. Oder
Gemüsetorte?"

Ich hatte nicht den Eindruck, dass die Einladung von beiden
kam. Der Bachkeller war angesichts des Falls Sansheimer vielleicht kein mit größtmöglichem Stilempfinden ausgewählter

Bewirtungsbetrieb. Außerdem harrte zu Hause die Meinige. Sie würde es mir zwar nicht übelnehmen, wenn ich mit einer Knoblauchfahne ankam, aber ich wollte trotzdem nicht. Also nach Hause, aber pronto. Ich war mir anscheinend ziemlich sicher, dass ich den Sansheimer-Mörder bald dingfest machen könnte. Oder wieso begann ich schon, mein Italienisch aufzupolieren, wenn noch gar nicht feststand, dass ich wirklich mit nach Venedig fahren würde?

Der Samstag begann, wie es sich für den Termin eines großen Festivalfinales geziemt. Keine Wolke wagte es, sich über der Stadt blicken zu lassen. Egino von Wasten schien noch einflussreicher zu sein, als ich es mir hatte träumen lassen. Bedauernd überantwortete ich meine Sänger, die erste Zeichen von Nervosität an den Tag legten, ihrem Lampenfieber und machte mich auf zur Polizeistation. Ich brachte es doch nicht übers Herz, Anton Kauffmann bis zum Montag schmoren zu lassen.

Vermutlich war der Kapellmeister bessere Unterbringung gewohnt, vielleicht plagte ihn auch ein Gefängnisschock, der ihn nicht hatte schlafen lassen. Auf jeden Fall sah Anton Kauffmann längst nicht mehr so beeindruckend aus wie gestern. Er wirkte geradezu fahrig. Natürlich hatte ich seinen Anwalt gebeten, unser Gespräch mit seiner Anwesenheit zu zieren, es sollte mir nach der ganzen Mühe nicht widerfahren, dass ein Formfehler die Anklage ruinierte. Auch der Rechtsbeistand bekam den Zustand seines Mandanten rasch mit. Er forderte eine ärztliche Untersuchung und vorsichtshalber wollte er gleich einen Antrag auf Haftverschonung stellen. Anton Kauffmann sah zunehmend schlechter aus. Die Koordinierung seiner Bewegungen war ihm bereits in den Vormittagsstunden abhandengekommen. Jetzt ging es auf zwölf Uhr zu und der Dirigent konnte nicht mehr verbergen, dass seine Hände zitterten. Vielleicht hatten die Leute in der Bahn doch recht gehabt und Musiker waren zuweilen wirklich „so drauf".

Natürlich wollte Anton Kauffmann nichts davon wissen, dass er irgendwelche von der bürgerlichen Gesellschaft weniger akzeptierte Substanzen regelmäßig zu konsumieren pflegte. Der

Arzt hatte ihn gründlich untersucht und den Blutdruck sogar an beiden Armen gemessen. Die Werte waren allerdings nicht deutlich unterschiedlich ausgefallen. Beim Anlegen der Manschette waren keine Einstichspuren in den Ellenbeugen aufgefallen und das Dirigentenbüro hatte auch keine Gerätschaften enthalten, die etwas in dieser Hinsicht vermuten ließen.

Die Durchsuchung des Kauffmann'schen Anwesens dauerte an. Das Ergebnis würde wohl noch eine Weile auf sich warten lassen, auf jeden Fall war mit einer Zeitspanne zu rechnen, die länger zu werden versprach, als ich sie an diesem Sonnabend im Büro verbringen wollte.

Mittlerweile sah Anton Kauffmann nachgerade zum Fürchten aus. Arzt, Anwalt und ich waren uns einig, der Mann musste ins Krankenhaus. Dringend. Er mochte zwar immer noch nicht mit der Sprache heraus, dass irgendwelche oral oder sonst wie zugeführten chemischen Verbindungen respektive deren Fehlen für seinen Zustand verantwortlich waren, aber ein Risiko wollten wir nicht eingehen. Da wir bereits einen Haftbefehl für den Kapellmeister hatten, kam er gleich ins Gefängniskrankenhaus. Dort verpasste man ihm erst einmal einen Tropf zur Stabilisierung und begann mit umfangreichen Bluttests.

Mittlerweile hatte die Spurensicherung ihren Bericht geschickt. Außer dem Geld hatten sie nichts Relevantes gefunden, keine Drogenverstecke unter den Bodendielen, kein Spritzbesteck im Flügel. Im Bad waren sie allerdings fündig geworden: Das äußerst gut sortierte Arzneimittelschränkchen hielt in größeren Mengen einige der Produkte bereit, die die DDR der Bevölkerung nur gegen Verordnung hatte zukommen lassen und die wegen ihrer Nebenwirkungen mittlerweile gänzlich vom Markt verschwunden waren.

Der Anwalt Anton Kauffmanns und ich sahen uns an. War's das? Wir riefen das Krankenhaus an, um sie von dem Fund zu unterrichten. Durch die Tests war man allerdings auch schon auf diese Spur gekommen und hatte bereits eine Entgiftung eingeleitet.

Selbst wenn es dem Anwalt gelingen würde, seinem Mandanten wegen des festen Wohnsitzes und des fehlenden Vorstrafenregisters Haftverschonung zu verschaffen, der Kapellmeister würde das Konzert auf keinen Fall dirigieren können.

Hatte Hanna-Christin Schüssel uns nicht gesagt, Sansheimers Eltern seien Apotheker gewesen? Wie groß war die Chance, dass sich Anton Kauffmann sein Medizinschränkchen vom Bratscher hatte auffüllen lassen? Im regulären Handel konnte er die Sachen jedenfalls nicht erworben haben. Was war eigentlich mit dem Haltbarkeitsdatum? Vielleicht war die Idee von einer Auseinandersetzung zwischen Dealer und Kunden nicht völlig aus der Luft gegriffen, besonders, wenn wir Sansheimers Nebenerwerbsgeschäft mit in die Überlegungen einbezogen. Lauter Fragen, die wir Anton Kauffmann zurzeit nicht stellen konnten. Hoffentlich kam er einigermaßen durch die körperliche Entgiftung.

Feierabend. Wochenende.

23

Wenn ich jetzt nach Hause ginge, würde ich die Meinige entweder beim Mittagsschlaf oder beim Einsingen antreffen. Angesichts der Uhrzeit vermutete ich Letzteres. Immerhin wenigstens eine, die das Singen in meiner Umgebung freiwillig und ohne Angst vor der Gerichtsverhandlung betreibt. Halt, Rara auch. Ich ging ihnen vorsichtshalber aus dem Weg, etwas essen konnte ich auch in der Stadt. Es fragte sich nur, wo.

Am Wochenende befällt das Arnstädter Gastgewerbe um diese Uhrzeit ein großes Gähnen. Wieso eigentlich nicht die Kellerkneipe? Es mussten ja nicht unbedingt Knoblauchbaguettes sein.

Die Kellnerin hätte mir vermutlich gern etwas serviert. Als sie die Karte brachte, sorgte sie jedoch dafür, dass sich meine Gedanken hurtig von der Befriedigung des Hungers abwandten. Ganz wie um Brecht zu widerlegen, kam auf einmal für mich nicht das Magenfüllen zuerst, sondern die Moral. Oder besser: die Verfolgung einer Straftat.

„Sie hatten doch gefragt, ob jemand an dem Abend etwas aufgefallen ist", eröffnete sie.

Ich nickte.

„Ich hatte ja Frühschicht und bin gegangen, bevor es hier so richtig losging. Aber ich habe immer wieder drüber nachgedacht, ob nicht doch was war. Und jetzt, wo doch die Marietta im Krankenhaus liegt, nach diesem schrecklichen Unfall, da geht mir der Tag schon grad gar nicht mehr aus dem Kopf."

Sie legte die Speisekarte auf den Tisch und verschränkte die Arme. „Ich weiß ja nicht, ob es was zu bedeuten hat, aber der Tote, also, da war er natürlich noch nicht tot, dieser Musiker, ich glaube, der war am Mittag schon einmal da gewesen. Da hatte er aber die Gemüsetorte."

Hätte ihr das nicht früher einfallen können?

„Die hat ihm gepasst. Er hat sich jedenfalls nicht beschwert. Er ist mir eigentlich nur wieder eingefallen, weil gestern war er wieder da."

Sansheimer? Der doch sicher nicht.

Die Kellnerin korrigierte sich rasch. „Also, nicht das Opfer. Der, der mit ihm da war. Den hatte ich auch ganz vergessen. Aber gestern war er hier, da bin ich ganz sicher. So eine schöne Stimme. Ich wusste, die hatte ich schon einmal gehört. Und eben ist es mir wieder eingefallen."

Konnte sie Benedikt Gertin, den Bass, meinen? Nein. Dessen Sprechstimme klang längst nicht so tief, wie er singen konnte. Blieb noch … Hatte Hartmut Guth mir nicht erzählt, Anton Kauffmann wäre ebenfalls in seine Schule gegangen? Vielleicht kannten die beiden sich und das mit dem „durch Thüringen immer nur durchgefahren" entsprach nicht ganz der Wahrheit? Und wenn der Agent noch nie in Arnstadt gewesen war, wieso wusste er eigentlich so genau Bescheid über die kulinarischen Besonderheiten der Kellerkneipe? Wenn ich daran dachte, wie Hartmut Guth mich eingeladen hatte mitzukommen, schien er die Spezialitäten des Hauses nicht nur vom Hörensagen zu kennen.

Ich rief den Kollegen Schneider an. Der saß in der Polizeistation und tippte gerade einen weiteren Aktenvermerk. Wir waren beide der Meinung, dass wir unbedingt mit Hartmut Guth sprechen mussten. Noch vor dem Konzert. Schneider-Gizeh versprach, sich um alles Notwendige zu kümmern und mit ein paar Kollegen in Uniform an der Liebfrauenkirche zu erscheinen. Vielleicht konnten sie den Agenten vor der Tür abfangen?

Natürlich wollte ich dabei sein, aber zunächst galt es, meine Sängerinnen zum Konzert zu bringen. Swantje hat zwar nicht unbedingt Nervenzustände vor ihren Auftritten, aber sie ist so schrecklich konzentriert, dass sie erschrickt, wenn man sie anspricht. Und Rara hat das Lampenfieber erfunden. Auch ich war nicht gerade gesprächig; die Sache mit Hartmut Guth machte mir zu schaffen.

Der Aufnahmeleiter hatte auf einer Technikprobe zur Feineinstellung der Mikrofone bestanden. Also machten wir uns lange vor dem Konzertbeginn auf. Vor dem Portal der Liebfrauenkirche stand bereits Derek Mustafa. Er war gemütlich vom Hotel herüberspaziert, den Frack im Kleidersack über der Schulter.

Er schien kein Lampenfieber zu haben, aber warum sollte er auch? Er ist ja schließlich Tenor. Egino von Wasten erwartete uns. Mich nun nicht gerade, aber auch ich beachtete ihn nicht weiter. Ich bat die Kollegen in Uniform zu einer kurzen Lagebesprechung auf die Straße neben der Kirche. Vom Agenten war noch nichts zu sehen.

Eigentlich war Jochen ja noch krankgeschrieben. Aber wenn er mich schon traf, während er seine Verlobte zu ihrem Auftritt begleitete, durfte er wohl auch erfahren, ob wir im Fall Sansheimer weitergekommen waren. Das konnte ich ihm bestätigen. Wir hofften beide, dass Hartmut Guth keine Schwierigkeiten machen würde.

Als Nächster bog der Stationsleiter um die Ecke, der an diesem Abend die Sicherheit der Prominenz zu garantieren hatte. Wir informierten ihn über die neueste Entwicklung, denn schließlich konnte es sein, dass ein Medienvertreter mitbekam, was sich tat. Da musste das „Kein Kommentar" wenigstens so vorbereitet sein, dass es nicht wirkte, als wäre es aus bloßer Unwissenheit über die Sachlage gesagt.

Für die Tontechniker war die Tür auf der Rückseite des Gotteshauses geöffnet worden.

„Da ist er", zischte Schneider-Gizeh unvermittelt.

Tatsächlich, Hartmut Guth spazierte bereits an den Kabelsträngen vorbei in die Kirche. Ohne sich um das Gewusel rund um das Konzertpodest zu scheren, wanderte er durch das Kirchenschiff. Vor der Schönen Madonna scharten wir uns um ihn. Es fiel dem Agenten überraschend schnell auf, dass er plötzlich von Uniformen umgeben war. Ohne größeres Aufsehen bugsierten wir ihn hinaus und brachten ihn zur Polizeistation.

Hartmuth Guth konnte mit der Verhörsituation erheblich besser umgehen als Anton Kauffmann. Uns überzeugende Konter hatte er trotzdem nicht zu bieten. Nach einigem Hin und Her gab er immerhin zu, dass nicht nur der Dirigent zu den von ihm betreuten Künstlern gehörte, sondern auch Sansheimer.

„Den konnte ich zwar nirgends loswerden, aber er hat darauf bestanden, dass ich ihn vertrete."

Das war vorerst das Einzige, das er gestehen mochte. Ansonsten blieb er dabei, dass jemand seinen Mietwagen gestohlen hatte und er selbstverständlich nicht der flüchtige Unfallfahrer war. Natürlich hatte er Sansheimer nicht getötet.

„Warum hätte ich das denn tun sollen?"

Mir fielen einige mögliche Gründe ein. Einige?

„Ich bin sicher, Herr Guth, der Kapellmeister wird uns bestätigen, dass Sie nicht zum ersten Mal in Thüringen Station machen. Da wussten Sie doch sicher, womit Sansheimer sich neben dem Bratschen beschäftigt hat."

Nein, der Agent hatte keine Ahnung gehabt. Ob er es lange durchhielt, alles abzustreiten, bis die Beweislast erdrückend war?

Viel anzubieten hatte ich jedoch nicht einmal bei den Indizien, von echten Beweisen ganz zu schweigen. Dann eben bluffen, beschloss ich.

„Sie sagen, dass Sie lediglich sein Agent waren, und das auch nur zögernd. Dass Sie gar keine Chance gehabt hätten, Sansheimer an einer wirklich guten Stelle unterzubringen, ist wohl auch klar. Wie kommt es dann, dass Sie, anstatt die Konzerte abzufahren, erst tagsüber mit ihm zusammensitzen und dann am Abend gleich noch einmal, bis tief in die Nacht?"

Darauf hatte Hartmut Guth keine Antwort. „So etwas kann doch schon mal vorkommen", murmelte er lediglich.

Erwischt. Schneider-Gizeh sah mich bewundernd an. Den Beweis hätten wir ja erst erbringen müssen, dass er am Abend noch einmal in der Kellerkneipe gewesen war.

„Im Fernsehen. Aber nicht bei uns", gab ich zurück. „Was meinen Sie, wenn ich ein bisschen grabe, wie lange wird es dauern, bis ich einen Grund finde, warum auch Sie nach Sansheimers Pfeife getanzt sind?"

Der Agent sah mich mit einem gehetzten Blick an und schwieg.

„Glauben Sie mir, aus der Kiste kommen Sie nicht mehr raus."

Hartmut Guth nickte langsam.

„Und hier ist auch kein Egino, der für Sie vorsichtig nachhorcht, ob wir die Geschichte mit dem gestohlenen Wagen schlucken."

So gut, wie der erste Bluff funktioniert hatte, konnte ich gar nicht anders, als es weiter zu versuchen.

„Wollen Sie hören, wie die Sache für mich aussieht?"

Wieder ein Nicken.

„Angefangen hat es ganz harmlos. Ihr guter Freund Egino von Wasten lädt sie zum Finale seines Festivals ein. Vielleicht will er Ihnen wirklich etwas bieten, kann sein, dass er Ihnen auch einfach nur zeigen muss, dass er es zu etwas gebracht hat. Während Sie kreuz und quer die Konzerte abgrasen und irgendwelche Möchtegerntalente unter Dach und Fach bringen müssen, sitzt er im Sattel, kann schalten und walten, wie er will. Wie nah bin ich?"

Hartmut Guth räusperte sich. „Da ist schon was dran." Sein sonst so prächtiger Bassbariton klang rau.

„Aber was er nicht weiß, Ihr guter Freund, ist, dass Sie noch ein paar Eisen im Feuer haben. In Suhl zum Beispiel. Anton Kauffmann, der kann schon vernünftige Gagen fordern. Also besuchen Sie ihn. Er ist natürlich stolz auf das schöne Haus und führt Sie herum. Und als er zur Probe muss, schauen Sie sich ein bisschen weiter um. Was auch immer der Sansheimer gegen Sie in der Hand hat, Sie wissen, es könnte hier irgendwo sein."

Ich wusste gar nicht, wo ich das auf einmal hernahm, aber es klang alles völlig normal und harmlos. Hartmut Guth hatte gar nicht anders können.

„Sie suchen und suchen. Jedes Mal, wenn Sie vorbeischauen, finden Sie immer wieder eine Ausrede und verschwinden. Und eines Tages ist es so weit. Sie stehen im Magazin."

Wieder dieses Kindernicken. Er tat mir fast schon leid.

„Sie schauen hier, Sie rütteln da, es könnte ja sein. Sie kennen ihn schließlich, Sie kennen ihn schon lange. Sehr lange. Sie denken wie er, oder nein, nur fast wie er. Sie wissen einfach, wie er denkt. Aber Sie selbst, Sie würden nie jemand erpressen mit alten Geschichten. Und auf einmal stehen Sie vor seinem Privatarchiv. Ehe Sie sich versehen, haben Sie alles zusammengepackt und in Ihren Koffer gesteckt. Es ist vorbei, denken Sie, endlich vorbei. Sie denken gar nicht daran, das Material, das Sie belastet, herauszusuchen und den Rest wieder an seinen Platz zu schaffen. Jetzt muss Schluss sein. Freiheit für alle. Und zum ersten Mal seit Langem fühlen Sie sich frei. Richtig frei."

Hartmut Guth begann zu weinen.

„Das habe ich wirklich geglaubt", presste er hervor. „Wirklich und wahrhaftig."

„Aber es war nicht vorbei", sagte ich sanft. „Sansheimer brauchte keine Akten, um Sie in der Hand zu haben. Ein Wort von ihm hätte genügt. Er hatte doch seine Schäfchen längst im Trockenen. Er hat Sie nur noch aus Spaß gequält. Er kannte es gar nicht anders. Und Sie auch nicht."

„Ich war so jung gewesen", wisperte der Mann vor mir. „So schrecklich jung. Ein bisschen naiv, ein bisschen unbedacht. Und idealistisch ohne Ende."

„Das ist ja nichts Schlechtes", beteuerte ich. „Aber er hat das alles nur ausgenutzt. Dann, als Sie geglaubt haben, es ist vorbei, endlich vorbei, da hat er es Ihnen gezeigt. Er hat Sie nach Arnstadt bestellt. Er hat Sie zu sich gerufen und wie ein braver Junge sind Sie hin. So wie früher. Sie saßen da, an dem kleinen Tisch, und er hat Ihnen den Tarif durchgegeben. Da haben Sie sich gesagt, es ist nie vorbei, wenn ich es nicht selbst beende. Sie sind aufgestanden, während er die Knoblauchbrote nur so in sich reingestopft hat. Sie mussten einfach an die frische Luft. Und dann kam er Ihnen nach. Der war noch nicht fertig mit Ihnen."

„Fast", sagte Hartmut Guth. „Fast war es so. Ich wollte schon lange einen Schlusspunkt setzen. So oder so. Das ist doch kein Leben, ständig mit der Angst, dass dir einer auf die Schliche kommt. Obwohl du doch längst nicht mehr schleichst. Keinem kannst du wirklich trauen. Und immer, wenn du denkst, du hast es hinter dir, dann kommt irgendwas."

„Das hält kein Mensch aus." Kollege Schneider fand genau den richtigen Tonfall.

Der Agent nickte. „Ich war schon ein paar Mal kurz davor, mich einfach selbst anzuzeigen. Hätte ich es mal gemacht. Aber im Nachhinein weiß man es eben immer besser."

„Dann machen Sie jetzt reinen Tisch."

Ob der Kollege damit nicht eine Spur zu schnell gewesen war? Ich hielt den Atem an. Wir hatten doch keinerlei Beweise.

Wenn Guth nun einen Rückzieher machte und nicht gestand, saßen wir mit leeren Händen da.

Aber es ging noch einmal gut. Stockend erzählte er uns seine Geschichte.

Es war das Übliche gewesen. Stasigeschichten eben, aber mit einem Extradreh. Hartmut Guth stammte aus dem Westen.

„Ein kleines Kaff in Niedersachsen. Meine Eltern waren einfache Leute. Aber ich wollte ganz groß rauskommen."

Er hatte Abitur gemacht und studiert, Kulturmanagement und Marketing. Das BAföG reichte hinten und vorne nicht, also hatte er sich einen Nebenjob gesucht. Das Studentendasein war immer noch mit staatlicher Unterstützung finanziert worden, aber nicht eine nach dem Ausbildungsförderungsgesetz der Bundesrepublik Deutschland. Prompt hatte der Bratscher ihn nach der Wende kräftig zur Kasse gebeten.

Allerdings wussten wir immer noch nicht, woher er das Material hatte. Hartmut Guth konnte uns weiterhelfen.

„Er war mein Führungsoffizier bei der Stasi. Ich habe meine Berichte an ihn geliefert."

Das hatte Sansheimer sehr gut vor seinen Kollegen im Orchester verborgen. Selbst Jakob Neuhaus schien nichts von dem gemeinsamen Arbeitgeber gewusst zu haben.

„Aber warum sind Sie denn nicht zur Polizei gegangen? Sansheimer hatte doch auch viel zu verlieren?"

„Ich wusste nicht, an wen ich mich wenden sollte. Sicher, ich hätte ihn anzeigen können, aber dann wäre ich auch dran gewesen. Mit den Jahren habe ich mich dann einfach daran gewöhnt. An die Zahlungen. Und an die Angst. Aber dann habe ich seine Unterlagen gefunden und wieder Hoffnung geschöpft. Aber er wollte ja nicht aufhören. Mir kann keiner, hat er gesagt, und dass ich viel mehr zu verlieren hätte als er."

„Und dann?"

Umständlich putzte er sich die Nase.

„Was er von mir verlangte, das war einfach zu viel. Das Suhler Orchester muss sich doch gesundschrumpfen. Er hatte wenig Chancen, eine Vertragsverlängerung zu bekommen, das wusste er genau. Da hat er von mir verlangt, ich sollte ihn irgendwo unterbringen, wo es sich für ihn lohnen würde. Das konnte ich nicht, dafür hat er zu schlecht gespielt. Damit wäre mein Ruf hinüber gewesen, ich konnte es mir einfach nicht leisten."

Aber wie hatte Hartmut Guth es geschafft, so viele falsche Spuren zu legen? War er es wirklich ganz allein gewesen und wieso hatte ihn niemand dabei bemerkt? Und musste er als Künstlervertreter nicht von Zeit zu Zeit in seinem Büro anzutreffen sein? Machte er *management by telephone*? Moment, Telefon?

„Was war das denn eigentlich für ein Handy, mit dem Sansheimer den Abend herumgefuhrwerkt hat? Seines?"

„Nein, meins. Ich wusste, dass er starke Telefonitis hatte und man ihn mit so einem Gerät wunderbar bei Laune halten und gleichzeitig beschäftigen konnte."

„Und wo ist es jetzt?"

„Na, bei Ihnen. Sie haben es mir doch abgenommen."

Tatsächlich. Grün-türkis. Was war mit dem Apparat, den die Kollegen im Büro von Manfred Rothans gefunden hatten? Das brachte uns wieder zurück zu den falschen Spuren und der Frage, ob Hartmut Guth ganz allein aktiv gewesen war.

„Was für ein Gerät steckte dann hinter der Heizung?"

„Keine Ahnung, wovon Sie reden."

Sollten wir ihm das glauben? Warum eigentlich nicht? In jedem Kriminalfall gibt es ein paar lose Fäden, die sich beim besten Willen nicht in das Teppichmuster einknüpfen lassen. Es konnte durchaus sein, dass irgendein freundliches Orchestermitglied sich einen Spaß mit dem Kapellmeister hatte machen wollen und dabei ganz aus Versehen in unseren Fall hineingestolpert war. Oder gehörte das Handy hinter der Heizung doch zur Tarnung, die sich der Agent zum Überdecken der echten Spuren ausgedacht hatte? Das zu beweisen, konnte eine gewisse Zeit in Anspruch nehmen und musste nicht unbedingt jetzt geschehen.

Das Verhältnis zwischen dem Dirigenten und seinem Agenten war tatsächlich enger als die Freundschaft zum Festivalleiter. Hartmut Guth hatte sich im Orchesterdomizil ziemlich frei bewegen können. Sabine Kiesel war er nicht aufgefallen, jedenfalls hatte sie nichts davon gesagt. Aber wer sagte denn, dass sie sich ständig im Gebäude aufhielt? Hanna-Christin Schüssel und auch der technische Direktor arbeiteten innerhalb einigermaßen geregelter Dienstzeiten. Zudem gab es während der Bürostunden immer genug zu tun, sodass man kaum aus reinem Zeitvertreib durch das Haus spazierte.

„Auf das Privatarchiv im Magazin bin ich nur durch Zufall gestoßen. Damals im Schulorchester habe ich Kontrabass gespielt, also waren die großen Transportkisten schon interessant für mich. Und genau dort war diese kleine Tür."

Der Agent war sich noch unschlüssig gewesen, was er mit dem Material anfangen sollte. Eventuell hätte er auch das Nebenerwerbsgeschäft weitergeführt. Das sagte er zwar nicht direkt, aber dass er mit dem Gedanken gespielt hatte, war ihm deutlich anzumerken. Jetzt wollte ich alles ganz genau wissen. War das Rätsel der nicht vorhandenen Fahrkarte zu lösen? Anscheinend ja.

„Sansheimer ist mit mir nach Arnstadt gekommen, wir wollten beide das Konzert hören. Er hatte mir die Altistin empfohlen. Vielleicht weil er gedacht hat, je besser die anderen sind, die ich vertrete, desto einfacher wird es, auch für ihn eine neue Stelle zu finden."

Würde das den Kollegen Hansen freuen? Vermutlich nicht übermäßig. Aber er war ja noch krankgeschrieben.

„Anschließend sind wir in die Kneipe. Kurz vor halb zwölf, kann auch etwas später gewesen sein, bin ich mal an die frische Luft. Da hatte Sansheimer gerade wieder Baguettes bestellt."

„Woher wussten Sie eigentlich von dem Stau? Wir haben das nachgeprüft, tatsächlich hat mitten in der Nacht der umgekippte Großtransporter eines Getränkevertriebes die A4 blockiert."

„Ich war doch mit dem Auto unterwegs. Das hatte ich vor der Bachkirche geparkt."

Dass das den Politessen nicht aufgefallen war? Immerhin ist auf dem Platz zwischen Rathaus und Kirche Halteverbot. Aber es war Wochenende gewesen. Und bei Konzerten drückt man ein Auge zu.

„Ich bin Diabetiker. Und es wurde Zeit für die Spritze. Also habe ich mich ins Auto gesetzt und aus reiner Gewohnheit das Radio angestellt. Ich musste ja eigentlich längst weiter, ich war doch mit Egino verabredet. Aber dann brachte der Verkehrsfunk die Nachricht von acht Kilometern Stau aufgrund einer Vollsperrung, die sich noch eine ganze Weile hinziehen würde. Als ich wieder in den Keller kam, war mein Platz besetzt. Von einer Frau. Das war klar, dass der Sansheimer meinen Platz nicht freihalten würde, wenn eine Dame freiwillig an seinen Tisch kam."

Warum war er dann nicht einfach gefahren?

„Sansheimer wollte ursprünglich mitkommen bis Jena. Keine Ahnung, was er dort vorhatte, um die Uhrzeit. Er hat sich jedenfalls noch Zeit gelassen, bis er dann auch kam. Und als er dann auch noch das Denkmal anpieselte, da ist bei mir eine Sicherung durchgebrannt."

Die Waffe hatte Guth im Handschuhfach aufbewahrt.

„Ich bin sehr viel nachts unterwegs. Da wollte ich mich einfach schützen."

Erstanden hatte er die Pistole in Düsseldorf auf dem Hauptbahnhof, mehr aus einer Laune heraus als mit klaren Absichten. Eine Waffenbesitzkarte? Fehlanzeige. Und jetzt wollte Hartmut Guth doch erst einmal mit einem Anwalt sprechen.

Kollege Schneider-Gizeh und ich waren bereit, mit weiteren Vernehmungen bis zum Eintreffen des Rechtsbeistands zu warten. Einstweilen blieb Hartmut Guth in Gewahrsam, es ließ sich durchaus Verdunkelungs- oder Fluchtgefahr annehmen.

Eins mussten wir unserem Schurken doch lassen, Format hatte er.

„Wenn das so ist, kann ich Ihnen meine Eintrittskarte überlassen? Ich weiß ja, dass Sie nichts annehmen dürfen, aber es wäre schade, wenn sie verfiele, nicht wahr?"

Natürlich teilte ich ihm mit, dass ich bereits über ein Billett verfügte. „Dann nehmen Sie meines doch mit, an der Abendkasse gibt es sicher Interessenten dafür."

Mittlerweile war es viertel acht. Zum Glück hatte ich mich bereits umgezogen. Bis zur Liebfrauenkirche würde ich wohl eine gute Viertelstunde brauchen. Ob sich noch jemand um eine Eintrittskarte bemühen wurde? Ich konnte es immerhin versuchen.

Der Kollege begleitete mich zum Wagen. Etwas schien ihn zu beschäftigen. Auch ich hatte trotz der beiden Geständnisse meine Fragen. Waren Kauffmann und Guth tatsächlich völlig unabhängig voneinander auf die Idee gekommen, etwas gegen Sansheimer zu unternehmen? Und wer hatte nun die falschen Spuren gelegt? Kam zu dem, was Anton Kauffmann bisher gestanden hatte, noch etwas hinzu, oder würde es bei der Urkundenfälschung bleiben? Oder handelte es sich um Unterschlagung?

Zum Glück waren für die juristische Feinarbeit der Staatsanwalt, die Rechtsbeistände und natürlich auch der Richter zuständig. Eventuell sogar ein paar Gutachter. Völlig offen war auch noch die Frage, ob tatsächlich Autodiebe die Kellnerin beinahe totgefahren hatten oder ob sich Hartmut Guth nicht auf diese Art einer Zeugin entledigen wollte.

Mir reichte es. Zumindest für dieses Wochenende wollte ich nichts mehr vom Fall Sansheimer wissen. Nur das nachdenkliche Gesicht meines derzeitigen Begleiters hielt mich vom Verdrängen ab.

„Unzufrieden, Kollege?"

„Nein, eigentlich nicht. Ich überlege nur gerade. Dieses Konzert scheint ja ziemlich gut zu werden, wenn ich mir überlege, wer alles zum Zuhören kommt, vom Ministerium und so."

Dass das ein Maßstab für musikalische Qualität sein konnte, war mir allerdings ein neuer Gedanke. Aber sei's drum.

„Da gibt es eigentlich nur eine Möglichkeit, das herauszufinden, nicht wahr?"

Hartmut Guth hatte uns ein Billett mit dem Aufdruck „Freikarte" überlassen. So brauchte sich Schneider-Gizeh noch nicht einmal in Geldgeschäfte mit einem Verdächtigen zu verwickeln.

Das Konzert? Ein rauschender Erfolg. Der Chor hatte bei der Generalprobe genügend Gelegenheit gehabt, sich an Manfred Rothans' Dirigierstil zu gewöhnen. Dabei war es natürlich hilfreich, dass der Zweite Kapellmeister vielleicht in seinen musikalischen Vorlieben unorthodox war, die Taktanfänge jedoch wie in von konservativerem Musikgeschmack geprägten Kreisen gewohnt und erwartet mit einer deutlichen Abwärtsbewegung markierte und die Einsätze einigermaßen präzise gestaltete. Ich konnte Friedlieb Elfer von meinem Platz aus sehen. Enttäuschung, dass er nicht selbst am Dirigierpult stand, schien er nicht zu hegen. Vielmehr freute er sich, wie gut sein Chor klang. Auch das Orchester schenkte Manfred Rothans deutlich mehr Aufmerksamkeit, als ihnen Anton Kauffmann wert gewesen war.

Ein rundum gelungenes Festivalfinale. Schlussapplaus. Selbst Schneider-Gizeh stimmte überraschend heftig ein. Ein Bekehrter? Vielleicht. Und nun? Natürlich: auf zum Fest.

Es ist zuweilen strittig, ob die Thüringer Rostbratwurst im himmlischen Schöpfungsplan bereits vorgesehen war und ob sie die würdige oder zumindest notwendige Krönung des Ganzen darstellt. Auf jeden Fall ist in Arnstadt ein Fest ohne diese Spezialität nicht denkbar. Es wurde ein sehr netter Abend. Besonders, als der Festivalleiter der Meinigen ins Blickfeld geriet.

„Herr von Wasten!"

Was kam nun? Die Rs rollten schon wieder.

„Darf ich Sie mit meiner Frau bekannt machen?"

Das war entweder unfair oder ein verschlüsselter Heiratsantrag.

„Guten Abend, Herr von Wasten. Wie versprochen habe ich meinen Mezzo zum Empfang mitgebracht."

Der Festivalleiter lächelte schwach. Zum Glück kam gerade Rara vorbei, da konnte er sich in einen Handkuss retten. Handkuss? Unter freiem Himmel? Herr von Wasten, das hätte ich nicht gedacht. Nun gut, der Mann hatte eine anstrengende Konzertreihe hinter sich. Mit gutem Willen konnte man das Ambiente wohl als eine Form von Gartenwirtschaft ansehen. Und da herrschen bekanntlich andere Sitten.

Rara verabschiedete sich. Ihr Mann war mit dem Auto gekommen, die beiden würden sich gleich auf den Heimweg quer durch die Republik machen. Sie rechneten mit vier bis fünf

Stunden Fahrt. Aber zuerst mussten wir noch das Gepäck holen. Derek verließ das Fest mit Dorothea Schmidt.

Dass die Kritikerin mit dem Tenor abzog, trug ihr unfrohe Blicke der versammelten Weiblichkeit ein. Oder schien es mir nur so? Sollte jemand dem Damenflor vielleicht andeuten, dass Derek sich eher für Sansheimer junior erwärmen würde? Nein. Warum auch? Was mochte der Tenor wohl mit Dorothea Schmidt vorhaben? Die Männer würde sie ihm vermutlich nicht abspenstig machen. Es ging in die Kellerkneipe. Sie hatte ihm von den Knoblauchbaguettes erzählt, die er unbedingt ausprobieren wollte. Mussten wir eine Wache auf den Marktplatz stellen? Wohl kaum.

Kollege Hansen war mit seiner Verlobten schon gegangen. Für die junge Altistin hatte sich der Auftritt gelohnt, wie Swantje war auch sie von mehreren Seiten auf mögliche Konzerte angesprochen worden und hatte fleißig Visitenkarten verteilt. Hoffentlich war keine davon bei einem Mann wie Hartmut Guth gelandet.

Konnte ich denn überhaupt nicht abschalten? Es traf sich, dass mein lieber Schwan nach erfolgreich erledigter Tyrannentötung ebenfalls recht aufgedreht war. Nachdem wir Raras Gepäck verstaut und heftig hinter dem Auto hergewinkt hatten, waren wir immer noch nicht richtig müde. Das allerdings war auch ganz in unserem Sinne.

In diesem Buch wird schrecklich viel gelogen: Selbstverständlich geht es in Arnstadt, Suhl und überhaupt in Thüringen ganz anders zu. Ich habe mir nicht nur hinsichtlich der Polizeistation viele Freiheiten genommen. Das Orchester ist ein Fantasieprodukt, Anklänge an die Realität sind pianopianissimo gehalten.

1998 fusionierte die Thüringen Philharmonie Suhl mit dem Landessinfonieorchester Gotha zur Thüringen Philharmonie Gotha-Suhl. Nachdem die Stadt Suhl 2009 ihre finanzielle Unterstützung einstellen musste, ist dieses Orchester nun die Thüringen Philharmonie Gotha – die mit dem in diesem Krimi geschilderten Orchester nichts zu tun hat oder hatte.

Nachdem das geklärt ist, bleibt noch, die zu erwähnen, ohne die dieser Krimi nie entstanden wäre: Bei denen, deren Gesang mein Herz berührt und mir die Tränen in die Augen treibt – ganz gleich ob sie aus Ergriffenheit fließen (Du weißt es, wenn Du gemeint bist!) oder sie Lachtränchen sind (es wird immer besser, ich schwör's! Und auch Dich höre ich gerne singen). An Euch hat es nicht gelegen, wenn in diesem Buch Fehler zu finden sind.

Inge Lütt